対談 風の彼方へ

禅と武士道の生き方

実業家・著述家 執行草舟

×

臨済宗円覚寺派管長 横田南嶺

PHP研究所

本書発刊の経緯

執行草舟先生の**『「憧れ」の思想』**は平成二十九（二〇一七）年一月に弊社より発刊されました。翌二月、週刊**「みやざき中央新聞」**に同紙編集長の**水谷謹人**《もりひと》氏の書評が掲載されます。「いやぁ、この方の思想、そして文章にはしびれる。文筆家の執行草舟さん。『「憧れ」の思想』である。……この本を読むと、それだけで生命が震動を始める。読む人が自己と対面する。『自分が何者か』、それが分かるという。恐るべき本」。

たまたまその書評を読まれたのが、イエローハット創業者で**NPO法人「日本を美しくする**

『「憧れ」の思想』 古今東西にわたる深い教養に裏打ちされた「憧れ」に関する思索書。鍵山秀三郎氏が『すぐに結果を求めない生き方』（PHP研究所）の「まえがき」で大絶賛。 **「みやざき中央新聞」** 各種講演会を取材して、面白かった話、感動した話、心温まった話、ためになった話を掲載する宮崎の週刊新聞。国内外の愛読者を獲得している。 **水谷謹人（一九五九～）**「みやざき中央新聞」編集長。明治学院大学卒。宮崎中央新聞社に入社。経営者より社を譲り受け、同紙編集長となり、心を揺さぶる社説を書き続ける。『日本一心を揺るがす新聞の社説』シリーズ（ごま書房新社）はベストセラー。

会」相談役の**鍵山秀三郎**先生でした。そしてすぐに本を注文し、一気に読まれたそうです。そのときの感動を以下のように記されています。

平成二十七年十月十六日の昼過ぎ、突然、病魔に襲われてから、この八月で一年十カ月が過ぎようとしています。いま現在も体調はすぐれず、苦悶《くもん》の毎日を過ごしている状況です。高齢になり体が不自由になると、これまでの人生が走馬灯《そうまとう》のごとく脳裏を駆けめぐります。「よくこの歳まで、無事に生き永らえてきた」、また「たび重なる苦難に遭遇しながら、よくぞ活路を切り拓いてきた」とか、「まさに、不合理や不条理との遭遇がこれまでの人生だった」というような感慨の念です。

そうした苛酷な運命に対して、これまで「これでよかったのだ」と自分自身に言い聞かせ、納得して生きてまいりました。それでも、ふとしたとき、「どうして、自分だけがこんな目に……」というような一抹《いちまつ》の疑問を抱くこともありました。

ちょうどそんなときに出合ったのが、執行草舟著『「憧れ」の思想』（ＰＨＰ研究所）でした。この本には、これまで私が読んできた本をすべて合わせてもかなわないくらいの内容が詰まっていました。それほど中身の濃い本だと感銘を受けました。

内容を簡単に紹介しますと、つぎのようなことが書かれています。

「憧れには、人間の実存のすべてがある。憧れのない生命は、人間の生命ではない。憧れだけが、人間を人間たらしめることができる」

ここでいう「憧れ」とは、頭脳だけで考えたことではなく、苦難の積み重ねで体得した精神のことです。そのうえで書かれているのが、つぎの内容です。

「生き方には垂直と水平の二つがある。垂直とは不合理に堪える生き方、水平とは自分の都合に合わせた生き方。人は垂直的な生き方をしたとき、すべての答えを得ることができる。一方、水平的な生き方をしている間は、いくら本を読んでも人から学んでも、真の答えを得ることはできない」。つまり、垂直的な生き方は、不合理のなかからしか生まれないということです。

さらに、「垂直に生きるとは、同時代の名声や評価を求めないことをいう。当然ながら、誰にも評価されないままに死に行く者もいる。それで、いいのだ」と書いてあります。こうした「愚かさの中に、真の輝きを見出せる人間こそが、憧れに向かう人生を生きることができる。そうするためにこそ、われわれは不合理を抱きしめる覚悟が必要となってくるのである。不合理を愛するとは、自己の人生に降りかかる矛盾をすべて受け取るということである」。

そして最後に、「憧れに向かうとは、自己の生命を何ものかに捧げることだ。そして、それ

NPO法人「日本を美しくする会」 国内外の一般市民を対象として、学校や公共施設の環境美化・保全のための街頭清掃やトイレ掃除、国際交流の指導援助事業、他団体とのネットワーク構築事業を行ない、住民に快適な環境づくりと美しい国づくりの実現に寄与することを目的とする。イエローハット創業者・鍵山秀三郎氏が設立した。**鍵山秀三郎（一九三三〜）** 一九五三年、デトロイト商会入社。一九六一年、後のイエローハットとなるローヤルを創業。創業以来続ける「掃除」の活動に多くの人が共鳴。NPO法人「日本を美しくする会」を立ち上げ、日本全国から海外まで幅広く活動。主な著書に『掃除道』『ひとつ拾えば、ひとつだけきれいになる』『人間を磨く言葉』（以上、PHP研究所）等。

を守る。相手のためではなく、自分の生命を自分の意思で相手に捧げ尽くすことである。それが、生命の燃焼なのだ。そして、自己の生命の燃焼だけが、憧れに向かう自己の生命を築き上げることにつながるのである」。

この本を読み終えたとき、私は救われるような安堵《あんど》感に浸ることができました。これまでさまざまな困難に遭遇してきた私の人生でしたが、「これでよかったのだ」と心底得心《とくしん》することができたからです。一見、迂遠《うえん》な人生を歩んできたようにも思っていましたが、結局、私にはそういう生き方しかできなかったのです。しかし、そんな「すぐに結果を求めない生き方」をしてきたからこそ、満たされたいまを迎えることができているのだと思います。

（鍵山秀三郎『すぐに結果を求めない生き方』ＰＨＰ研究所「まえがき」より）

その後、鍵山先生は、同書をいろいろなところでご紹介くださいました。そのことはすでに執行先生に担当編集者から報告しておりましたが、改めて私が執行先生のもとにご報告にうかがったところ、鍵山先生に対して深い感謝の言葉を頂きました。

また、執行先生からは、「出版社が易しい本ばかり出しているから売れない、売れないと嘆くんだ。本は難しくなければダメなんだ。ＰＨＰも難しい本を出す勇気を持てよ。それを、何が何でも売るのがあなたたちの仕事だろっ。難しい本を自らの力で売ることが出来ない出版社など、要するにやる気がないし、この世には必要ないと思う」と厳しいお叱りを受けました。

そして執行先生のオフィスを出ようとしたときのことです。「誰か気骨のある人と対談したいな。PHPで考えてくれないか」との宿題を頂いたのです。

執行先生との対談にふさわしい人は誰だろうか。しかも難しい本にしなければいけない。この二つの宿題に悩んでいたとき、光を与えてくださったのが高校で教鞭を執《と》る**大谷育弘《いくひろ》**先生でした。大谷先生は「**鍵山教師塾**」のリーダーであり、鍵山先生が『「憧れ」の思想』を推薦されてからすぐに同書を読み、続けて執行先生の全著作も丁寧に読み込んだうえで執行先生に体当たりでぶつかっていかれたほどの熱血漢で、執行先生から厚い信頼を得ていました。さらに、大谷先生が遠路参禅していたのが北鎌倉の**円覚寺《えんがくじ》**で、横田南嶺《なんれい》管長を心より尊敬されていました。その大谷先生より、執行先生と横田管長の対談をぜひ実現して頂けないかという提案を受けたのです。

ちょうどその頃、弊社の『**衆知**』という雑誌で鍵山先生と横田管長の対談を連載しており、無事終了して書籍化を進めているところでした（対談集は二〇一八年一月に『二度とない人生を

大谷育弘（一九六六〜）　青山学院大学卒。尼崎市立尼崎高等学校教諭。防災士。鍵山秀三郎氏、横田南嶺老師、執行草舟氏を師と仰ぐ。「鍵山教師塾」の発起者、リーダーとして、鍵山氏の生き方、掃除道を実践し、全国の教育関係者の活動を取りまとめている。不登校、ニート、障害を抱えた人たちが集うゴミ拾いを十年以上続けている。**「鍵山教師塾」**　掃除の実践を通して感性を磨き、鍵山秀三郎氏の生き方から学ぶ活動を定期的に行なう塾。主に教師・教師を志す学生・教育関係者等が参加し、広く社会・教育に役立つ活動を追求。全国の教員をつなぎ、塾の活動を通じた教員同士の交流の場ともなっている。**円覚寺**　詳しい説明は二〇頁を参照。**『衆知』**　パナソニックおよびPHP創立者である松下幸之助が最も大切にした言葉「衆知（全ての人の知を融合した、社会を支配する叡智）」を名に冠した偶数月発行の経営理念誌。松下幸之助の哲学から、経営理念の実践と核心を探究する。

生きるために』として発刊)。

そこで後日、執行先生に横田管長との対談はいかがでしょうかと打診したところ、即決で諾のご返事を頂きました。横田管長にも大谷先生を通じてご快諾頂き、「禅と武士道　深遠なる真髄」というタイトルで『衆知』に対談を連載する運びとなりました。

一回目は北鎌倉の円覚寺にて。二回目は執行先生が経営する㈱**日本菌学研究所**にて。三回目は横田管長が出家得度した**龍雲院**にて。そして四回目は靖國神社内の**靖國会館**にて行なわれました。最後の四回目は「鍵山教師塾」のメンバー等をはじめ有志約一〇〇名を前に、公開対談というユニークな形式を取ることになりました。

執行先生は現役の経営者であり著述家、横田管長は臨済宗円覚寺派管長としてのお仕事以外にも京都の**花園大学**総長などさまざまな要職を兼ねておられます。お忙しいお二人ですが、初回の対談から意気投合され、毎回、話が尽きることはなく、いつも予定時間をオーバーするほどでした。まさに濃密な対談となり、雑誌『衆知』に掲載された四回の対談はいずれも読者から大きな反響を頂きました。

ただし、掲載された内容は実際の対談のごく一部であったため、書籍化にあたっては、四回分の対談を忠実に再現しようと試みました。そこで、第一回から第四回までの対談を時系列で掲載するとともに(その対談場所だからこそ弾んだ話も多々あるため)、お一人の話が長くなっている部分については、それこそが本当の内容だったとご理解ください。

なお、編集にあたっては、執行先生の「難しい本がいい」という宿題に応えつつも、人名・歴史・文献などの必要最低限の注釈は付けさせて頂きました。また巻末資料として本文内で対談に取り上げられた「般若心経《はんにゃしんぎょう》」、詩歌などの全文も掲載しております。ご必要に応じてご参照ください。

㈱ＰＨＰ研究所
常務執行役員　安藤　卓

㈱日本菌学研究所　詳しい説明は九六頁を参照。　**龍雲院**　詳しい説明は一五六頁を参照。　**靖國会館**　詳しい説明は二四〇頁を参照。　**花園大学**　臨済宗の禅研究を中心とした大学。妙心寺によって設立された学寮「般若林」が大学の祖。文学部・社会福祉学部を擁する文系大学として発展。建学の精神である臨済禅の象徴的存在として、臨済宗の禅僧が総長に就任。

まえがき

「悲風千里より来たる」――そう私は横田南嶺老師の印象を心に刻んでいる。老師はそのような清冽な人となりを持する禅匠である。現代の日本における、最高の禅機をその容姿からすでに発現されていると言ってもいい。私は老師の著作を折に触れ、何冊か読んだ。その本は、行間から学識が匂い出《い》でていた。私の魂は、その行間に吸い込まれていった。漢文の素養が老師は全く違うのだ。我々など、足元にも及ばない膨大な漢文力の蓄積を私は感じた。それが行間に力を与えていた。

しかし、それを表に出すこともなく、老師の著作はその文を進めていく。そして、読み終わったときに、その深みがじわじわと襲ってくるのである。私の場合は、老師が本の中で語った人物を全て好きになっていた。それは不思議な体験だった。それまでは、大して好きではなかった人のことも好きになってしまう。そのような力を老師はあふれるほどに持っている。学識がその老師の禅を支えているように私は思う。慈愛が、その禅をこの世で活かしているのだろう。その培《つちか》った学識が、本当の慈愛を生み出したに違いない。老師は、それを実現した数少ない人だと感じている。

このような老師と、私はこれから対談をするのである。何がどうなるか私には全くわからない。何を話して良いのかも全く見当がつかない。しかし、このようなすばらしい老師との対談という光栄に与《あずか》った以上、何が何でもやらねばならぬ。ここで引き下がったら、男ではない。私は、そう思ってこの対談に臨んだのだ。全く論理性がないことには、我ながら苦笑せざるを得ないというところか。自分でも嫌になってしまうが、これがいまの自分自身なのでこのまま行くしかない。

私は武士道の精神だけで生きてきた。それだけで、いままでやって来たのだ。それ以外には、何もない。その武士道の魂を、南嶺老師にぶつけるしか道はない。元々、武士道の根源的精神を支えている哲学には禅の思想が多い。それをぶつければ道は必ず拓く。よし、これで行こう。決意が固まれば、あとは突進あるのみである。途中で討ち死にすれば、それも本望というものか。南嶺老師と出版社には申し訳ないが、私はこのような決意でこの対談を始めさせて頂きたいと思っていたのだ。

このような情けない状態で、対談は始まった。しかし、いざ対談が始まってみると、何とすいすいと話が弾んだのだ。もちろん、その全てが南嶺老師の懐《ふところ》の深いその人格力に負っていることはわかっている。そうわかってはいるのだが、いつになく饒舌になり随分と面白い展開にならせて頂いたのだ。第一回の対談から全く面白かった。それが二回、三回と続き、最後の四回目には百人の聴衆の前での公開対談になった。

　南嶺老師の人格力と出版社の度量によって、それでなくても好き勝手に話させてもらっているところに、四回目は百人の前でやったのだからもう止まらない。面白いことが続けば、つい調子に乗るのが私の悪い癖でもあった。しかし対談中全ての話が面白く、私としては調子に乗って楽しかったので、対談の内容は本当に価値のある実のある内容となったと感じている。何の計画もなく始めたが、非常に有意義な対談となったと私は思っているのだ。

　計画がない分、真実のぶつかり合いが多く生まれたと考えている。禅と武士道の精神の交流から生まれた人生観が、随所に煌《きら》めいているに違いない。まとめられた対談を後から読んで、私は大いに笑い、また大いに哭《な》いた。近年にない、本音の対談が実現したと感じたのだ。私は全くの素っ裸で老師に体当たりをした。その心意気を老師は汲み取ってくださった。老師も裸でぶつかってくださった。私はこの対談の本が、現代社会に対して本当の「対談とは何か」を問う一冊になると確信を持ったのである。

　対談が終わったとき、私はこの対談が我々全ての人間の生命を燃焼し尽くすために話し合われていたのだと気づいた。我々が、いい死に方を得るためには、どのような生き方をしたらいいのかということに尽きよう。禅と武士道が交錯し、ぶつかり合い、融合し合った結果だとも言えるのではないか。我々の生命が目指して行く聖地を、私は見たように思う。死を超越した生き方を、私はこの対談によって考えさせられたのだ。私の心は遠い風の彼方にあった。そして死ぬための生き方を彼岸に向かって老師と話し合ったように思っている。我々が話し合った内容は、すでに風の彼方へ向かって去ってしまった。それが読者の魂に向かって、書物という形に変わって戻って来るのだ。その思いによって、この本の題は決まったのである。

平成三十年九月九日

重陽の節句を祝いつつ

執行草舟

対談　風の彼方へ――禅と武士道の生き方　目次

第二部　「空」を見つめよ

第三部　痩せ我慢の思想

第四部　絶点を目指せ

装幀　印牧真和
装画（手裏剣）　どんべい／ＰＩＸＴＡ

第一部

春風を斬る

対談の行なわれた円覚寺について

鎌倉時代後半の弘安５（1282）年、時の執権**北条時宗**《ときむね》が中国・南宋より招いた**無学祖元**《むがくそげん》禅師（**仏光国師**）により開山される。開基である時宗公は18歳で執権職につき、無学祖元禅師を師として深く禅宗に帰依《きえ》されていた。国家の鎮護、禅を広めたいという願い、そして蒙古襲来による殉死者を、敵味方の区別なく平等に弔うため、円覚寺の建立を発願。円覚寺の寺名の由来は、建立の際、大乗経典の「**円覚経**《えんがくきょう》」が出土したことからと言われる。また山号である「**瑞鹿山**《ずいろくさん》」は、仏殿開堂落慶の折、開山した無学祖元禅師の法話を聴こうとして白鹿が集まったという逸話からつけられたと言われる。無学祖元禅師の法灯は**高峰顕日**《こうほうけんにち》禅師、**夢窓疎石**《むそうそせき》禅師へと受け継がれ、その法脈は室町時代に日本の禅の中心的存在となり、**五山文学**《ござんぶんがく》や室町文化に大きな影響を与えた。

円覚寺は創建以来、北条氏をはじめ朝廷や幕府からの篤い帰依を受け、寺領の寄進などにより経済的基盤を整え、鎌倉時代末期には伽藍《がらん》が整備された。室町時代から江戸時代にかけて、幾度かの火災に遭い、衰微したこともあったが、江戸時代後期（天明年間）に**大用国師**《だいゆうこくし》が僧堂・山門等の伽藍を復興され、宗風の刷新を図り今日の円覚寺の基礎を築かれた。明治時代以降、**今北洪川**《いまきたこうせん》老師・**釈宗演**《しゃくそうえん》老師の師弟のもとに雲水《うんすい》や居士《こじ》が参集し、多くの人材を輩出した。今日の静寂な伽藍は、創建以来の七堂伽藍の形式を伝えており、現在もさまざまな坐禅会が行なわれている。

（編集部記載）対談日：2017年９月20日

北条時宗（一二五一〜八四）　鎌倉幕府の第八代執権。通称、相模太郎。文永の役、弘安の役の二回の元寇を撃退、北九州沿岸に防塁を築き国を守った。南宋より無学祖元を招き、鎌倉の円覚寺を創建。その後、出家。数え三十四歳の若さで没した。**無学祖元（仏光国師）（一二二六〜八六）**　円覚寺を開山した南宋の禅僧。日本に帰化し無学派（仏光派）の祖となる。鎌倉幕府執権・北条時宗の招きに応じて来日。建長寺住持。二度目の元寇（弘安の役）に際して、一カ月前に元軍の再来を予知し、時宗に「莫煩悩」（煩い悩む莫かれ）という書を与えた。**「円覚経」**『大方広円覚修多羅了義経』と正式には呼ばれる大乗経典のこと。北インドの仏陀多羅の訳とも中国の偽経（中国人が漢語や漢訳経典から撰述した経典）とも言われるが、宋代以降の仏教、特に禅に影響を与えた経典。**「瑞鹿山」**　円覚寺の山号。仏殿開堂落慶の際、無学祖元の法話を聴こうとして白鹿が集まったという伝説から名付けられた。**高峰顕日（一二四一〜一三一六）**　鎌倉後期の臨済宗禅僧。東福寺にて出家、その後、建長寺を経て、那須に雲巌寺を開く。無学祖元が来日した折、長楽寺に訪ね建長寺で印可を受ける。鎌倉の浄妙寺をはじめとして数々の寺を歴住。夢窓疎石はその弟子。**夢窓疎石（一二七五〜一三五一）**　鎌倉後期・南北朝時代の臨済宗禅僧。天台・真言を学んだ後、禅門に入り建仁寺の無隠円範に師事した後、鎌倉で高峰顕日等さまざまな師のもとで学ぶ。北条氏の帰依を受け浄智寺・円覚寺に、後醍醐天皇の招きにより南禅寺に住した。さらに、足利尊氏の帰依を受け、天龍寺を開山。**五山文学**　鎌倉時代末期から南北朝時代を中心に開花した漢文学の総称で、鎌倉および京都五山の禅僧たちによって書かれた漢詩文、日記、語録によく表わされる。江戸時代の儒学勃興の基となった。**大用国師（誠拙周樗）（一七四五〜一八二〇）**　江戸時代中・後期の臨済宗禅僧・歌人。鎌倉円覚寺の東山周朝に師事、その法を継ぎ一七八三年に円覚寺前堂首座となる。晩年は京都相国寺に住す。和歌を香川景樹に学び、著書に『忘路集』『誠拙禅師歌集』がある。**今北洪川（一八一六〜九二）**　幕末・明治前期の臨済宗禅僧。最初、大坂で儒学を学び私塾を開いたが、参禅を志し京都相国寺で出家。儒学と禅の一致を目指したが、円覚寺に招かれ晋山開堂し、精力的な布教活動を行なった。鈴木大拙はその弟子。**釈宗演（一八五八〜一九一九）**　明治・大正期の臨済宗禅僧。京都妙心寺の越渓のもとで出家し、円覚寺の今北洪川に参じて印可を受ける。福澤諭吉に学びセイロン（現・スリランカ）へ留学。その後、円覚寺派管長となり海外で講演するなど、国際的に布教活動を行なった。日露戦争では従軍布教し、また政財界、知識層など多くに影響を与えた。

「啐啄の機」とは

執行先生は最初の対談に先立つ四日前の二〇一七年九月十六日、円覚寺に参詣し、横田管長にご挨拶している。対談はそのときのエピソードから始まった。（編集部記載）

執行　いやぁ、先日は本当に驚きました。管長への感謝の気持ちも当然ですが、その前に驚愕のほうが大きかった。若い頃の魂の友でもあった人の遺品が、目の前に突きつけられたんですからね。円覚寺内の桂昌庵の弓道場に、あの**オイゲン・ヘリゲル**愛用の弓矢が保存されていると聞いて、本当にびっくりしました。ヘリゲルは一九二四（大正十三）年に来日し、東北帝国大学で哲学を教えています。すぐに日本文化に興味を持ち、弓術の**大射道教**《だいしゃどうきょう》を創始した**阿波**《あわ》**研造**《けんぞう》を師として弓の修行に勤《いそ》しみ、**『葉隠』**を座右の書としていました。**『日本の弓術』**や**『弓と禅』**という名著も遺しています。阿波研造も僕の心の師であり、魂の友であるヘリゲルの著作も座右の書だったんです。そのヘリゲルの弓が、なぜ円覚寺にあるんですか。

横田　桂昌庵の前の和尚である須原耕雲和尚が弓を熱心にやっていまして、ヨーロッパに**大**《おお》**森曹玄**《もりそうげん》老師と一緒に行脚《あんぎゃ》されたりしていました。阿波研造の一門の方とも関わりがあって、そ

ヘリゲルの弓矢（於 円覚寺内桂昌庵）

の精神を受け継いでいるということでヘリゲルの遺品を頂いたという話です。ヘリゲルの弓は相当な強弓らしいですね。大射道教の弓は、的《まと》に矢を当てて点数を競うものではなくて、「一射絶命」ですからね。

『弓と禅』の中に、阿波研造が、暗闇の中で蚊取り線香を一本立てて、矢を二投放って、一投目は的の黒点に命中して、二投目は一投目の矢の軸を

オイゲン・ヘリゲル（一八八四〜一九五五） ドイツの哲学者。ハイデルベルク大学講師を経て、一九二四年に来日、その後東北帝国大学の招きで哲学教授に就き、南西ドイツ学派の思想を紹介。滞日期間中、日本文化の真髄を追究し、阿波研造の指導の下、弓術に魅せられる。著書に『日本の弓術』『弓と禅』等。

大射道教 弓術家・阿波研造の興した弓の流派。弓禅一如の精神を「一射絶命」という言葉で表わし、心で射る弓としての弓術を目指した。

阿波研造（一八八〇〜一九三九） 「弓聖」と讃えられる弓術家。宮城県河北町（現・石巻市）出身。第二高等学校（現・東北大学）の弓道師範を務める。大射道教を開き、自ら教主となる。禅の思想に基づくその弓術は、的と自己が一体化し「狙わずに当てる」というもの。ドイツ人オイゲン・ヘリゲルはその弟子。

『葉隠』 江戸中期の武士の修養の書。一七一六年成立。佐賀藩士・山本常朝が武士としての心得を口述、それを同藩士の田代陣基が筆録しまとめた書物。「死に狂い」と「忍ぶ恋」がその書の根本にあり、行動のただ中の忠義を問う。

『日本の弓術』 オイゲン・ヘリゲルが弓術の師、阿波研造の「的に当てようとしない」非合理的な教えに当惑しながらも、弓道を通じ禅・東洋思想的、直観的な日本文化の真髄を探究する過程が書かれた一冊。岩波文庫。

『弓と禅』 ヘリゲルがドイツ帰国後、日本で学んだ「弓道」を書いたもので、ヨーロッパで大きな話題を呼んだ。弓の修行を通して、禅・東洋思想の根底である無の境地に至るまでの葛藤を描いている。福村出版。

大森曹玄（一九〇四〜九四） 昭和・平成期の臨済宗禅僧。直心影流剣術・山田治朗吉の弟子。花園大学学長。山岡鉄舟ゆかりの高歩院にも住す。山岡鉄舟や剣、書と禅に関する著書多数。

裂き割って的に当たっていたという伝説のシーンがあります。

執行　それは伝説ではありませんよ、真実です。ヘリゲルの『日本の弓術』や『弓と禅』は小学生のときから愛読していました。僕は我流ですが、好きで弓をずっとやっていたんです。ですから、その「一射絶命」という言葉が元々大好きなんですよ。いまここの一回の射に、全身全霊をかける。本当に自分の生命の本源を傾けるということです。本当にそのときの自分が死ぬんですね。そうしなければ本当の射は行なえない。僕も実感できることなんです。それに「不発の射」という言葉も大好きです。発射をしない射です。自分が射るのではないということですね。自然に手を離れる射。自分の魂として飛んで行く矢を射るのです。射らないための弓。阿波研造とその弟子ヘリゲルの弓術は、アーチェリーとは全く違います。目をほとんど閉じた状態で弓を絞ると、的が自分に近づいてきて、やがて一体化する。それこそ的のほうが目の前に二メートルの円くらいになって屹立《きつりつ》しているというところまで修行する。そこで矢を放つと、「狙わずに当てる」ことが可能になるというのがその弓術の核心です。

そもそも日本の弓道というのは、神に捧げるための神事なんです。僕の弓はヘリゲルで開眼したんです。ですから、横田管長にこのあいだ最初にお会いしたときにヘリゲルの弓を見せて頂いて、僕は円覚寺という存在に言葉に表わせないほどの深い縁を感じました。

横田　いやいや、執行先生の半生を綴《つづ》られたご著書の『**お丶ポポイ！**』（ＰＨＰ研究所）を読んで、弓にも造詣が深いと知りましたので、ぜひご覧頂こうと思ったわけです。その本の中にあった「**啐啄《そったく》の機**」ですね。「**啐啄同時**」とも言います。私も「啐啄同時」という言葉をよく使うのですが、本当の深い意味まで理解していませんでした。ついつい、修行僧との問答の場だけでしか見ていなかったのに、執行先生は、天の機というのか、人間の計らいを超えたものを感じるというレベルですから、ああ、本当の「啐啄の機」というのはこういうことであったかと思ったのです。何か命がけの生き方がなければ知りえないようなことを執行先生は体得なさっているという感じを受けました。

執行　「啐啄の機」というのは、僕流の解釈では、一つの生命と他の生命との真の出会いだと思います。一つの生命が他の一つの生命と電光のように出会う瞬間ですね。そこに真の生命の交感が生まれる。宇宙の本源と自己の生命が真に出会う。宇宙の本源を通して他の生命とまた出会うことが出来るということです。キリスト教的な思想では「我と汝《なんじ》」の関係と言われていますね。生命の真の触れ合いであり、その厳粛な瞬間ということではないでしょうか。それが「啐啄の機」であり、禅の言葉で言えば、『**碧巌《へきがん》録**』の「**銀椀裏《ぎんわんり》に雪を盛る**」が近いですかね。生命と生命が溶け合って一つになりもう誰にもわからない。それでいて、その融合した生命は、元々は別々の生命であったということではないかと僕は思うんですよ。また同じく『碧

『おゝポポイ！――その日々へ還らむ』　PHP研究所より二〇一七年に出版された著述家・実業家の執行草舟の出生から三十代までの数奇な半生を綴った自伝。インタビュー形式で雑誌『歴史通』（ワック株式会社）で連載されたものを一冊にまとめた。三島由紀夫とのエピソードは、同一一八～一三九頁に詳しい。　**「啐啄の機」（啐啄同時）**　『碧巌録』十六。　**『碧巌録』**　中国の南宋時代（十二世紀）に完成した仏教書。代表的な公案百則に短評や評釈を加えたもので、臨済宗で重要視される書物。岩波文庫。　**「銀椀裏に雪を盛る」**　『碧巌録』十三。

巌録』の**巴陵和尚**《はりょう》の、「**白馬蘆花に入る**《はくばろか》」も近いですね。禅の言葉は美しいです。だから魂の深奥に響き渡ります。そして、永遠に僕に語りかけてくる。生きることの問いを日々問いかけてくるのです。

一つの生命と一つの生命が一体になる。それを「啐啄の機」という言葉で包み込めると思っています。それを僕は弓を通じて、的と自己が一体となったときに感じました。そのときから、僕も的を狙って矢を放つということはほとんどありません。射れば必ず当たる。阿波研造の暗闇で的を射る「暗中の射」も、全く不思議ではないのです。

横田　はなはだ僭越《せんえつ》ですけれども、執行先生とは「啐啄の機」ということで、私自身、初対面でここまで話がお互い通じる人と会ったことがなかったので、本当に感動しました。実は、『「憧れ」の思想』を読んでいましたので、あの日はどんな怖い人が来るのかと朝から緊張していたのです（笑）。

「**悲風千里より来たる**」

執行　横田管長にはじめて会ったときに、唐の有名な**高適**《こうせき》という詩人の「**悲風千里より来たる**」という詩が僕は頭に浮かびました。僕は漢詩が好きで昔から読んでいましたからね。

梁王昔全盛　　梁王《りょうおう》むかし全盛のとき、

賓客復多才
悠悠一千年
陳迹惟高臺
寂寞向秋草
悲風千里来

賓客《ひんきゃく》また多才なり。
悠悠たり一千年の時、
陳迹《ちんせき》はただ高台のみ。
寂寞《せきばく》たる秋草《しゅうそう》に向かへば、
悲風千里より来たる。

という詩のこの最後の詩句ですね。この情景とこの姿を初対面のときに思い浮かべたのです。

横田　それは私も好きな詩です。私は漢文が好きなので、漢詩はいつも読んできました。この詩はいいですね。それにしても随分と美しい表現です。私にはもったいない。執行先生のお気持ちとして受けておきたいと思います。

執行　本当にそうなんです。その詩を感じました。先ほども言ったように特に最後の一文ですね。「悲風」というのは、古《いにしえ》から通じている人間の、一つの生命が持っている悲哀みたいな

巴陵和尚　湖南省岳州巴陵の寺である新開院に住した、顥鑑という五代・宋代の和尚。岳州は眺望のすばらしい場所であり、巴陵はその景勝を表現するにふさわしい言葉を持つ詩的な禅僧であったと言われる。**「白馬蘆花に入る」**『碧巌録』十三。**高適（七〇二頃～七六五）**　中国唐代の詩人で、若き日に河北・山東地方を放浪し、李白・杜甫と相知る。度々、官職につき反乱平定など、戦乱時に刺史として働いた。詩風は豪壮、七言古詩・辺境地を謳った自然、風土詩に優れる。**「悲風千里より来たる」**　高適が「宋中」と呼ばれる、宋の地においてつくった詩の一つ。『全唐詩』「宋中十首其一」に収録。

もので、それを横田管長がいまの時代に運んできたような思いを持ったのです。そう思ったら、すぐにオイゲン・ヘリゲルの弓矢を見せてくれたでしょう。それはびっくりしましたよ。実に感動しました。ヘリゲルも昔の日本人が持っていた「もののあはれ」を愛していました。ヘリゲル自身がそれそのものでしたからね。ヘリゲルの弓矢との出会いによって、横田管長に感じた「悲風千里より来たる」という自分の直感力は正しかったと思いました。日本の伝統を背負っている品格というものが醸《かも》し出されているのです。

横田　過分なお言葉を頂き、恐縮でございます。私はそれほどの者ではないですが、禅の持つ力が執行先生にそのように感じさせたのではないでしょうか。そして執行先生は禅では**南天**《なんてん》**棒**《ぼう》がお好きと聞きました。

執行　好きですね。特に禅画では南天棒の絵がとにかく死ぬほど好きなんです。その南天棒と精神的に同等な禅画を描く禅匠を知ったのは横田管長がはじめてです。ですから、僕はいつも横田管長の絵を持ち歩いているんですよ。横田管長の分身だと思って（笑）。南天棒の禅画にはフランス的なエスプリが躍動しているのです。日本の禅僧の中でフランス的なエスプリを持っている方はほとんどいない。これは言葉で言うのは難しいのですが、僕の好きな**アラン**と

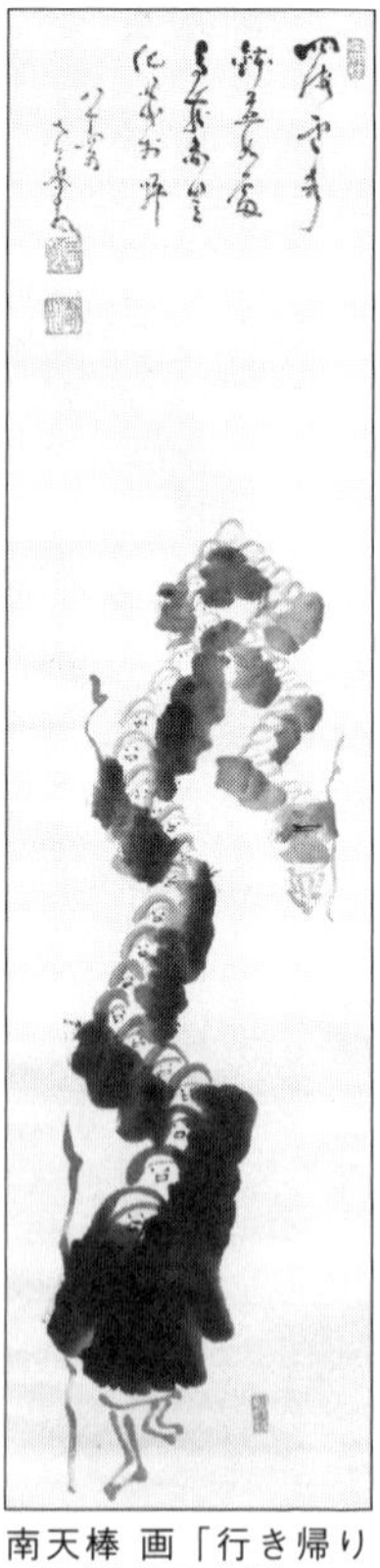

南天棒 画「行き帰り図」（執行草舟蔵）

いうフランスの哲学者が、それは生命の悲哀から生まれる真の希望を含む人生の哀歓だと定義はしていますけれども、まあイギリスで言うユーモアに近いものです。「悲風千里より来たる」という人間の悲哀を人間の真の希望に変えて表わせる才能を横田管長に感じたのです。あの南天棒以来の才能と言っても過言ではないでしょう。

横田南嶺 画「お地蔵様」

また、横田管長の「書」は生命的には**山本玄峰**《げんぽう》老師や**華**《はな》**岡青洲**《おかせいしゅう》の書と非常に似ていると思いました。そうしたら、横田管長の出身地が和歌山であると後で知りました。実は山本玄峰も華岡青洲も和歌山なんですね。不思議ですが、そうなんです。字霊《じれい》の中に紀州の息吹のようなものを感じたんですね、きっと。

横田　私は熊野の大自然の中で十八歳まで過ごしまし

中原南天棒（**中原鄧州**）（**一八三九～一九二五**）明治・大正期の臨済宗の禅僧。警策として常に南天の棒を携え、全国の禅道場を巡っては修行者を容赦なく打擲した屈指の豪僧。佐賀県唐津市出身。**アラン**（**一八六八～一九五一**）フランスの哲学者・評論家・モラリスト。新しい哲学の体系化を嫌い、過去の偉大な人物たちの優れた思想や文学を大切にした。代表作に『幸福論』『芸術論集』など。**山本玄峰**（**一八六五頃～一九六一**）明治～昭和期の臨済宗禅僧。龍澤寺、松蔭寺、瑞雲寺など白隠禅師ゆかりの古刹を再興。臨済宗妙心寺派管長。終戦時、鈴木貫太郎の相談役を務め、終戦の詔勅の「耐え難きを耐え、忍び難きを忍び」を進言、また天皇を国家の「象徴」として起案。**華岡青洲**（**一七六〇～一八三五**）江戸後期の外科医。薬草から麻酔薬を開発。妻の失明などの苛酷な人体実験を経て、世界初の全身麻酔手術を成功させる。その書は、「執行草舟コレクション」の中核の一つ。

た。山本玄峰老師は私が出家得度した龍雲院で、大正時代に**正修会**という**接心会**《せっしんえ》をはじめて開かれた方で、それから円覚寺にご縁を頂いたことは、僥倖《ぎょうこう》でした。字にそこまでの生命の神秘が表われているというのは本当に不思議ですね。うっかり書けません（笑）。それにしても執行先生の評価は今後の修行の励みになることは確かです。また、先日は執行先生には仏光国師（無学祖元）の生きざまにも感動して頂きましたね。

執行　恥ずかしながら、僕は横田管長の書かれた『禅の名僧に学ぶ生き方の知恵』（致知出版社）を読むまでその無学祖元については知らなかったんです。でも、管長の本を読んで、無学祖元に惚れました。禅の本を読んで、人物に惚れるということはあまり多くはありません。禅の本は淡々と書かれているものが多いので。でも、横田管長の本は血が通っています。無学祖元に限らず、管長が紹介している禅僧は皆好きになってしまいます。中でも無学祖元は最高です。無学祖元を僕はもういろいろ研究していますよ、好きになって。横田管長は登場する人物を読者に愛させる才能がある。多分、管長自身が本当にその人物たちを好きなんでしょうね。

武士道の淵源

横田　ところで、執行先生と言えば武士道ですが、そもそも日本の武士道の、いちばんはじめのきっかけ、始まりというのは、どこにあると考えていらっしゃいますか。

執行　一般的には武士道は源氏や平氏の時代に現われたと言われていますが、僕は日本初代の天皇である**神武《じんむ》天皇**以前の時代からあったと考えています。神武の即位は一つの日本的武士道の完成と見ているんです。いわゆる**天孫降臨《てんそんこうりん》**において、**天照大神《あまてらすおおみかみ》**の神勅《しんちょく》を受けて、孫の**邇《に》邇藝命《ぎのみこと》**が、葦原《あしはら》の中つ国を治めるために、**高天原《たかまがはら》**から日向国《ひゅうがのくに》の高千穂《たかちほ》峰へ天降《あまくだ》ったとき、邇邇藝命を武装して先導したのが**天忍日命《あめのおしひのみこと》**でした。この天忍日命こそを武士道の祖霊と僕は思っているのです。降臨のそのときの情景を詠んだ歌が、後に**『万葉集』**に**大伴家持《おおとものやかもち》**が取り上げた歌となっているんです。

正修会　山本玄峰が、一九一二年に白山道場に開いた禅の指導の場。　**接心会**　一週間、道場に泊まり込みで坐禅と参禅（臨済宗の公案を用いた入室独参の修行）、作務（作業）を繰り返す特別な修行期間。　**神武天皇**　『記紀』伝承上で、建国の初代の天皇とされる。名は神日本磐余彦尊。邇邇芸命の曾孫。日向から東征して大和に入り、橿原宮を営んで即位したと伝わる。　**天孫降臨**　日本神話で邇邇藝命が天照大神の命を受け、葦原の中つ国を治めるために、高天原から日向の高千穂峰に天降ったこと。**天照大神**　日本神話における最高神の女神で、高天原の主神。伊弉諾尊の娘。太陽神と皇祖神の二つの性格を持ち、皇室の祖神として伊勢神宮の内宮に祀られている。　**邇邇藝命**　天照大神の孫で天忍穂耳尊の子。天照大神の命で葦原の中つ国を治めるため、地上に降った。木花開耶姫を妻とする。　**高天原**　日本神話で天照大神をはじめ多くの神々が住んでいた場所とされる、天上の世界。　**天忍日命**　日本神話で、天孫降臨の先兵。天津久米命らと剣や弓矢を持って先駆したと言われ、大伴連の祖とされる。**『万葉集』**　奈良時代の歌集で現存する日本最古の歌集。成立年、編者不明だが、大伴家持が現存の形に近いものにまとめたとされる。短歌・長歌・旋頭歌・仏足石歌・連歌など歌数四千五百余首。古来、奈良期の大伴家持の歌まで約四百年にわたる全国各地、各階層の人の歌が収められている。岩波文庫他。　**大伴家持（七一八頃～七八五）**　奈良時代の貴族・万葉歌人。三十六歌仙の一人で、『万葉集』の編纂者。越中守、兵部大輔など地方・中央の官職を歴任。

海ゆかば　水漬《みづ》く屍《かばね》
山ゆかば　草生《くさむ》す屍
大君《おおきみ》の　辺《べ》にこそ死なめ
かへり見はせじ

天忍日命の後裔《こうえい》の**道臣命**《みちのおみのみこと》もまた神武天皇の東征の先鋒を務め、その子孫が**大伴氏**となったのです。奈良時代にその子孫だった大伴家持によってまとめられた歌が現在まで歌い継がれているのです。この歌こそ日本精神の源流であり、武士道の淵源《えんげん》だと思います。つまり、日本は**大君**を宗家とし、忠と孝の思想で貫かれた民族集団がすでに完全な型でつくられていたんです。忠と孝の思想とは、恩に生き恩を貫き通すことで、いつでも命を投げ出す「尚武《しょうぶ》の精神」のことです。これこそが武士道であり、大君を守ってきた大伴氏や降臨以後加わった**物部氏**《もののべし》の子孫たちがやがて地方に土着して武士と呼ばれる勢力となっていったと考えています。

天孫降臨から始まり、神武天皇における日本国家樹立の過程は、いわば人間の初心を表わす美しさに満ちています。それこそが真の憧れであり夢であるわけです。それが武士道の始まりとなると思っています。そのとき神武天皇と大伴氏や物部氏の人々が、日本という国の根幹を「尚武の精神」を貫く民族集団にしたいと思った。それが日本の武士道の精神の源流です。その魂を持った武人たちがやがて地方に散らばって源氏や平氏になっていった。

中央に残った人たちは、だんだん中国の影響を受けて王朝文化を採り入れ、華美な生活に流れて平安貴族になっていくのですが、土着化した武人の末裔たちは神武天皇の精神を受け継いで、武士となって群雄割拠していった。僕は日本の歴史をそうとらえています。

実は北条時宗がこの円覚寺を建てたということを、僕は失礼ながら知らなかったのです。僕は北条時宗が大好きで、北条時宗の中に日本の武士道の根源を見ていたにもかかわらずです。ですから、横田管長との出会いは、僕の人生で途轍《とてつ》もなく大きな出来事なのです。

横田　有難うございます。時宗は自分の命をなげうってでも守るべきものがあったのですね。その根底を支えている精神に武士道を執行先生は見ておられる。そして、不合理を受け入れる精神です。やはりこれは、父親の**北条時頼**から受け継いだ不合理を受け入れる精神ではないかと思います。私もそれが根底にあるんです。だから時宗の気持ちはとてもよくわかるような気がします。自分の生活とか自分の人生はどうでもいいというか、不合理と言えば不合理ですね。しかし、時宗はそれをよしとしていた。人は不幸と言うかもしれないが、時宗は幸福だったように思います。父親から受け継いだ武士道で大道を突き進んだんですからね。数え十八

道臣命　天忍日命の後裔。大伴氏の祖。神武天皇東征の先鋒。建国の功臣でその子孫は軍事を司った。**大伴氏**　五～九世紀にかけて繁栄した豪族。大和朝廷の軍事力を担い、物部氏とともに大連となる。一時衰えたが，壬申の乱のとき天武方につき再興。藤原氏の台頭で衰退する。**大君**　天皇に対する敬称。また親王・諸王、皇女・女王に対する敬称。**物部氏**　五～六世紀に繁栄した大豪族。大伴氏と並んで大和朝廷の軍事や警察を司る。大伴氏失脚以後は大臣蘇我氏と並んで朝政を牛耳ったが、崇仏の可否を巡って（物部氏は排仏派）蘇我氏一派と争って敗れ、物部宗家は滅びた。**北条時頼（一二二七～六三）**　鎌倉幕府の第五代執権。裁判制度の充実を図るなど公正な幕政を目指すとともに、深く禅を行じ、建長寺を創建。南宋から蘭渓道隆を迎え開山した。出家後は変装して諸国を行脚し、治世民情を視察し、人々を救ったという伝承がある。

安田靫彦 画「相模太郎」（北条時宗）（執行草舟蔵）

歳で執権になりました。それで国の統治を背負わされて、二十四歳で文永の役、三十一歳で弘安の役に立ち向かうことになるんですね。三十四歳でもう亡くなるわけでしょう。いまのような健康第一の時代から考えてしまえば、時宗は若死にしてかわいそうだと評価する向きもありますが、当時は生き方が違うのですね。私は時宗の人生をすばらしいと思います。

執行 その通りだと僕も思いますね。その北条時宗の武士道は神武天皇から引き継がれています。だから、全てのものを呑み込むというか、気宇《けう》壮大《そうだい》な武士道なのです。この円覚寺が**元寇**のときの元軍と日本軍双方の犠牲者を弔うためにつくられた寺であることを横田管長から教えて頂いたとき、僕は本当に感動するとともに、改めて時宗の中に武士道の根源的な精神を感じました。

僕は日本画家の**安田靫彦《ゆきひこ》**が描いた時宗の絵を持っています。弓を持って、しゃがんで後ろを向いている。僕がやるとみっともないのですが（笑）、時宗がやるとすばらしいんですよ。実にカッコいい。武士道はカッコ良くなければダメですからね。禅も一緒です。僕は禅も人類が生み出したダンディズムだと思っています。変な言い方ですが、仏教の中で禅はあまり抹香《まっこう》臭くない。抹香臭くないと言うと叱られるかもしれませんが、やはりダンディズムがあるから、禅僧はカッコいいのです。

さっき横田管長が仰ったようにいまは健康第一、安全安心第一の世の中ですが、禅と武士道の共通点は、自分の一命をなげうってでも守るべきものを守ることです。自分のために生きるのではなく、何ものかのために生きること。特に歴史の中に生きること、そしてその中に死ぬことです。伝統と人類の憧れを抱き締めて生きる。そのために、いちばん尊い自分の命を投げ捨てることが前提にあると思っています。自分の命や幸福が何より大切ならば、この世で価値のある真に人間的なことを行なうことは出来ません。自分ではない、自分を捨て去るその対象の中に生きる価値があると僕は思っています。それが武士道の哲学です。

仏光国師のダンディズム

横田　時宗自身は元々、気が弱くて病弱でもあった、と当時の文献に書かれています。それを克服するために、参禅を繰り返し、自分の心を見つめる鍛錬をした。それから、「**気海丹田**《きかいたんでん》」ですね。そういう丹田を練る修行をして気の弱さを乗り越えていく。そして覚悟が決まっ

元寇　高麗と南宋を征服した元（蒙古）が日本に服属を迫ったが、幕府が拒否したため、一二七四年（文永の役）、一二八一年（弘安の役）の二度、元と南宋および高麗などの連合軍で北九州に来攻、いずれも失敗。その後、幕府は三度目の襲来に備え、九州の御家人に多大な軍事的・経済的負担を課して、博多湾沿岸の防備体制の強化を行なった。　**安田靫彦（一八八四〜一九七八）**　明治〜昭和期の日本画家。小堀鞆音に師事。大和絵を基礎に、歴史に題材を求めた高雅で洗練された画風。日本美術院初代理事長。文化勲章受章。法隆寺金堂壁画の再現模写にも尽力。「執行草舟コレクション」の中核の一つ。　**「気海丹田」**　へそから下方に三センチほどのところにある、気力が集まるとされるところ。腎臓や腸の治療点でもある。

ていく。やはりこの努力が大きいのではないかと思います。さらに中国から仏光国師（無学祖元）を招いて、教えを受けるわけです。仏光国師は元軍に滅ぼされた南宋の高僧です。そんな因縁もあって、時宗の招きに応じ、時宗の師となり、良き相談相手にもなる。

　実は仏光国師は南宋にいたとき、寺に押し寄せてきた元の兵士に斬り殺されそうになります。しかし、仏光国師は一切動じず、「**臨剣《りんけん》の頌《じゅ》**」（**臨刃偈《りんじんげ》**）という詩を朗々と詠《よ》み上げました。ここにある本で示せば、「乾坤《けんこん》孤筇《ここう》を卓《た》つるに地なし　喜び得たり人空《にんくう》法《ほう》もまた空《くう》なることを　珍重す大元三尺の剣　電光影裏《ようり》春風を斬る」（**乾坤無地卓孤筇　喜得人空法亦空　珍重大元三尺剣　電光影裏斬春風**）という詩ですね。

「臨剣の頌」の書の前で（於　円覚寺）

　剣の下でこれを朗々と詠んだのです。元の兵士に取り囲まれて絶体絶命の状態で、恐れるどころか悠然として「自分が空であれば、あなた方も空だ」と言い放つ。さらに「珍重す」というのは、立派だと褒め称えているのですが、実は揶揄《やゆ》しているんですね。あなた方はたいそう立派な三尺の剣を振りかざして、私を斬ろうとしているけれども、全ては空だから稲妻が春風を斬るようなものだと泰然自若《たいぜんじじゃく》としていた。つまり私を斬ってもはじめから私はないのだから何にもならないと言ったんですね。これには、元の兵士たちはこいつはただ者ではないと思ったらしい。

元の兵士に中国語がわかったか、さらにこの漢詩の意味が理解できたかは不明ですが、多分、仏光国師の立ち居振る舞いに圧倒されたのではないか。その場を去っていったので、仏光国師は命拾いをします。その意味では、確かに執行先生の言う通り、ダンディズムの世界かもしれません。命を失いかねないときに、こんな詩を詠《えい》ずることが出来るなんて本当にダンディだとしか言いようがない。

いま、円覚寺に残っている詩を書いたものは、仏光国師が亡くなって五百年後の江戸中期に、**桂洲道倫**《けいしゅうどうりん》和尚によって書かれたものです。道倫和尚は書家としても一級で、非常に勇壮な字を書きました。そこに掛けてある軸です。私は好きですね。

執行　禅僧の言葉は、「生命の輝き」があるからカッコいいんですよ。生命の本源とは、重く冥《くら》く深い深淵なんです。だからその奥から発してくる真の力はもの凄いエネルギーを持っている。その凄みというものが「カッコいい」ということの源流にある。我々は生命の本源をダンディズム的な意味で「カッコいい」と受け取るのだと思います。何といってもただの「光」と言わず、「電光」という言葉を使うところがすごい。それも「電光影裏」ですよ。電光のそのまた影が映る姿とでも言いましょうか。まさに生命の奥の霊的な存在を示しています。僕が

「臨剣の頌」（臨刃偈）　一二七五年、元（蒙古）軍が南宋に侵入したとき、温州の能仁寺で無学祖元は元軍に包囲されるが、そこで「臨刃偈」（「臨剣の頌」）を詠んだ。その迫力に打たれ、非礼を詫びた元軍は黙って去ったと伝えられる詩。**乾坤無地卓孤筇　喜得人空法亦空　珍重大元三尺剣　電光影裏斬春風**『仏光国師語録』。　**桂洲道倫（一七一二頃～九三）**　江戸中期の臨済宗の禅僧。天龍寺二二一世。丹波法常寺の大道文可に参禅した後、延慶庵を継ぐ。

禅僧の書をたくさん集めているのも、カッコいいからです。スカッとするというか、生命の根源を示してくれるというか。山本玄峰、南天棒、**白隠**……全てそうです。

坐禅ブームは不本意

執行　僕は小学生のときに『葉隠』を読んで武士道が大好きになって、武士道の生き方を貫いてきたつもりなのですが、武士道とは痩《や》せ我慢とダンディズムだとつくづく思います。そして禅も同じような気がするんですよ。僕はそんなに真面目に坐禅をしたことはないのですが、多分、坐禅を徹底してやると、痩せ我慢とダンディズムの根源がどういうものかがわかると思います。時宗はまさにそうですが、自分が不幸を受け入れる覚悟を持てば、自分以外のもっと大きい生命が躍動するという、そういう働きが武士道にも禅にもあるような気がします。忍耐と我慢が自分の生命の中に眠っている、信じられない宇宙的実在の力を引きずり出してくるように思うんです。

いまは飽食の時代で、みんなが幸福を追求する時代ですが、自分の幸福を追求するのは、一歩間違えればエゴイズムです。そしてエゴイズムは最も弱くみじめな自分を引っぱり出してくる。幸福の追求が自分の生命力を萎《しぼ》めてしまうことに気づかなければなりません。だから極端に言えば、人間は不幸を受容する気がないと生命の幸福は摑めない。それをさせてくれるのが禅であり、また禅の裏打ちによってその哲学的理論が発展してきた武士道ではないか。僕は

『葉隠』を読んでも、その中に禅を感じます。**山本常朝**《つねとも》がどのくらい禅をやっていたかは知りませんが、感じる以上、やはり相当な禅の境地に達していたはずだと思うんです。

その意味では、**道元**が「**只管打坐**《しかんたざ》」（ただ坐れ）と言っているように、目的を持たずに坐ることは、自分の命を殺していくことによって、本当の命と邂逅《かいこう》しようとしているのだと思うんです。だから、自分の命をあまりにも生かそうとすると、人間に与えられている本当の命が萎んでしまう。自分を殺すから、周りが生きてくる。いまの人は、自分が生きようとするから、変な言い方ですけれども、周りの人が不愉快になり、また自分も弱くなるのだと思います。僕の好きな**荘子**《そうじ》は「生を殺す者は死せず、生を生かす者は生きず」（**殺生者不死、生生者不生**）と言っています。まさにそのことだと僕は思っているのです。

横田　禅の修行は、徹底して否定するところから始まります。肯定はしない。人間は無であり、空であるという、切り捨てて追い詰めていく教えです。ですから、本当は元々、人生に活

白隠禅師（一六八五～一七六八）　臨済宗中興の祖と称される江戸中期の禅僧。白隠慧鶴。故郷の静岡県沼津市松蔭寺の住職を五十年近く務めるとともに、請われて各地で講義を行なう。膨大な著作や書画を残し、「駿河には過ぎたるものが二つあり、富士のお山に原の白隠」と謳われた。その書は、「執行草舟コレクション」の中核の一つ。**山本常朝**（一六五九～一七一九）　江戸中期の学者・佐賀藩士。『葉隠』の口述者であり、武士に関する談話をまとめ武士道を鼓吹した。**道元**（一二〇〇～五三）　鎌倉中期の禅僧で、曹洞宗の開祖。建仁寺に住し興聖寺を開いた後、越前（福井県）に禅の修行道場として名高い永平寺を開山。理論よりも実践を重んじ、その説法・言行は『正法眼蔵』に記録されている。**只管打坐**　ひたすら坐禅することを言い、曹洞宗で主に用いられる言葉。**荘子**　戦国時代の思想家。老子とともに道家思想の中心人物で、無為自然なる態度によって憂苦から解放された境地を得るという、自然に呼応して生きることを説く。**殺生者不死、生生者不生**　『荘子』大宗師篇。

きない教えなのです（笑）。そういうことを私もずっとやってきて、それがこの頃本なんか書くようになって、世間のお役に立っているようですから不思議です。これはいま執行先生が仰ったことだと思うのです。自己否定の連続によって、少しは人の役に立てる人間になったのではないか。つまり自分を殺すことによって、自分の生が思った以上に生きてきた。この頃はそう感じています。

だから、最近の坐禅ブームはあまり好きになれません。そもそも私は坐禅なんて誰もやらないだろうと思ってやってきたのに、この頃はブームになってしまったから、不本意なんです（笑）。世の流れとか、世間で役に立つことを否定するのが坐禅ですから。役に立たないことを修行として精進するところに、最終的価値を見出しているのです。役に立たないことに全力を費やすことによって、世の中や命の本質の奥にある真理に近づきたいということだと思います。

執行　そうですよね、役に立つ禅ではご利益信仰になってしまいます（笑）。禅は否定です。武士道も全て否定なのです。否定というのは、実は全ての根源だと思っています。否定の哲学だけが、本当の肯定を生むのです。要は、本当の命です。それこそ変な話ですけれども、キリスト教では死ぬことによって永遠の生命を受けると言います。禅もそれに近い。自分をなくしていくことによって、本当の命を生きる。横田管長は本当の命を生きている感じがします。そしてそれは長い否定の歩みがもたらした結果に他なりません。

横田　私もそれが禅の本質だと思います。否定そして無心こそが禅です。その結果が禅の目的になってはいけません。

「般若心経」の真髄

横田　否定と言えば、私にとっては、仏教の経典の中でも特に「**般若心経**《はんにゃしんぎょう》」が人生のいちばん重要なテーマなんです。その全文と現代語訳を見て頂けますか（編集部注：原文と訳文は巻末資料三二六～三二九頁に掲載）。

執行　あっ、これですね。意味は不確かですが、僕もこの「般若心経」はよく仏壇の前で唱えています。母方の祖母が大好きだったお経でして、小さい頃からよく並んで唱えさせられていたんです。だから、何と言っても好きになってしまいましたね。

横田　「般若心経」とはこういうものなのです。全部が否定です。否定して否定して、否定し尽くした果てに到達する宇宙と人間の真理なのではないでしょうか。このお経は、世の中の一切に実体がないと喝破します。全ては空であって実体がなく一時的なものであると言っているのです。実体がないが色もあり形もある。しかし全て実体はなく、永久不変でもない。そして我々の心つまり意志や意識すら空であり実体はないという。本当に凄絶な否定です。しかし、その中に真実が内包されているのです。それを摑み始めたとき、我々の人生は真の輝きを

「般若心経」　「般若波羅密多心経」の略。字数三〇〇字足らずで経典の中の心臓、つまり核心の意。玄奘三蔵の訳が広く流布。

取り戻すことが出来るのだと、このお経は教えていると私は考えています。

「般若心経」は、この世は全て「空」や「無」だと言って否定し、これだという肯定的なことは一つも言わない。全部、否定だけです、最初から最後まで。「これです」というものを一つも認めない。そこに私は心惹かれるんですね。こうすれば良き人生を送れるとか、一切言わない。いい人生を期待していないいんですよ。ただ、何も求めるな、何にも囚《とら》われるなと言っているだけです。否定の先に何かあるはずだという期待さえもない。いまは、人生の先を期待させるようなものが流行《はや》っています。そこが「般若心経」とは全く違います。私はこれが人間の真実だと思うんです。私が坐禅をするのはこの否定の中に自己を没入するためです。何の期待もなく坐り続けるのです。坐って坐って坐り続けることだけが禅だと思っています。私は一切の期待を与えないこのお経が、それゆえにこそ、全ての希望の根源になっているのではないかと思っているのです。人間の人間としての「智慧」の精髄がこの中に封じ込められていると思っています。仏教の真理そのものと言っても過言ではないと思います。

元々、この「般若心経」は仏教の膨大な知恵の集大成とも言うべき般若経典の精髄をまとめたものなのですね。人々が日々の生活の中で、仏教の英知を行なうことが出来るようにしたものだと考えています。この否定の連続に触れるとき、我々は人間性の奥深くに眠る生命の真実に気づいてくるのではないでしょうか。そして、否定が生み出す人間成長の確信に気づくのではないかと思っています。しかし、否定は現実的人生ではなかなか、その前進的な意味を理解することが出来ません。そのためにあるものが、私は坐ることによってそれに到達する禅なのだと思っているのです。坐ることは活動の否定です。それを実践することで、この「般若心経」に見る否定の真髄を自分の体で会得していく道だと思っています。

執行　なるほど、そういうことなんですね。否定の真髄に触れることによって、我々の生命力の肯定的な力が却って増進してくるように思います。それにしても、いつ読んでも「般若心経」には心が洗われます。もちろん、それが宇宙と生命の本質だからに決まっています。何の期待も抱かせないということは本当に尊いことだと思います。自己の生命と運命を信じ切るだけの人生を生み出す力が、その無心の中にあるのだと思います。その期待すら摘《つ》み取らなければならない（笑）。実にすばらしい思想です。だいたいにおいて、期待などというものは浅いんです。そんなものは単なる欲望に決まっています。本も読者に期待をさせる本は内容の浅い本です。中身が深い本は、哲学であれ、文学であれ、みんな否定です。その先にあるものは読者が自分で考え続けなければならない。僕は文学なら日本では**埴谷雄高**《はにやゆたか》、西洋では**ドストエフスキー**が好きなんですが、全部否定です。これらの文学からもらった否定の「問い」を僕はいままでも考え続けて生きているんです。五十年以上そうしています。

埴谷雄高（一九一〇〜九七）　昭和期の小説家・評論家。日本共産党に入党、農民運動に参画したことにより投獄される。出獄後は文学に専念。代表作に人類や宇宙の全存在を問う未完の長編小説『死霊』『不合理ゆえに吾信ず』で知られる。**フョードル・ドストエフスキー（一八二一〜八一）**　十九世紀を代表するロシアの作家。人間の内面の矛盾や人間精神の不条理性を追求して多くの文学者に影響を与えた。代表作に『罪と罰』『悪霊』『カラマーゾフの兄弟』等。

僕はドストエフスキーを高校生のときに全て読んだのですが、昔はドストエフスキーを読んで自殺した人もいるほどで、完膚《かんぷ》なきまでの否定に絶望して立ち上がれない人も確かにいた。いまはそれが怖くて読まない（笑）。でも、その否定の否定の否定の否定を通り越していくと、きれいで優しい希望ではなく、本当の生命感を摑めるのです。僕はそうして熱く重い希望を摑んだつもりでいます。

僕はドストエフスキーを死ぬほど読みながら、**ベートーヴェン**の「**第五**」を毎日聴いていたんです。板の間に正座して木刀を置いてね。それを何年も何年もやったら、道元の『**正法眼蔵**《しょうほうげんぞう》』に書いてある「**我、人に逢うなり。人、人に逢うなり。我、我に逢うなり**」という言葉の意味を自分なりに本当に摑んだと思いました。

対談時の執行草舟氏（於 円覚寺）

摑んだなんて言うと、ちょっと威張っているような感じなんですが、そうではなくて、自分の肚《はら》に落ちたというか。そうしたら、それまで疑問だった「**花は愛惜**《あいじゃく》**に散り、草は棄嫌**《きけん》**におふるのみなり**」というような言葉を中心にいくつもの言葉が肚の底に落ちてきた。自分でもびっくりした時期がありました。僕は古武道が好きで、弓もやったし、柔術もやったし、居合いもやったのですが、禅的な悟りが自分の胸の中にストンと落ちたと自分で思ってから、武道も突然うまくなりました。僕はそういう経験を何度も積んできた結果、否定の哲学は人間の生命を本当に活かすと思うようになったのです。

　禅の開祖と言われる**達磨**《だるま》の「**面壁九年**《めんぺきくねん》」ではありませんが、禅僧たちが坐禅を組んでいるのは、僕から見れば確かに全てが自己の否定だと見えます。禅僧が自己を否定して、否定して、否定して、否定している姿を見ると、本人だけでなく見ている人間の生命力も上がってくるのです。それが宗教の本当の役目ではないかと思います。自分を捨てるための真の坐禅の姿は崇《すう》高《こう》です。崇高とは何だろうかと言ったら、否定そのものの姿なんです。崇高について、イギリスの哲学者**エドマンド・バーク**は「**それは堅固で量感がある。人間に畏れを抱かしめるものであり……ごつごつして荒々しく、直線的で暗く陰鬱である**」と言っていました。そういう垂直に屹立した姿、現世から突き出した姿を感じるんです。それを偉大な禅匠たちは持っていた。もちろん横田管長の姿からも感じています。

ルートヴィッヒ・ヴァン・ベートーヴェン（一七七〇～一八二七）　「楽聖」とも呼ばれるドイツの作曲家。晩年は聴力を失いながらも、交響曲・協奏曲・ピアノソナタ・弦楽四重奏曲などに傑作を数多く残した。代表作品に、交響曲『英雄』『運命』、ピアノソナタ『熱情』『月光』等。　**「第五」**　交響曲第五番　ハ短調　作品六七『運命』と呼ばれるベートーヴェンの最も有名な交響曲。　**『正法眼蔵』**　曹洞宗の根本経典。道元が和語で記したものを没後整理した。坐禅・行事・嗣法など実践面と、思索と体験によって得られた悟りに至る深い思想を説く。『正法眼蔵随聞記』は弟子の懐奘が道元の法語を記録したもの。　**「我、人に逢うなり。人、人に逢うなり。我、我に逢うなり」**（「我逢人、人逢人、我逢我」）『正法眼蔵』有時の巻。　**「花は愛惜に散り、草は棄嫌におふるのみなり」**　『正法眼蔵』現成公案の巻。　**達磨**　禅宗の始祖。南インドのバラモンに生まれ、中国に渡って少林寺にて九年間面壁坐禅した。円覚大師・達磨大師。　**「面壁九年」**　達磨大師が壁に向かって九年間坐禅を行ない続けたことの故事。『碧巌録』一。　**エドマンド・バーク（一七二九～九七）**　イギリスの政治家・思想家・哲学者。

乃木大将の公案

横田　執行先生の『「憧れ」の思想』ではありませんが、私はその世界に憧れて生きてきました。禅は否定というのはその通りで、坐禅が健康にいいとか、ストレス解消にいいとか、経営に役立つとか、そういう目的でやってほしくないというのが本音です。何かのためにする禅というのは、本質的に間違っています。

執行　全くそうですね。武士道もそうですよ。経営の役に立つから武士道を研究するという経営者は結構いますね。そういう雑誌や本も多い。これは、実に腹が立ちます。禅も武士道もそれそのものの価値に生きてほしいんです。何かの役に立てるとか、経営には使ってほしくない。否定の哲学によって養われた胆力が結果として経営や何かに役立つことはあるかもしれないですけれども。その良い例が時宗ではないでしょうか。

国家存亡の危機にあたって、北条時宗は坐禅による胆力の養成で元寇に打ち勝った。日露戦争のときの**乃木希典**《のぎまれすけ》陸軍大将もそうでした。乃木大将が第三軍司令官として、**旅順攻略**に向かう前に南天棒に参禅して、**公案**をもらうのです。それが「**趙州**《じょうしゅう》**の露刃剣**《ろじんけん》」という公案なんですね。それは私の解釈では自分自身を刀剣そのものにして突進し、事の成否を度外視することだと思うんです。つまり、「無」の本質は刀剣の如き切れ味を持っており、その刀身は凄まじく冷たい光を放っている。自己がその剣となって我が身を真っ二つにする覚悟こそが「無」を引き寄せる極意であるということなのではないでしょうか。その問題を将軍は南天棒に突きつけられた。そしてそれを苦しみ悩んで自分自身とした後に、旅順に赴いたのです。だから、あの歴史的な戦いが出来た。歴史的な行ないとは、一人の人間の小さな考えなどでは出来るものではないのです。

横田　それは禅宗の中興の祖、**五祖**《ごそ》**禅師**の有名な公案ですね。**弘法大師**にも「**文殊**《もんじゅ》**の利剣は諸戯**《しょけ》**を絶つ**」という言葉があります。文殊菩薩は鋭い刀を持って、もろもろの戯論《けろん》、もろもろの執着、もろもろの煩悩《ぼんのう》を断つという意味です。一念が生じたなら、もう真っ二つに断ち切る利剣です。

「**念の起こるはこれ病**《やまい》**、つがざるはこれ薬**」といいますが、一念が生じるから迷いとなり、その一念を引きずってしまうから、迷いがどんどん大きくなってしまう。この自我意識の連鎖を断ち切る、これが坐禅の要《かなめ》です。そして自我意識の連鎖を断ち切っていけば、「これが自分の

「**それは堅固で量感がある。人間に畏れを抱かしめるものであり……ごつごつして荒々しく、直線的で暗く陰鬱である**」『崇高と美の観念の起源』に書かれた言葉の執行草舟訳。　**乃木希典（一八四九〜一九一二）**　明治期の陸軍軍人（大将）。日露戦争時の第三軍司令官。旅順攻略戦で壮絶な戦場を指揮。戦後、学習院院長。明治天皇崩御とともに自刃。　**旅順攻略**　中国遼寧省、遼東半島の南西端にある港湾地区で、大陸経営の拠点として重要な場所であり、ロシア軍艦船の拠点であった旅順を日露戦争時に占領するために練られた軍事作戦。　**公案**　禅宗で参禅者に考えさせる問い。古徳の言行を内容とする難問が多い。　「**趙州の露刃剣**」『五祖録』下、『法演禅師語録』。　**五祖禅師（一〇二四頃〜一一〇四）**　臨済宗の中興の祖、法演禅師。中国の五祖山に住していたので五祖禅師と呼ばれた。古則公案を通じた禅修行を確立した。　**弘法大師（空海）（七七四〜八三五）**　平安初期の僧侶。日本に真言密教をもたらした開祖。高野山に金剛峰寺を開く。最澄と並び、平安時代の仏教を隆盛に導いた大宗教家。　「**文殊の利剣は諸戯を絶つ**」『般若心経秘鍵』。　「**念の起こるはこれ病、つがざるはこれ薬**」『法灯円明国師行実年譜』。

体だ」とか「これが自分である」という意識分別は溶けてなくなってしまう。そうすると「**心は虚空《こくう》の辺際《へんざい》なきが如く**」となる。この広い大空（大虚空）には、なんら隔てもなく、継ぎ目もない。みんな平等一枚に溶け合ったところとなる。これが仏心の世界です。みんなが一枚平等になり、大きな慈悲の中に包まれた様子です。坐禅の修行というのは「この心は辺際なき虚空の如くである」と体得することです。そのための「文殊の利剣」であり、「趙州の露刃剣」だと思います。

執行　なるほど、露刃剣は文殊の利剣に近いということですね。文殊の利剣のほうは知りませんでした。多分、不動明王の**降魔《ごうま》の大剣**に近いものではないでしょうか。私にはそう思えます。つまり、乃木大将は戦地に行く前にすでに自分なりの結論を持っていたというところが凄いですね。南天棒の公案を肚に落として旅順へ向かった乃木大将は、二〇三高地で二回も総攻撃に失敗し、何万人もの死傷者を出してしまう。二人の息子も戦死していますね。普通の将軍なら自信を喪失し、神経をやられて指揮もままならない状態になるはずです。なぜ乃木大将は想像を絶する苦しみに耐えられたのか。僕には想像がつきませんでした。乃木大将ほどの苦痛を突きつけられた人を私は歴史上でも知りません。公私

安田靫彦 画「不動明王像」（執行草舟蔵）

ともに将軍が乗り越えたものは、人類に与えられた苦痛ではありません。それは**ヨブ**の如きもので、人間には乗り越えられない。それを支えたのが乃木大将の武士道であり、南天棒の公案から来る禅の力だったんですね。その乃木大将が、**司馬遼太郎**の**『坂の上の雲』**では、無謀な玉砕攻撃を繰り返し、多大な戦死者を出してようやく旅順を攻略した、ある意味で無能な指揮官として描かれています。司馬氏のように頭脳で考える人には乃木大将は絶対にわからない。それがよくわかる小説でしたね。

しかし、僕は**玉木文之進**《たまきぶんのしん》から与えられた武士道と南天棒から与えられた禅の力の話を知ることによって、乃木の本当の統帥力がわかるようになったと思っています。当時の旅順はロシア軍の永久要塞であり、莫大な武器弾薬・食糧を備蓄していた。それを使い果たさせるためには徹底した総攻撃しか選択肢はなく、その意味をわかっていた兵士たちも乃木の統帥《とうすい》に疑念を抱くことなく、死を覚悟して戦ったのです。つまり、乃木は禅で学んだ否定の哲学と武士道の魂

「心は虚空の辺際なきが如く」　『傳心法要』「猶如虚空無有辺際」。**降魔の大剣**　不動明王像が右手に持つ剣。貪瞋痴の三毒を破る智恵の利剣、倶利伽羅剣。**ヨブ**　『旧約聖書』「ヨブ記」の登場人物。神から艱難辛苦の試練を与えられても信仰の揺らがなかった人物として記述されている。**司馬遼太郎（一九二三〜九六）**　日本を代表する作家・歴史小説家。戦国時代や幕末の激動する歴史に題材をとった小説を多く書き、広く読者を獲得した。**『坂の上の雲』**　司馬遼太郎の歴史小説で「産経新聞」に連載された。明治維新から近代国家として歩み、日清戦争を経て日露戦争に勝利するまでの激動の日本を描いた作品。主人公は秋山好古・真之兄弟と正岡子規。**玉木文之進（一八一〇〜七六）**　幕末期の長州藩士。吉田松陰の父の弟。藩校明倫館で教え、代官も歴任。松下村塾（松陰開塾のものとは別）を開き松陰に影響を与えた。萩の乱の責任を取って自害。

を持って、自ら信じる戦いを貫いて祖国を勝利に導いたと言えます。その意味で、乃木に対する司馬遼太郎の評価は全く間違っており、乃木でなければ旅順は陥《お》ちなかったのです。

横田　乃木大将の真価をいちばんわかっていたのは**明治天皇**だったそうですね。

執行　そうです。死の突撃を繰り返す乃木の能力を疑い、罷免しようとした陸軍上層部に対し、「乃木を替えてはならん」と明言されています。

自分を否定していくことによって、間違って悪いほうに行ってしまう場合もあるのかもしれませんが、ぶつかって、ぶつかって、ぶつかって、ぶつかっていけば、必ず生命の本質に触れることが出来ます。その奥底のものを私は武士道と呼び、また禅の本質もそこにあると思うのです。その奥底にある生命の本質が、乃木大将のように祖国存亡の危機を乗り越えるときの原動力になったのではないかと思います。

『禅林句集』のすばらしさ

横田　執行先生の言葉で、私が好きなのは「体当たり」ですね。先入観も、打算も計算も全くないという生き方です。いまの日本ではほとんど姿を消してしまった考え方ではないでしょうか。いまは言葉だけになっていますが、先生の生き方はそれを体現されているように思います。先生の『おゝ ポポイ！』を読んでもびっくりします。ついこの間、読んだのですが、あれを前もって読んでいたらとても対談をする勇気はなかった。怖いですよ（笑）。対談が決まった後に読んで良かったです。

執行　僕は体当たりだけが自慢ですよ（笑）。僕のいいところはそこだけだと思っています。いま六十七歳ですが、これからも死ぬまで体当たりのつもりです。だから今後もどうなるかわからない。社員にも、みんな将来の計画は自分なりに立てておくようにと言っています。だって、体当たりですから、いつどうなるかわからない（笑）。経営計画も人生設計もありません。自分に与えられた、自分に向かってくる運命に体当たりするだけです。そして死んだときがその体当たりの終わりです。

これは若いときから変わっていません。ただ、横田管長の生き方を見ると、横田管長もやはり体当たりだと思いますよ。僕とは違うやり方で、もっと高度なことは確かですが。体当たりの人が書いた本はすぐにわかりますよ。ただ、横田管長の生き方を見ると、読めばすぐわかりますけれども、体当たりをしていない人の本は、理屈が先行しますから。横田管長の本は、読めばすぐわかりますけれども、愛情が先行しています。愛情とか、友情です。これは体当たりからしか生まれません。たとえば、横田管長は無学祖元を学問的に研究したというよりも、無学祖元を心底好きだということです。

横田　その通り、その通り（笑）。愛情がなければ、書くことは出来ませんね。書くだけではなく本当に話すことも出来ない。頭だけでは人様に何か言えるようなことはありません。

明治天皇（一八五二〜一九一二）　明治維新期の天皇。大政奉還により王政復古の大号令を発し、五箇条の御誓文を制定。また大日本帝国憲法、教育勅語の発布を通して、天皇制近代国家を確立した。

執行　管長の本は、まさに無学祖元を好きな人が書いている。だから、読むほうも必ず無学祖元を好きになってしまうのです。さらに付け加えると、横田管長の本には、近来まれに見る漢文の素養を感じます。これは、読んだらすぐわかります。行間が違う。その漢文の引用と使い方が全く違うんです。漢文を深く知っている人以外は書けないような言い回しが随所に出てくる。だから、本に出てくる漢文を全部好きになってしまう。「電光影裏春風を斬る」など、横田管長が引用した漢文はほとんど文学的で詩的なものが多い。だから覚えてしまう。これは膨大な漢文の読書量がなければなせる業《わざ》ではありません。

横田　そこまで言われると恐縮しますが、本当に私は漢文が大好きなんです。小学生の頃から漢文の『**十八史略**』を愛読していました。漢文のあのリズム、躍動感が私の漢文力の基礎になりました。それからやはり『**無門関**』も愛読書でした。もちろん、それも漢文です。私は漢文のリズムにすごく力強い男らしさを感じるんですね。若い頃の漢文の読書が、禅僧になってから大変自分のために役に立ちました。

執行　実は僕にとっての禅の教科書が『**禅林句集**』（岩波文庫）なのですが、その後記を書かれているのが横田管長と知ってびっくりしました。編者は円覚寺前管長の**足立大進**《だいしん》老師ですが、実務的な編集作業を担当されたのは横田管長だったんですね。僕はこれがないと、好きで集めている禅の墨跡《ぼくせき》が読めないくらい、すばらしい本です。意味の解説がないところがいい。問いかけだけが読む者の魂に突き立てられる。ズバッと斬り裂かれます。

横田　あの本は実に思い出深いものです。編集作業は七年かかりました。実は、先代（足立老師）から要請された条件は、「禅語の解釈を付けない」ということでした。なぜなら、禅語の意味は多岐にわたることが多く、同じ禅語でも用いられる箇所によって意味が異なる場合が多いのです。ところが、この禅語は「こういう意味」と解説をつけてしまうと、先入観でそう思い込んでしまうから、却って不親切であるというのが先代の信念でした。私自身も修行中、解説付きの禅語集を参考にしたがために、本義を見失ってしまった経験が何度もあります。

しかしながら、岩波書店側は「解説のないような本は誰も読まないから売れない」と言って、先代の条件を認めない。それでも先代は「禅語に解説は出来ない」と言って突っぱねた。私が取り継ぎ役でしたが、とうとう話にならんとなって、岩波の編集長がじきじきにやってきて、先代とのトップ会談になった。さすが岩波の編集長ですね、先代の話を聞いて、そこまでのお考えでしたら解説なしでいきましょうとなりました。結果的に、禅の専門家たちから「解説がないのがすばらしい」と高い評価を頂きました。

執行　解説がないから無限なんですね。でも、解説を付けないということは凄く勇気のいることです。真の体当たりです。それ自体が、本当の「禅」です。答えが書いてないということ

『十八史略』　中国の伝説時代から南宋までの十八の正史からの抜粋を曾先之がまとめた編年体の歴史読本。**『無門関』**　中国南宋時代の臨済僧無門慧開によって編まれた禅宗の公案集。禅宗の公案や仏教の故事を紹介、註解を無門が加えている。**『禅林句集』**　岩波文庫、二〇〇九年出版の足立大進老師編集の禅門内外の典籍から広く集めた禅語の選集。横田南嶺師が実務を担当した。禅語に習熟するための手引書。**足立大進（一九三二〜）**　円覚寺先代管長。花園大学卒。臨済宗妙心寺派僧侶。一九八〇年、臨済宗円覚寺派管長に就任し、二〇一〇年に横田南嶺老師へ管長職を交代。

は、現代人にとっては最大の精神の毒なんです。だからいい。私は「毒を食らえ」といつでも言っています。それが生命を真に活かす。答えがないのは、つまりは意地悪に一見は見えるのです。それが毒だ。毒があるから考え悩み、そして真実に近づくことが出来ると私は思っています。『禅林句集』はまさに毒の宝庫であり、毒の塊です。座右に置くと悩みが尽きません（笑）。

現代人こそ「毒を食らえ」

横田　執行先生のお考えと禅とが非常に合致するのがその「毒」なんですね。禅も「毒を食らえ」の思想に支えられていると言っていいでしょう。私も執行先生も大好きな白隠禅師も、自分が著わした書物の題に『**荊叢毒蘂**《けいそうどくずい》』と『**毒語心経**《どくごしんきょう》』と付けており、それぞれ「毒」という字を付けているのですね。白隠の「毒」は現代にまで及んでいます。執行先生も白隠の書が好きなのは、多分、その毒にあたったのでしょう（笑）。

執行　その通りです。見透かされました（笑）。世の中は全て、毒が多くないと良くなりません。おいしいものだけ食べても健康にはならない。免疫だって、ばい菌が入らなかったら強くならないのですからね。最近の人が非常に好きなのが除菌思想や無菌思想ですが、それこそ現代文明の終わりを示していると思います。科学的にも最近になってわかってきたのは、悪いものがないと、良いものも存在できないということです。腸内細菌なども、一定量の悪玉菌が

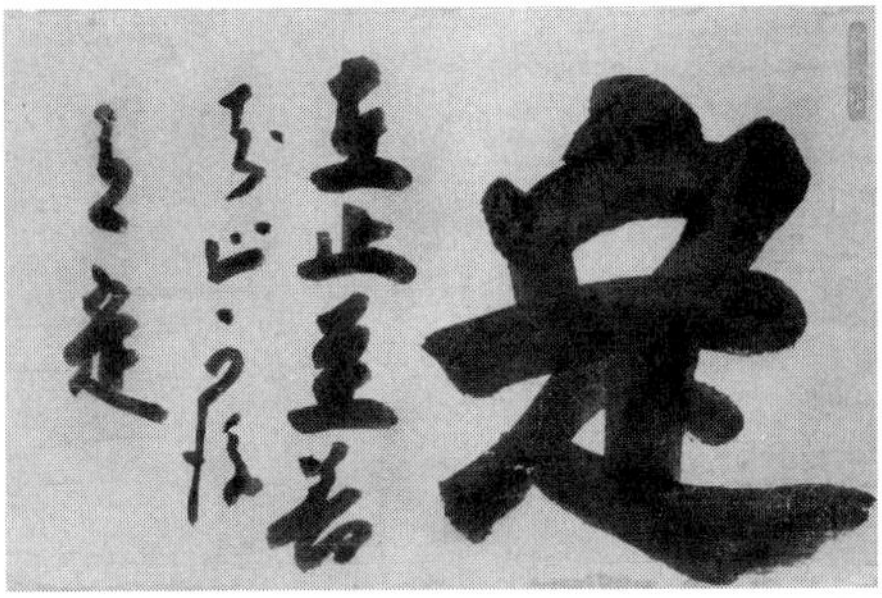

白隠 書「定 在止至善 知止而後有定」（執行草舟蔵）

いなければ善玉菌も存在出来ないのです。毒が生体を支えている。

横田　そういうことなんですね。以前、ある先生からうかがった話で、なるほどと思ったことがあります。この頃、アレルギー体質の子どもが大変増えているのですが、その理由の一つが抗生物質の摂り過ぎにあるのだそうです。たとえば、いまの親は子どもが風邪を引くとすぐに病院に連れて行く。医者は抗生物質の薬を出す。抗生物質は、風邪を引いた子どもが持っている悪い菌も善い菌も全部殺してしまう。元々、体の中で善い菌と悪い菌がバランスを取っていたのに、どちらも殺してしまうから無菌状態になり、アレルギーを引き起こす体質に傾いていくのだと言うのです。

ならば医者は薬を出さなければいい。確かに私の子どもの頃は、風邪を引いたくらいで病院には行きませんでした。子どもたちはみんな洟《はな》をズルズル流しながら、多少の熱があっても学校へ行ったし、元気に遊んでいました。ところが、現代は、たかが風邪といっても何百人かに一人は脳に菌が行ったり大事になったりして死んでしまう子どもすらいる。昔はそれは仕方がないと受け入れたのですが、いまは医療ミスとして訴えられてしまう。医者は、訴えられたら大変な損失を蒙《こうむ》るので、風邪にかかった子どもには薬を出すのが当

『荊叢毒蘂』　白隠慧鶴禅師の漢文語録。

『毒語心経』　「般若心経」に、白隠禅師が毒語を以て註釈した心経。

たり前になった。これが、子どもの体を弱くしているいちばんの原因だとその先生は仰いました。

執行　私が尊敬していた発生学者の三木成夫《みきしげお》先生も全く同じことを仰っていたのを覚えています。現代を覆う除菌思考、無菌思想は大問題です。「いじめ」だってそうなんですよ。もちろん、いじめが良いとは言いませんが、人生は嫌なことに耐えてはじめて喜びが生まれるわけで、嫌なことがなければ喜びもありません。だから、いじめるような人間もいるから、本当に心を通わせる友も出来るのです。嫌な奴がたくさんいるから、好きな奴も出来るのです。温室や無菌室では人間性は育ちません。

横田　私も以前、ＰＨＰの雑誌に、文句を言われるかもと思いながら、「いじめはなくなりません」「そう思って生きるしかありません」と書かせて頂きました（笑）。でも、それは真実だと思います。

執行　文句なんか言ってきたっていいんですよ。特にＰＨＰは大丈夫です。僕が本を出しているぐらいですから、甘いです（笑）。僕は本を書くときには殺されてもいいと思っていますから（笑）。文句を言う人がいたら、文句を言う前に僕を殺しに来るようにと言っています。文句があるなら、いつでも殺してください。僕が生きているあいだは、自分の信念に基づいたことを書き、自分の信念に基づいて行動するだけです。これは出版社が何と言おうが、僕の信念なので絶対に曲げません。

そもそも不合理なことというのが真の毒なんです。不合理とは、要するに割に合わないことですね。そういうものが精神的な毒になり、人間を成長させるのです。本当は子どものときにこれをバンバン与えなきゃダメなんです。昔は父親が頑固で怖くて、反対に母親が優しい家庭で育った子どもは、だいたい優秀な子に育つと言われました。不合理な父親が毒をまき散らして、母親がその毒を慈愛の力で解毒する存在だったんですね。いわば毒と許しの相関関係です。それが人間の重層構造をつくり上げていく。もちろん毒だけじゃダメです。毒があって他に許しがなければいけません。ただし、毒が先でなければいけない。これが逆だと本末転倒で生命の働きに狂いが生じてくるのです。

僕の家はその点は昔風で良い環境でしたね。僕は母親が死ぬほど好きでした。もちろん自分の命なんかよりずっと好きでした。父親は不合理の典型で、やたら厳しくて、何をやっても叱られてばかりでした。だから母親が許しになるんですね。そういう陰と陽を体感しました。僕はその環境こそ自分の最大の幸運と思い、いまでも両親に強い恩を感じています。

いまの時代は、毒を排除し過ぎているから、あえて毒を食らわなければいけないと本にも書いていています。これはもうあえてやらなきゃダメです。食らい方としては、昔の人の本を読むのがいちばんいい。特に古典です。昔の人は生命の本質を理解したうえで、悪いものは悪い、馬鹿なものは馬鹿とはっきり書いていています。下劣な人間にははっきりそう言い、どういう人間が

三木成夫（一九二五～八七） 解剖学者・発生学者。東京藝術大学教授。発生学で有名となるが、西欧近代の実証主義的な観点ではなく、人間と自然の交流感覚を取り戻す自然哲学者としても著作多数。『胎児の世界』『内臓とこころ』等。

クズなのかを教えてくれる。昔の禅僧の本なんてすごいですよ。本気で読んだら、死ぬか立ち上がるかのどちらかしかない。まかり間違えば死ぬ危険が潜んでいない「教え」などは、僕は全て嘘だと思っています。

横田　禅は不合理の極みですからね。昔から多くの人が挫折したのです。絶対否定の先にある境地を目指しているのですから。だからこそまた突き抜けた人物も多く出た。

執行　いまは学校が不合理をなくそうとしているから、過去の本から学ぶしかないのです。そもそも生命そのものが不合理で、決して楽しいものではありません。どちらかと言えば、生命は悲しいものです。生命は重く暗いものを内部に抱えている。その土台の上に我々は未来という人生を築かなければならないのです。だから、毒の本質がわからないと生命の根源もわからない。

いま管長も仰ったように、禅だってそうです。人間は誰でも活動したり遊んだりしたい。それなのに坐らせるから意味がある。坐るのが趣味のような怠け者の人間に坐らせても仕方がない。だから、禅僧は、普通の人間よりずっと活動エネルギーが強いと思います。活動エネルギーが強い人こそ、却って坐る価値があるのです。元気がないから坐っているんじゃ、どうしようもないわけです。

横田　そういうことです。それじゃ修行になりませんから。確かに、坐れば坐るほど活動エネルギーは出てきますね。

執行　横田管長の姿を見ても、人間として最も健康的な姿をしていると思いますね。

横田　お陰様で、坐禅という「不健康」な生活を長く続けてきましたが、この頃同年代の人に会うと、自分より老けているなと思うことがよくあります。

白隠の「お札」

横田　日本の臨済宗は一般的には**栄西禅師**が開祖と言われていますが、禅僧の中でいちばん影響力があった方となると、白隠禅師だと思います。私自身、修行時代に手本にしたのが白隠禅師でした。

白隠禅師の原点は「死」です。十一歳のとき、近くのお寺の住職に「地獄絵図」を見せられて、身も震えるほどの恐怖を覚えます。嘘をついたり、人の物を盗んだりしたら地獄に堕《お》ちると信じたのです。そして、その恐ろしさに夜も寝られないほどでした。ではその地獄から逃れるためにはどうしたらよいか。それで十五歳のときに出家して、ひたすら修行に打ち込みます。地獄への恐れを克服するために、坐禅はもとより、禅の書物を読み漁《あさ》ったり、観音経や法華経を唱え続けたり、名僧と言われる方のもとへ修行行脚に出たりと、それこそ体がボロボロになる限界まで修行された。

栄西禅師（一一四一～一二一五）　臨済宗の開祖。明庵栄西。比叡山にて台密に接するが、禅の衰退を嘆き宋へ二度渡る。博多に聖福寺を開き、また京都に建仁寺を建て台密禅三宗建学の道場で、禅宗の定着に努めた。『喫茶養生記』等を記す。

沼津市原の松蔭寺

そんなあるとき、一大転機が訪れます。白隠禅師が四十二歳のときです。秋のある夜、一人で法華経を読んでいて、庭で鳴いているコオロギの声を聞いて大悟（悟りを開くこと）するのです。そのときの歌が、「**衣やうすき　食《じき》やとぼしき　きりぎりす　聞き捨てかねて　もる涙かな**」というものです。これは別に虫に同情しているだけではなく、その時代の多くの人たちの貧しさゆえの苦しみを歌っているんですね。そして、その貧しさの中にある何ものかを摑んだに違いありません。

　当時、白隠禅師は沼津市原にある**松蔭寺**《しょういんじ》の住職をしており、懇意にしている近隣のお百姓さんたちから窮状を聞いていました。年貢の取り立てが厳しいとか、不作続きで一家心中をしなければならないとか、生まれたばかりの子どもが病にかかって死んでしまったとか、さまざまな苦しみが自分の耳に聞こえてくる。

　それで何とかしたいという思い、これからの半生は人々のためにという思いで、あの膨大な「書」を書いたり、「画」を描いたりしたのでしょう。書も画もあの時代の庶民にとっては大きな救いになったんだろうと思います。

　それまで禅の高僧が書く書や画は立派な墨跡というか、清らかであったり幽玄だったりで、庶民には近寄りがたいものでした。でも、白隠禅師のものは泥臭い。この泥臭さが嫌だという人もいて、評価が分かれるのですが、これこそ白隠禅師の魅力になっています。大地と一体化した生命力があふれているのです。白隠禅師は八十四歳で死ぬまで現役で活躍されましたが、民衆の地獄のような苦しみを少しでもやわらげたいとの思いで書や画を描き続けた。それが作品の魅力ともなり、また大きな人間的な魅力ともなっていると思います。

執行　その通りですね。確かに白隠の作品はそれそのものが救いをもたらすものになっています。芸術作品などを生み出そうと思っていなかった。僕も白隠禅師の書が大好きなのですが、なぜ好きかというと、あれが「お札」だからなんですよ。「金毘羅大権現《こんぴらだいごんげん》」とか「南無地《なむじ》獄大菩薩《ごくだいぼさつ》」とか「南無大聖不動明王《なむだいしょうふどうみょうおう》」とか、全て「お札」です。当時は仏壇も買えない貧乏な人たちがたくさんいて、その人たちのために書いたというのが「書」から伝わってきます。庶民はそれを家に飾って拝んだのですね。そういう意味で、禅僧の中でも珍しい人なんです。字も当時としては特殊です。相撲の番付の文字みたいで、字が読めない庶民でも画として感じることによってその意味がわかるから、拝みやすい。つまり、庶民が信仰しやすいように書いている。その白隠禅師の心配りが大好きなんです。その慈悲心があの骨太の書の中で渦巻いている。書の中に「祈り」があるのです。

横田　そうです。それが本当の祈りの心ですね。民衆のために祈るという白隠禅師の心が伝わってきます。立派な床の間や茶室に飾る掛け軸というよりも、貧しいお百姓さんが子どもを

「衣やうすき　食やとぼしき　きりぎりす　聞き捨てかねて　もる涙かな」　白隠の詠んだ歌。**松蔭寺**　静岡県沼津市原の臨済宗寺院。白隠派。円覚寺末寺として無学祖元門弟天祥西堂が創建。白隠が住したことで知られる。大正期に山本玄峰が再興した。

亡くして悲しみに暮れているときに、壁に掛かっている白隠禅師の書を通して祈る。そういう使い方をしたわけですね。

執行 そうです。その証拠に、白隠禅師の書はそのほとんどが線香焼けで茶褐色に変色しているんです。書の前で線香を焚《た》いて、みんなで拝んでいたというのがよくわかる。少し変に思われるかもしれないことを言わせてもらいます。僕は白隠の書を好きで相当集めて持っていますが、不思議なことに、掛けておくと部屋が暖かくなるんですよ。これ、神がかりではなくて、本当にそうなんです。多分、それだけ書に力があるのです。書いたときの白隠のエネルギーが本当に部屋中に充満するんですね。いつも不思議で家族や知人にも見せていますが、皆同じことを言います。僕は白隠の思いや願いが後世にまで届いていると思っています。その熱い情熱が我々人間の生命と感応すると熱として感じるのではないかと思っているんですよ。

横田 それは凄い。それこそ書に込められた人格力でしょうね。それがいまにまで伝わるということはすばらしいことです。禅を学ぶ者として心底からの力を頂けるような話ですね。

執行 それだけじゃないんですよ。白隠禅師の書の魅力はもう一つあります。それは多分、その当時において書を書いて渡す相手は、白隠禅師がよく知っている人だったと思います。ですから、その人の境遇や信仰心を理解したうえで、その人が成仏《じょうぶつ》するにはどうしたらいいかと考え抜いて書を書いている。たとえば、有名な「南無地獄大菩薩」という書は、字そのものに地獄に堕ちることを救ってくれるような力強さがあります。大きな器量に加えて愛嬌《あいきょう》も感じられます。そして、相手に合わせて一つひとつ違っている。これなどは、悪行を繰り返している

白隠 書「南無地獄大菩薩」（執行草舟蔵）

人たちや地獄に堕ちるのを恐れている人たちに、「これさえ拝んでいれば、お前さんは地獄に堕ちないよ」と安心させていたのではないかと思っているのです。そして、この書にはほとんど全て宛名が書いてあるんですからね。僕が感動するのは、その一人ひとりに対する心なんです。

正受老人の徹底的自己否定

横田　執行先生のお話でなるほどと思いましたのは、ある芸術家が白隠禅師の書を見て、「これは芸術ではない。自己表現したものではない。これは人に何かを伝えたいという思いのもとに書かれたものだ」と言われたんです。書の一つひとつが、目の前のお百姓さんや苦しんでいる人のためにという願いや祈りの心で書いたものだとわかると、その人の言っていたこともスッと肚に落ちます。

執行　そうだと思います。もの凄い数の書が残っているということは、それだけ救いを求めていた人が多かったという証《あかし》です。お地蔵さんが好きな人には「南無地蔵菩薩」、**秋葉山**《あきばさん》が好きな人には「南無秋葉山大権現」、金毘羅さん（鰐《わに》を神格化した仏教の守護神）が好きな人には

「南無金毘羅大権現」と書いた。これは相手が持っている信仰に対してで、白隠禅師がいろいろな神を信仰していたということではありません。全ては貧しい人々のためであったということです。

横田　つまりは、民衆の声によく耳を傾けたということでしょうね。それが聞こえてくるのですね。そして、それを具体的に書に表わす。その願いや祈りの心がずば抜けていたんだろうと思います。白隠の持つ力はやはり数ある禅匠の中でも抜きん出たものがあります。

執行　それは横田管長の書いた『禅の名僧に学ぶ生き方の知恵』という本にも出てくる**正受**《しょうじゅ》**老人**から受けた禅の境地だと思います。正受老人は二十歳のときに**印可証明**を受けるほど卓越した禅僧でしたが、生涯にわたって寺に属さず、信州飯山の庵に隠れ住んだという変わった経歴の持ち主です。そして母親に孝養を尽くし、ただ一人の生活の中における禅を実行した。そんな正受老人が唯一育てた弟子が白隠禅師だそうですね。

横田　そうなんです。正受老人が六十代半ばの頃、二十四歳の白隠禅師が修行にやってきます。それまで白隠禅師は相当な修行を積んできたのに、正受老人は徹底的に白隠禅師を否定するわけです。さまざまな公案を出して問答を繰り返すのですが白隠禅師の答えを全て否定し、完全に叩き潰すのです。それだけではなく、崖《がけ》から突き落としたり、風呂を沸かさせた後に「ぬるい」と言って風呂の栓を抜いて沸かし直させたりといった理不尽なこともしたそうです。

正受老人は白隠禅師に見どころがあると思ったからこそ、世の中のありとあらゆる理不尽に耐えられるように徹底的に鍛えて、鍛えて、鍛え抜いたんですね。白隠禅師も逃げることなく、正受老人に食らいついた。結果的に正受老人から悟りを認められるのですが、否定の果てに学んだものが民衆の声を聞くという祈りの心だったんだと私は思いますね。それを白隠禅師は身につけたと思います。仏教では「愛」という言葉は使わないのですが、個人的な恋愛感情ではなくて、執行先生がお使いになっている宇宙的な愛の本源とでも言いましょうか、それが発露していったのが、白隠禅師の後半生ではないでしょうか。

執行　正受老人との出会いがなければ、白隠の書も画も後世に残らなかったでしょうね。多分、自分の培った禅の力だけで満足し驕《おご》ってしまったのではないか。それを、完全に潰された。不合理の極みですが、愛情が深くなければとても出来ないことです。

横田　その出会いがあったから、後の広い深い愛情の働きが出来たのだと思います。それが白隠禅師の実践であり、その根本精神を我々が受け継いでいかなければならないと思っています。いま白隠禅師の書や画が評価されていることは大変有難いのですが、ただ有難がっているだけではなくて、執行先生がいみじくも言ってくれた祈りの心や弱い者の声を聞いていたというところ、これを我々が見失ってはいけないのではないか。まさにそれを禅では「**上求菩提**《じょうぐぼだい》**下化衆生**《げけしゅじょう》」というのですが、つまりは自己探求の修行は、どんな時代にあっても不変だが、世

秋葉山　静岡県浜松市天竜区に位置、赤石山脈の南端にある山。防火の神である秋葉大権現を祀る秋葉山本宮秋葉神社があり、同神社を表わすこともある。　**正受老人（一六四二～一七二一）**　江戸時代の臨済宗の僧。道鏡慧端。至道無難に学び、白隠の師でもある。長野の飯山で正受庵と名づけた小庵に住した。白隠が大悟したと思い込んだところを厳しく指導し、導いた。
印可証明　密教や禅宗で師僧より弟子に法を授けたり、また悟りを得たりしたことを認める証明印のこと。

の中の人々への教化はその時代その時代に合わせて変えていかなければならないということですね。その教えを忘れてはいけないということです。

執行　白隠禅師は弱い者のために生きた人ですが、書を見る限り、弱い人を口で慰《なぐさ》めたりすることは一切なかったと思うのです。書には、相手の生命の本源に向かって自分の生命の本源を真正面からズドーンとぶつけているというところが見えます。だから、泣きついてきた人間は引っぱたいていたんじゃないかと思うんです。それが白隠禅師の真骨頂じゃないかなと思っています。変な言い方ですが、最大の魅力は意地悪というか、毒だったような気がするのです。白隠禅師の生命そのものが大きな毒だったということではないかと僕は思っているんです。

死ぬときの逸話も面白い。名医と呼ばれる医者が死ぬ三日前に来た。白隠禅師が「どうだ、俺の顔色は？　元気そうか」と聞いたら、医者は「いや、和尚様はそれはすばらしく元気そうなお顔をしていますよ」と答えた。それを聞いた白隠禅師、「何だこのヤブ医者め、俺は三日後に死ぬが、そんなこともお前はわからんのか」と叱ったというのですが、あれが真骨頂でしょうね。白隠禅師の相手の命を本当に愛する心の表われの一つだと思っています。多分そのときの医者は、それから医学の修業を真剣にやるようになったと思いますよ（笑）。

東日本大震災と「延命十句観音経」

執行　白隠禅師が広めた「**延命十句観音経**《えんめいじっくかんのんぎょう》」という偈《げ》のような短いお経がありますね。僕は観音様の信者でも何でもないのですが、「延命十句観音経」だけは毎日仏壇で上げています。家が浄土宗なのでその日常の勤行と一緒にやっているんですよ。妻を早く喪《うしな》って、それからすでに両親も喪っていますから。

「観世音《かんぜおん》　南無仏《なむぶつ》　与仏有因《よぶつういん》　与仏有縁《よぶつうえん》　仏法僧縁《ぶっぽうそうえん》　常楽我浄《じょうらくがじょう》　朝念観世音《ちょうねんかんぜおん》　暮念観世音《ぼねんかんぜおん》　念念従心起《ねんねんじゅうしんき》　念念不離心《ねんねんふりしん》」。

というふうに一念を込めて唱えるんです。そうすると何だかわからないけれども、死んだ家族と本当に一緒にいるような気がするんですね。不思議ですよ。

これを毎日唱えないと何か恐ろしいことが起こるような、そういう力をこのお経は持っています。白隠禅師の魅力かもしれません。それがこの短いお経の中に入っているように思うんです。生命そのものが毒のような人が大切にしていたお経だから、何か力を与えられるように感ずるんですね、多分。

横田　白隠禅師が「延命十句観音経」を広め始めたのは六十一歳の頃です。これについては逸話が残っており、井上平馬という江戸の武士が死んで地獄に行ったところ、地獄の閻魔《えんま》様から「お前はまだこちらの世界に来なくていいから、延命十句観音経を広めよ。ただし、お前一

「上求菩提下化衆生」　菩薩が上には菩提・悟りを求め、下に向かっては衆生を教え、救済すること。　**「延命十句観音経」**　大乗経典の観音経を讃える経典。四二文字の最も短い経典であり、白隠が「延命」という名を付した。短いが、唱えると霊験や奇跡が起きるというご利益でも知られる。

横田南嶺 画「観音様」

人では無理だから、駿河の白隠という和尚に助けてもらえ」と言われて息を吹き返す。そこで井上平馬が白隠禅師を訪ねてお願いしたという話です。

しかし、このお経は白隠禅師を研究している人の中ではあまり評価されておらず、軽く見られているところがあります。その理由の一つに、白隠禅師が七十六歳の頃に書いた**『延命十句観音経霊験記《れいげんき》』**という奇妙な書物があります。これは、みんなで「延命十句観音経」を唱えたら重病の患者が治ったとか、死者が甦《よみがえ》ったとか、不思議な体験記が十幾つ載っています。それで研究家たちは眉唾《まゆつば》だと信用していない面があるのです。

ただ、あの本こそ、白隠禅師が庶民のために何が出来るかを考えて、「延命十句観音経」を広めることが自分の役目であり、人々の心の支えになるはずだと信じて書いたものだと思います。江戸時代の大名の日記の中に、「この頃江戸では白隠という坊主が来て、『延命十句観音経』がえらく流行《はや》っている」と出てくるほどで、そういう記録があるぐらい、多くの人たちが唱えるようになっていた。それはやはり白隠禅師の大きな慈悲の心の発現でしょう。私自身は「延命十句観音経」は、簡単に覚えられ、みんなが唱えられるいいお経だと思っています。

執行　「延命十句観音経」にはいろいろな解釈がありますが、僕は横田管長の解釈がいちばん好きですね。僕は唱えた後に必ずその意訳を読み上げるんですよ。

「観音様　どうか人の世の苦しみをお救いくださいい
人の苦しみを救おうとなさる　その心こそ仏様のみ心であり
私たちのよりどころです……」。
とね。そうすると本当に先立たれた家族との一体感が生まれてくる。私のような不信心者でもそうなるのですから、信心の深い人などは完全に一体になれると思いますね。そういう力が本当にある。やはり白隠は何か霊界の掟《おきて》というか、そういうものに精通していたとしか言いようがありません。これを読みますとね、壁に掲げてある妻や両親や祖父母などの写真がね、本当にニコニコとなるんですよ。僕は「これはいかん、これはいかん」と思って本当に頭を振って次の行動に移らなければならないときもあるんです。

横田　有難うございます。そのように使って頂ける人がいたら本当に嬉しいですね。私が円覚寺の管長になって二年目の二〇一一年三月十一日、東日本大震災が起きました。円覚寺派の寺院も甚大な被害を受けました。すぐにお見舞いや救援物資をお届けする活動を始めたのですが、他に何か出来ることはないかと考えました。たまたま縁切り寺で有名な**東慶寺**の住職の奥様にその話をしたところ、「延命十句観音経」を写経したらよいのではとの助言を頂き、それから毎日、色紙に写経し、現地へボランティアに行く若い雲水たちに届けてもらいました。

『延命十句観音経霊験記』「十句経」を読むことによって起こる、数々の奇跡・霊験を、白隠禅師が書いた。功徳と禅定とは何かを探る。　**東慶寺**　鎌倉にある臨済宗円覚寺派の寺。山号は松岡山。鎌倉尼五山の一つで一二八五年に開創。北条時宗の妻、覚山尼が開山し、離縁を望む女人を救う寺として、江戸時代には縁切り寺・駆け込み寺として知られた。

被災した寺院や避難所の方々には大変喜んで頂き、私自身も改めて観音様のお慈悲に気づかされました。本山での法話も、もっぱら「延命十句観音経」について話していたのですが、何十回と話すうちに、この意訳が口を衝いて出てきたのです。そのとき、無心に祈るところから、自ずと仏心が目覚めてくることを実感しました。

執行　横田管長の被災地に対する追悼の真心と復興への祈りが、言葉として昇華したのですね。管長の心がその写経に乗って被災地まで飛んで行ったに違いありません。そして、それを管長さんに為さしめた力が観音の力なんでしょうね。

もう一つ、僕が好きなのが、やはり横田管長がつくられた「延命十句観音和讃《わさん》」です。

「大慈大悲の観世音　生きとし生けるものみなの

苦しみ悩みことごとく　すくいたまえといのるなり……」。

と続くものですが、これも声に出して唱えると、そのすばらしさが身に沁《し》みてきます。僕の場合は、武士道精神の鍛錬を日常でよくするのですが、それは苦痛と不幸な事柄を抱き締めて苦しみ抜く鍛錬なのですね。あえて苦痛を自己に与えてその不幸を味わい尽くすのです。その後に、僕はよくこの和讃を読みます。そうしますとね、苦痛が中和するんですよ。ふわっと自己の魂が空中に舞い上がる瞬間があるのです。先ほどの苦痛の鍛錬が自己の肉体の中に打ち込まれるときだと僕は思っています。不幸を味わい尽くした後に、幸福の岸辺をこの和讃はかいま見させてくれるのです。内容というよりも、その言葉の言霊《ことだま》のような気が僕にはしますね。

横田　それこそが観音の力だと思います。いいことを聞きました。「延命十句観音経」と和讃には本当に力があるんですね。そう言えば、震災三回忌の法要で被災地を回ったときのことです。あるお寺の経机《きょうづくえ》に「延命十句観音経　意訳」のプリントが置かれていたのです。法事のたびに皆で唱和していると聞き、なんと有難いことかと感激しました。鎌倉に帰ってから、もう少し唱えやすいものが出来ないかと考えたら、この「延命十句観音和讃」の言葉が口を衝いて出てきたのです。これは私がつくったのではなく、観音様が私に乗り移って唱えられたお言葉だと思っています。

執行　そうでしょうね。和讃のほうはぐっと神的になっていますから。それにしてもすばらしい。「延命」とはどういう意味なのか。はじめ、お経を読めば長生き出来るよという意味なのかと思っていたのですが、よくわからなかったのです。ところが横田管長の『祈りの延命十句観音経』（春秋社）を読んで、その中に「与えられた自分の命を全うすることである」と書いてあったので、納得しました。延命の本質ですね。だから、いま現在使っている延命という考え方では全くないということです。これは生命の燃焼ということです。一見優しそうに見えて、実は激しいお経だと感ずるようになりました。「命を全うする」とは実に激しい武士道的精神だと僕は思うんです。

祈りの本質

横田　平成二十九（二〇一七）年、円覚寺の夏期講座にノーベル生理学・医学賞を受賞（平成二十七年）された**大村智《さとし》**先生にお越し頂きました。大村先生は私費で故郷に美術館を建設するなど私利私欲のない慈悲行の人でございます。その大村先生がやはり「延命十句観音経」を唱えているとおうかがいしまして、理由を聞いて深い感銘を覚えたのです。

大村先生の故郷は山梨県で、高校・大学時代は勉学の傍らスキーに熱中していたそうです。ところが、先生がスキーに出かけるときは必ず地元の人が皆、前もってそれを知っていたそうなんです。それが不思議でならなかったといいます。その後、先生のおばあさんが亡くなったとき、おばあさんが近くの観音堂で「孫がスキーで怪我をしないように、無事帰ってくるように」といつでも自分がスキーに行く前にお祈りしていたことがわかったのです。おばあさんがお参りしていた観音堂には「延命十句観音経」が書かれていたことを知った大村先生は、おばあさんに感謝するとともに「延命十句観音経」を唱えるようになったそうです。私はいいお話をうかがったなと思うと同時に、ノーベル賞を受賞されたほどの医学の専門家が仏様を信じる心を持っておられることに感動したのです。

それから、もう一つ、祈りについて考え続けていらっしゃる執行先生にぜひお話したいことがあります。それは、本当の祈りとはこういうことだろうと思った話です。白隠禅師が開山した静岡の三島にある**龍澤寺《りゅうたくじ》**の住職に**中川宋淵《そうえん》**老師という、山本玄峰老師のお弟子さんで、玄峰老師の跡を継いだ、非常に立派な老師がいらっしゃいました。その方のお弟子さんから聞いた忘れられない話があります。

宋淵老師は、アメリカで禅道場を開いて禅の指導に行かれたりしていました。あるとき、ニ

対談時の横田南嶺管長（於 円覚寺）

ユーヨーク郊外の坐禅堂で行なわれた坐禅会の最中に、小さな女の子が行方不明になった。坐禅堂は山の中にあったので、みんな慌てて夜通しあちこち探し回りました。ところが、宋淵老師は泰然自若として、坐禅堂の真ん中で朝までずっと「延命十句観音経」をひたすら唱えていたそうです。

あくる日、ようやく子どもが見つかったので、お弟子さんが「お陰様で無事見つかりました。老師様には子どもが見つかるようにお祈りをして頂きました。その甲斐がありました、有難うございました」と言うと、宋淵老師は「私は子どもが見つかってほしいとか、助かってほしいとか、そんなことは何も考えていなかった。私はただ祈っていただけだ」と言ったそうです。それを聞いて、私は腰が抜けるほど驚くとともに、まさにこれが祈りの本質だと感動したのです。

執行　それはすばらしいことです。僕も全く同感です。真の祈りは人間の欲の対極にありま

大村智（一九三五〜）　化学者、薬学者。北里大学特別栄誉教授。微生物の研究から発見した新物質によって多くの医薬・農薬の実用化を図った。ノーベル生理学・医学賞受賞、文化勲章受章。　**龍澤寺**　静岡県三島市にある臨済宗妙心寺派の寺院。山号は円通山。開山は白隠。明治時代から荒れ寺となっていたが、山本玄峰が再興、第二次世界大戦中は鈴木貫太郎が参禅。　**中川宋淵（一九〇七〜八四）**　昭和期の臨済宗の禅僧。俳人。東京帝国大学文学部卒業後、山本玄峰に師事し、三島の龍澤寺に住した。その後アメリカへ渡り、禅道場を開いた。

す。宇宙と自己の同化です。祈りの結果を求めるような考え方は絶対に間違いだと思っています。そもそも宗教はご利益を願ったら絶対にダメで、それを求めれば文明的に見ても宗教は最も悪いものに変化してしまいます。過去に宗教が犯した悪業は枚挙にいとまがありませんが、それらは全て宗教自体が欲に歪《ゆが》んだからに他なりません。宗教の本質は生命論であり、親の親の親の親が宗教なんです。ですから、神仏に対しては、与えられた生命に感謝を捧げその燃焼を祈願するだけでいい。それが親への感謝になるのです。

いまはほとんどの宗教がご利益信仰になってしまっている。無病息災、病気平癒《へいゆ》、家内安全、商売繁盛、大願成就、不老長寿、夫婦円満……願いをかなえてくれるのが宗教ではないのに、そうなってしまっている。現世のことは全て自己責任なのです。真の自己責任がないからその延長線上において宗教の本義も見失った時代になってしまいました。

僕はいまのキリスト教は大嫌いですが、原始キリスト教は大好きです。原始キリスト教がなぜあれほどの世界的な宗教になったかというと、現世のご利益が一切なかったからです。殉教すなわち教義のために命を捨てることを尊いと考え、死後の永遠の生命を得るためには現世の死をものともしない。むしろ殉教によって永遠の生命が与えられると考えていた。

原始キリスト教は、イエス・キリストが死んでから迫害を受け続け、ローマ帝国の国教になるまで三百五十年もかかるのですが、その三百五十年間、信者たちは見つかったら磔《はりつけ》になる危険を冒してまで、地下に潜って信仰したわけです。西洋を支配したキリスト教の力は、このご利益のない強さだったと思っています。

僕が仏教の中で禅宗が好きなのは、ご利益を言わないからです。ただ坐るだけ。ただ祈るだけ。それがいいのです。禅宗以外はやはりご利益宗教が多い。

横田　キリスト教に「御心《みこころ》のままに」という言葉がありますね。「全ては神の御心のままに」と。仏教では使いませんが、あの言葉はいいなと思っています。祈りの心を言い表わしている。「御心のままに」が全てだろうと思うんですね。そして、我々は与えられた命にただ感謝するのです。

聖ペテロと鑑真和上

執行　『「憧れ」の思想』にも書きましたが、僕が原始キリスト教を大好きになったのは、**ヘンリク・シェンケヴィッチ**が書いた『**クォ・ヴァディス**』に出てくる**聖ペテロ**に憧れたからです。

『新約聖書』に登場するイエス・キリストに従った使徒の一人である聖ペテロは、亡きキリス

ヘンリク・シェンケヴィッチ（一八四六〜一九一六）　ポーランドの作家。ノーベル文学賞受賞。ワルシャワ大学卒業後、新聞社でアメリカの特派員として働く。ポーランド語の古語表現に長けた歴史・英雄小説で知られる。『**クォ・ヴァディス**』ヘンリク・シェンケヴィッチによる歴史小説。西暦一世紀のローマ帝国を舞台にした原始キリスト教徒たちの生き方を描いた。暴君ネロの治世下のローマを舞台に、当時の様子を生き生きと描写した。岩波書店より出版されている。　**聖ペテロ（？〜六四頃）**『新約聖書』に登場するイエス・キリストに従った十二使徒の筆頭、大伝道者、初代ローマ法王。

トの一番弟子として布教を続けていたのです。それが皇帝ネロによる大迫害のときに、それを恐れて一度はローマから離れるのです。その道中、アッピア街道で死んだはずのキリストの霊体と出会う。キリストはペテロとは反対に、ローマへと歩みを進めている。そこでペテロはキリストにラテン語で「**クォ・ヴァディス・ドミネ**」（主よ、何処《いずこ》へ）と問うたところ、キリストはこう答えます。

「お前が、苦しむ信徒を見捨てると言うのならば、私はもう一度十字架に架かるためにローマへ行こうと思う」。これを聞き、ペテロの魂にはあの露刃剣が突き立ったのです。

自分をいたく恥じたペテロは、踵《きびす》を返してローマへ戻りますが、間もなく逆さ磔と言われる極刑の十字架に架かり、殉教します。ペテロは死後、初代ローマ法王となり、二千年経ったいまも、ローマ法王は「聖ペテロの後継者」にふさわしいかどうかで決まり、その権威は揺るぎません。いまでもヴァチカンのあのサン・ピエトロ大聖堂に眠っています。そして、その場所こそがペテロが逆さ磔になった場所なのです。この「クォ・ヴァディス・ドミネ」の精神こそがキリスト教の本質であり、あらゆる宗教の本質でもあると思っています。禅の本質も僕はそうだと思っています。

横田　仏光国師の生き方も、まさしく命をなげうった生き方だろうと思いますね。日本の仏教の戒律をおつくりになられた**鑑真和上**《がんじんわじょう》もそうですね。実は、私が自分の部屋に飾っているのは鑑真さんの像だけなんです。禅宗のお坊さんは飾っていないのです（笑）。

執行　僕も鑑真は死ぬほど好きです。小学生のときに**井上靖**の『**天平の甍**《てんぴょういらか》』を読んで、身震いするほど感動しました。鑑真は唐の高僧として皇帝の信任厚く、命の危険を冒してまで日本に来る理由はありません。難破の確率が七～八割というリスクがあったから、周囲も行く必要はないと止めた。しかし、鑑真は一言、「法のためである」と言った。どんな困難があろうと、壁に突き当たろうと、いつでもこの一言で突き進んで行く。法のためなら自分の命など全く惜しくないというこの生き方が持つ武士道的精神に体の芯が震えました。このダンディズムこそ武士道そのものです。しかも、渡日は五回も失敗し、六回目にようやく成功するのですが、鑑真は両目を失明します。それでも目的を果たした鑑真に心底惚れました。

映画（一九八〇年公開）も最高でしたね。**田村高廣《たかひろ》**が鑑真の役をやっていますが、この演技がすばらしかった。僕はいまでも映画史上最高の名演と評価しています。そして、日本に着き東大寺別当の良弁《ろうべん》に迎えられるあの場面ね、何度観てもあれは涙なくしては観ることは出来ません。

「クォ・ヴァディス・ドミネ」（Quo vadis, domine?）「主よ、何処へ」の意。キリストにペテロが問うたラテン語の言葉。後のカトリック教会発展の礎となった言葉。　**鑑真和上（六八八～七六三）**　中国、唐の高僧で奈良時代の渡来僧。日本律宗の祖。渡日を志すも五度失敗し、失明するにまで至る。六度目に渡日。東大寺に戒壇院を設け、唐招提寺を創建、戒律の礎とした。

井上靖（一九〇七～九一）　昭和期の小説家。新聞記者から作家になり、新聞小説、歴史小説で豊かな物語性のある作品を数々発表した。文化勲章受章。『蒼き狼』『敦煌』等。　**『天平の甍』**　井上靖の長編小説で、唐の高僧を招来することを使命とした遣唐使の僧たちと、それに応えた鑑真和上の激動の人生を描く歴史小説。後に熊井啓監督により映画化された。　**田村高廣（一九二八～二〇〇六）**　俳優。時代劇俳優として著名な阪東妻三郎の長男。壺井栄原作の『二十四の瞳』をはじめ、『喜びも悲しみも幾歳月』等、多数の作品に出演。『天平の甍』の鑑真役で知られる。

横田　私もそう思います。あの当時はいい映画も多かった。ただ、最近は、テレビでも映画でも、武士道を感じるものがだんだん少なくなっていることを残念に思っています。

執行　このところは少ないですね。武士道や禅は、人間の生命をなげうつ話になりますから、いまの人はあまり関心がないかもしれません。むしろ、生命をなげうつつもりでやれば最後には得をするみたいな話になってしまう。生命をなげうつのは損得でやることじゃないのです。どの本でもそうですが、人間の生命の本質に近づくというのは嫌がる人が多いですね、いまは。

先ほどの話ではないですが、坐禅にしても、本当はご利益を求めてやるものではありませんからね。横田管長も結構苦労されていると察しています（笑）。それを求める人の要求にさらされているに違いありませんからね。

生命とはわがままなもの

横田　坐禅が健康にいいとか、ストレス解消にいいとか、本当はとんでもないと言いたいのですが、私もサービス精神があるものですから、真っ向から否定せずに、まあ目的は何であれ坐禅に興味を持って頂くことが大切かなと思っています。書籍を出したり、こうやって諸先生と対談させて頂いたりするのも、わかり易い話を入り口にして、禅の世界の深いところに少しずつでも入ってきてもらえばいいかなという思いからなんです。私は仕事柄、人前でお話しする機会も多いのですが、執行先生は講演などはされないのですか。

執行　やはり会社を経営しているので、時間的に無理ですね。一件引き受けたら、他が断れなくなりますから、今後変わるかもしれませんが、いままでは例外なくお断りしています。ただ、会社まで来てもらえれば、時間をつくって話すというのは好きです。大体夕方からですが、熱心な若い読者と五〜六時間ぶっ続けで話したこともあります。僕は本が大好きですから。

ただし、本にサインをしたことはありません。これもやり始めたら切りがないからです。切りがないことはしない主義なんです。出来ることしかしない。だから、僕は無理したこともないし、努力をしたこともない。また、そんなつまらない頑張りはする気もありません（笑）。

僕は「全て体当たり」と言っていますけれども、体当たり出来ることしか体当たりしません（笑）。自分に示された「運命」にだけ体当たりします。要は、好きなことしかしないということです。そういう意味では、わがままな人間です。僕は、生命とはわがままなものだと思っています。

読書も好きなもの以外は一行も読まない。自慢じゃないですが、小学生のときから、学校の先生に読めと言われた本は一冊も読んだことがない。たとえば、小学生のときに先生が「**宮沢賢治**を読め」と、しつこくしつこくしつこく言いました。別に宮沢賢治が嫌いなのではなくて、先生がしつこく勧める本は死んでも読まないと決意して、六十七歳の今日まで読んでいません（笑）。そう言うと、天邪鬼《あまのじゃく》とか反抗的と言われるのですが、反抗しているつもりは全くないのです。本は自分で選んで読むものであって、人から勧められて読むものではないと思っているだけです。それと、得をする読書は絶対にしません。読んでも損になる本しか読まないようにしている（笑）。極論ですが、僕はそうやって真の名著を自分なりに読んできたつもりなんです。先生に言われる本というのは、学生時代は読めば必ず得をするんです。それが僕は嫌だった。先生に怒られる本ばかり読んでいた。そうしたら名著の山になりました。それが僕の主義であって、鑑真もそうだったと思いますよ。僕は横田管長も実はそうじゃないかと思っています。

横田　確かに似ていますね（笑）。高校時代、読書感想文の宿題が出て、まだ**種田山頭火**《たねださんとうか》がいまほど有名ではないときに、**『草木塔』**という俳句集の感想文を書いたのです。そうしたら、国語の教師が、みんなの前で「お前は国語の教師も知らんものを読むとは生意気だ」と文句を言ったのです。「こんなの書いて何になるんだ」と言ってね。それが結果的に和歌山県の読書感想文コンクールで最優秀賞を取って表彰されたのです。

執行　僕は現代の文科省的な教育システムそのものと、人間の生命は相反していると思います。いまの教育というのは、まあ知識を覚えるにはいいですが、精神を鍛えることに関しては意味がない。それどころか、そこに関しては反対のことばかりしている。本質的には、人間とは好きなことをしなければその生命は躍動しないのです。ところが、学校教育は好きではないことをさせる。だから、勉強が嫌いになったり、学校に行くのが苦痛になったりするんですよ。やらされているという被害者意識になる。僕は子どもの頃から自分が好きなことしかしないから、被害者意識を持ったりしたことは一度もありません。ただし、僕の場合は学科の全てとスポーツ、それから武道そして喧嘩に至るまで全部好きだったのでかなり熱心にやりましたね。とにかく僕は好奇心だけはいまでも衰えたことがないんです。幼少期からずっとそうです。

「前後際断」

横田　なるほど、運命とそれに向かう好奇心ということですね。私はよく「人は何のために生きるのか」とか質問されることがあるのですが、私自身、あまり考えたことがないし、考え過ぎるのもいかがなものかと思います。我々は「何かのために」と考えて生まれてきたわけではないし、ただこうして生まれてきたという事実があるだけです。目の前に与えられたことがあって、ありきたりの言葉ですけれども、それに精一杯取り組んでいくだけです。何か執行先生の人生観には教えられることがありますね。

私の好きな句が「酒樽《さかだる》の一人転がる楽しさよ」です。これは先ほどお話しした中川宋淵老師

宮沢賢治（一八九六〜一九三三）　童話作家。法華経に傾倒、農民生活の向上に尽くす活動をしながら、自然と生活を題材にした詩や童話を書いた。代表作に『銀河鉄道の夜』『風の又三郎』など。　**種田山頭火**（一八八二〜一九四〇）　放浪の俳人。地主の長男に生まれたが、実家が破産後、出家。各地を遍歴しながら自由律によって詩作した。『草木塔』等。　**『草木塔』**　種田山頭火の句集。「分け入つても分け入つても青い山」等、代表句を収録。自由律により孤独な心を謳う。

の句ですが、別にどこへ行こうとか目的はなく、ただ転んでいるという情景が微笑《ほほえ》ましいと詠んだものです。少し前向きな解釈を付け加えるならば、転々と自分の与えられたところで、執行先生のように体当たりでぶつかっていく。それが結果的に誰かのためになったりするわけです。

私も管長になろうと思って生きてきたわけではありません。禅の世界に入ったら、たまさかこういうお役目を頂いて、たまたまPHPさんから対談の依頼がきたから、執行先生と話をさせて頂いているというだけであって。講演も書籍も、別に自分からやりたいと思っていたわけではなくて、ご縁があって頼まれて、その場で精一杯のことを務める。私はそんな生き方をしているだけです。

執行　いま仰ったことが「真の体当たり」です。要するに、いまに全力を尽くすことで、いまが未来をつくるのです。また、いまが未来をつくると同時に、そのいまは過去にもつながっていいます。僕は横田管長の生き方はそうだと思っています。いつでも自然体ですよね。

横田　「**前後際断**」、要は過去も未来も断ち切れという禅語があります。仏光国師と北条時宗の問答を見ても、この言葉が必ず出てきます。問題に全身全霊で集中して自己を忘却したとき、はじめて心の本性がはっきりするのです。なくなったものをいつまでも追いかけていても苦しみは増すばかり。他人といつまでも比べていても、これまた苦しみは増えてしまいます。それを裁ち切り、いまに集中する。この教えこそ禅の中枢の一つだと私は思っています。

執行　その言葉は僕の好きな禅語に近いものではないでしょうか。「**両頭ともに截断《せつだん》して、**

一剣天によって寒《すさま》じ」というものです。あの**楠木正成**が湊川へ赴くときに**明極楚俊**《みんきそしゅん》禅師にもらった偈ですね。あのときの正成の決意の根源となったものです。いま管長が言われた言葉の中に僕はそれを感じましたね。その仏光国師と北条時宗の問答も最も深い日本の歴史的心情です。いまを生きる、全身全霊の体当たりのことに尽きますね。未来とか過去とかは全て理屈ですから。この世のことは、全てが理屈だと僕は思います。それを乗り越えるものが僕は禅と武士道の精神だと思っているんです。禅はいまそのものに全力投球を行ない、体当たりをする。いまに全力投球するものだけが生命の本質を摑み、それを生き切ることが出来る。そういう意味では、禅的なものとその禅の思想に支えられている武士道がいちばん生命を活かすものだと思います。よく未来への展望を持てとか言いますが、僕は展望などは全くないです（笑）。展望がある人は生命が生きていないと思っています。

僕は経営者ですが、経営も展望なしでやっています（笑）。社員たちとはもう古い付き合いですが、仕事のことで社員に指示を出したこともないし、怒ったこともない。怒るとすれば、それは人間としての「心がけ」だけです。仕事は、毎日全力で体当たりをしろと言うだけです。金銭の計算も一切する必要はない。目の前のものに体当たりしていれば、必ず利益は上がります。僕はそういう生き方です。それがいちばん正しいと思うし、それをいちばん宗教的な

「前後際断」『圜悟禅師語録』。**「両頭ともに截断して、一剣天によって寒じ」**『圜悟禅師語録』巻十八。**楠木正成**（一二九四～一三三六）南北朝時代の武将、南朝の忠臣。**明極楚俊**（一二六二～一三三六）中国、元代の臨済宗の僧。一三二九年に鎌倉幕府の招きで来日。南禅寺、建仁寺の住職となり、日元の文化交流を図った。

高みに持って行ったものが禅だと思っているんです。

完全燃焼の野垂れ死に

横田　いま執行先生がいちばん「これ」という、取り組んでいることは何でいらっしゃいますか？　やっぱり菌の開発ですか。

執行　まず第一には、菌の研究開発と人類が抱える食糧問題を解決するための研究ですね。ついこのあいだ、世界最新鋭の菌の培養製造の工場が出来ました。最初に建てた工場がもう群馬で三十五年やっているのですが、この最新工場は次の、新たな工場として建設したものです。そこでは人間として「正しく死ぬための菌食」を作っています（笑）。僕は武士道で生きていますから、正しく死ぬために生きるのが人生だと元々思っている。だから、どういう死に方をするのかは僕もわかりませんけれども、どうであれ体当たりで完全燃焼して死ぬだろうということだけはわかっています。ただ死ぬ日もわからないし、どういう死に様かもわからない。死ぬ日まで体当たりをします。その元になる体をつくっているつもりなのです。菌を充分に活かした肉体は、精神の直立をもたらすというのが僕の生命研究の結論です。

対談時の執行草舟氏（於 円覚寺）

第二は、日本文化の中枢である武士道の精神とその生き方を社会に問い続けることです。その根本思想は死を考えながら生きるのが人生だということなのです。だから、どう生きるかとは、どう死ぬかを考え続けることだと思っています。それこそ『葉隠』の精神で、毎日死を考えて生きることだけが僕の人生なんです。その精神をいまの日本に問いたいのです。そして、いまはまた未来を胚胎《はいたい》しているのです。僕は七歳のときに、死ぬまで体当たりをし続けるということを決めた。それが僕の死の哲学です。野垂れ死にでもいい。むしろ犬死にしたいと思っています。とにかく死に向かって、この魂と肉体を燃焼させせぶつけ続けていく、それが僕の全てです。

元々、完全燃焼は、犬死にしようと思っていなければ出来ないです。幸せになろうとか、ちょっとでも楽をしたいとか思うと、完全燃焼は出来ません。人間は弱いですから、易《やす》きに流れるのです。僕が自分の人生でやることは、この二つだけです。それ以外は何にも興味はありません。全ての興味はこの二つに収斂《しゅうれん》していくために存在していると思っています。

横田　なるほど、やはり執行先生は激しいですね。円覚寺では、お釈迦様の命日（二月十五日）に涅槃《ねはん》図を仏殿に掛け、法要を営みます。涅槃図はお釈迦様の**入滅**《にゅうめつ》の場面を描いたもので、中央の寝台に横たわるお釈迦様、その周りに諸菩薩や弟子、鬼神、動物たちの嘆き悲しむ様子が描かれています。お釈迦様は八十歳のときに旅に出て、その途中で亡くなるのですが、後の人が、沙羅双樹《さらそうじゅ》の下で、弟子のアーナンダが用意した床で息を引き取ったとか、時ならぬ

入滅　涅槃に入ること。釈迦や高僧が亡くなるときをいう。

花が咲いたとか、いろいろなことを書いています。しかし、おそらく察するに、悲惨な旅路の中で苦しみながら亡くなったのではないでしょうか。私はそう思っています。真実はそうだろうと思うのです。何か体当たりということで思い浮かんだことですが。

執行　僕もそうだろうと思っています。釈迦もキリストも同じだと思っています。キリストは文献が残っていますが、釈迦は残っていないだけです。これは文化の違いです。釈迦は立派な死を迎えた人だと皆さん言いますが、僕は誤解を恐れずに言えば、乞食《こつじき》だったのではないかと思っています。全てを捨ててますね。激しいです。革命の息吹を僕は感じるんですよ、釈迦にね。

横田　はい、私も最期は旅の途中で力尽きて亡くなったんじゃないかと思います。後世の人が立派な絵に描いてしまったから、立派な死に方をしたように思ってしまうのですが、本当は完全燃焼して、パタリと逝ったのではないか。その意味では、お釈迦様を有難く描き過ぎているところがあると思うんですね。

執行　釈迦は生命の本質を求め続けた人だと思います。求め、求め、求め、求め続けている過程で死んだということです。その過程で多くの人の命を生かしたから、その生かされた人たちが残した文献が、多分、後のお経になったのだと思います。非常にキリストと近い。キリストもあれは一種の野垂れ死にです。そして後に弟子が「福音書」にその事跡を残したということです。僕は二人ともに、人類的な真の革命家だと思っています。

死に向かう人生

横田　死生観というのは自分の生涯を貫く課題ですね。私は二歳のときに祖父の死をきっかけに死の問題を考えるようになって、それから常に死とはどういうものであるかを考え続ける人生でした。ですから、何をしていても、心から楽しもうと思わない人間になってしまった。みんなと遊んでいても、これから先もずっと遊ぶことは出来ないんじゃないか、いつか死んでしまうんじゃないかと考えてしまう。家族と楽しそうにしていても、いずれみんな死ぬんじゃないかと常に考える子どもでした。いつでも別れが頭に浮かんでしまう。

執行　全く同じですね（笑）。僕もそうですよ。小さい頃からそうでした。出会うと同時に別れの必然が頭に浮かんでしまう。だからこそ、いまを生きることに人一倍熱心になったんではないでしょうか。

横田　対談というのは違う立ち位置の人とやらないとダメなのに、これは出版社が人選を間違ったかもしれませんね（笑）。

私にとってはすぐそばに死があって、それが人生の根底を貫いている。それに応えてくれる唯一のものは禅だと直感したんです。それが小学生のときです。たまたま禅寺に行って、禅の雰囲気に触れて、ここにだけ解決があると直感で思って、いまだにやっています。

執行　子どものときって、理屈じゃないですからね。僕はそれが「『葉隠』の思想」だった。武士道の中に、人間の死を明らめる全てがあると思った。そういうことではないかと思うんです。

横田　では、「死とはどういうものですか」と問われても、答えが出ることはないと思っています。永遠に死を見つめ続けて、坐禅をし続けて、そして最後、パタッと逝くんだろうと思っているんですね。もうそれでいいと。決してどこかへ漂ったりするような不安はありません。ただ一つの世界と言いますか、我々で言えば仏心とか仏様の世界の中に入っていくだけであって、そういう意味での安心感はあるんですけれども。

ただやはり、どんな死に方をしようとか、死生観がどうだとか言っても、これは結局、頭の中で考えていることに過ぎない。死とは、そんなものも全部否定していくものですから、頭で死生観をつくり上げて死に対抗しようとしても無駄でしょうね。もう全部捨てて生きるしかないと思っています。

執行　僕もそう思います。そう思っているから武士道に出会ったわけです。横田管長の場合は禅に出会った。僕の場合は禅より武士道に出会ったほうが早かったというだけです。順番は違っても、武士道も禅も本質は同じですから。どちらも死を前提にした体系です。否定の思想の上に樹立した文化であり、死ぬことを明らめることによって生きることの本質を摑もうとしています。

だから、死の問題については、変な言い方ですが、毎日死のことを考えているから、却って死を考えない人生を送ることになったということです。わかりにくいですけれども、僕はそうです。『葉隠』にも、毎日死を考えて、死ぬときには死を考えるなという思想があります。死ぬときになって死を考えるような奴は、五段下がると言うんですね。毎日死を考えていると、死を考えないですむ人間になるというのが「『葉隠』の思想」です。僕は『葉隠』を信奉していますから、そういうつもりで生きているし、自分でもそうなりたいと思っています。多分、横田管長の生き方もそれに近いのではないでしょうか。その中心に禅というものを持ってきているのではないかと僕は思います。

横田　はい。だから、頭の中で考えた死生観なんて重きを置かないんです。禅の中に全てがあると思っている。

執行　全くそう思いますね。頭脳に重きを置いている人間は、みんな嘘ですよ。間違いない。人間は存在の全てで思考しなければなりません。心と体、そして経験の全てです。それらが一体となって我々の情感をつくっている。だから、情感の上に人生が築かれなければならないと思っています。僕の自慢できるところは、本音で生きていることだけで、本音で生きていると、死ぬのはわからないとしか言えない。自分なりに言えることは、死ぬ日まで自分の生命は死に向かって体当たりするだけだということです。

横田　「死に向かって体当たりする」。いい言葉ですね。私もそのように思います。

執行　その覚悟を決めるのは、武士道的に言うと、野垂れ死に、犬死にをしてもかまわないと肚を括《くく》ること。そう思わないと出来ません。多分、禅もそうだと思います。

横田　そうです。先の円覚寺管長を務めていた**朝比奈宗源**老師は「死ぬときまでカッコつけるな」と仰いました。江戸無血開城を**西郷隆盛**に認めさせた幕臣で剣・禅・書の達人だった**山岡鉄舟**は、皇居に向かって結跏趺坐《けっかふざ》のまま絶命したそうです。そういう死に方を望む僧もいるのですが、鉄舟は別格で、鉄舟の真似をしようとカッコつける必要はないと思います。

執行　鉄舟はたまたま最期にそうなったんです。あれは山岡鉄舟の生き方でありダンディズムですからね。そういう生き方を鉄舟は通していたから良かったのです。もちろんその生き方は僕が持っているものとも違うし、多分、横田管長のものとも違う。だから真似しても、却って無様《ぶざま》になるだけです。要は、自分のダンディズムを貫くことです。僕は犬死にになるかもしれないという気はします。

横田　鉄舟と言えば、円覚寺に珍しい書があります。鉄舟の書は勢いのいい草書が有名で、篆書《てんしょ》は数点しかないんですね。鉄舟は明治の円覚寺管長だった今北洪川老師について修行していましたので、多分そのご縁でこの書が伝わっていると思われます。実はこのあいだまで煤《すす》けて真っ黒だったんです。最近、修復に出して洗ってみたら、字もよく読めて、落款《らっかん》も「鉄舟」とはっきり出ました。

　これは、私どもの禅問答の部屋に掛けてあったのですが、ふた月ほど表具屋に出しているあいだ、部屋の空気が違いました。それまで森厳《しんげん》なる空気が張りつめていたのに、書がないあい

朝比奈宗源 書
「南無釋迦牟尼佛」
（執行草舟蔵）

だは普通の部屋という感じで。ところが、書が返ってきて掛けたら、空気がまたピーンと締まったんですね。だから、大変な力があるのではないかなと思って、ぜひ執行先生に見て頂きたいのです。

執行　「**鉄牛の機**」ですか。これは凄い。すばらしい書です。この篆書の線をいま書ける人はいません。残っているものもほとんどないですね。技術的にも書けないのです。鉄舟の篆書の中でもピカ一でしょう。丹田の力が漲《みなぎ》っています。二つとない名品であり、円覚寺の宝になるものではないでしょうか。

横田　昔の黄河《こうが》はよく氾濫しました。その氾濫を治めるために、中国の禹《う》という皇帝が大きな鉄製の牛をつくって川底に沈め、川の氾濫を治めたという話があります。禅の心は、鉄牛のような機（働き）だということですね。私はいつもこれを見ていますが、いまの時代にも通用する禅の言葉だと思います。

朝比奈宗源（一八九一～一九七九）　円覚寺第一〇代管長。静岡市清水区興津にある清見寺の坂上真浄老師に就いて得度。京都妙心寺、鎌倉円覚寺で修行。日本大学宗教科卒業。大戦中、中国や南方で従軍布教した。**西郷隆盛（一八二七～七七）**　明治維新の立て役者、薩摩藩士・政治家。藩主島津斉彬の知遇を得て、国事に奔走する。流罪を経て、長州戦争の際には幕府側の指導者として活躍、その後尊皇討幕へと転換。戊辰戦争時には参謀として全軍指揮、江戸城無血開城に成功。その後、大久保利通らと対立し帰藩、西南戦争を起こすも敗れ、自刃。**山岡鉄舟（一八三六～八八）**　幕末・明治前期の幕臣・剣客、一刀正伝無刀流の開祖。道場、春風館を開設。浪士取締役として高橋泥舟とともに江戸の治安維持にあたる。江戸城明け渡しに貢献、新政府に仕官後、明治天皇の侍従となる。その膨大な書でも知られる。「執行草舟コレクション」の中核の一つ。**「鉄牛の機」**　鉄牛とは中国で黄河の治水に用いた鉄製の牛で、そのように堅固不動の信念を持った修行者をいう。『碧巌録』。

私たちは時代の激流の中に生きており、どこへ行くのかもわかりません。でも、波の表面を抑えようと考えても、あるいは波の上を漂っても、仕方がないことです。むしろ、激流に微動だにしないものを川の底に据えておけば、激流を鎮める力があるということです。それは表には出ないから誰も気づかないだろうし、川の底を見るようなこともしないだろうけれども、実は川を鎮めるためになくてはならないものです。

私が執行先生をすばらしいと思うのは、世の中の流れに全く乗らないということです。そして、微動だにもしない。そういう先生の思想がこの時代の激流の底にじっとあると、きっと間違った流れも正されていくのではないかと思っているのです。

執行　それは褒め過ぎですよ（笑）。山岡鉄舟は、多分この「鉄牛の機」という言葉をいちばん大切にしていたと思います。それが、この篆書に出ています。「鉄舟」という名前も、昔はわからなかったけれども、これから取ったのではないか。僕は禅の書が大好きで、たくさん集めてきましたが、人間というものはいちばん好きな言葉は、あまり書かないのだなということがわかってきました。不思議とそうです。大切にしているからこそ、気楽に書けないのでしょう。だから、鉄舟の「鉄牛の機」は貴重で、僕はこれが鉄舟の中心思想だと思います。横田管長の見立てによってこの書が再びいまの世に生き返ったということですね。その直感の中に管長の禅機が透徹していたことは間違いないでしょう。

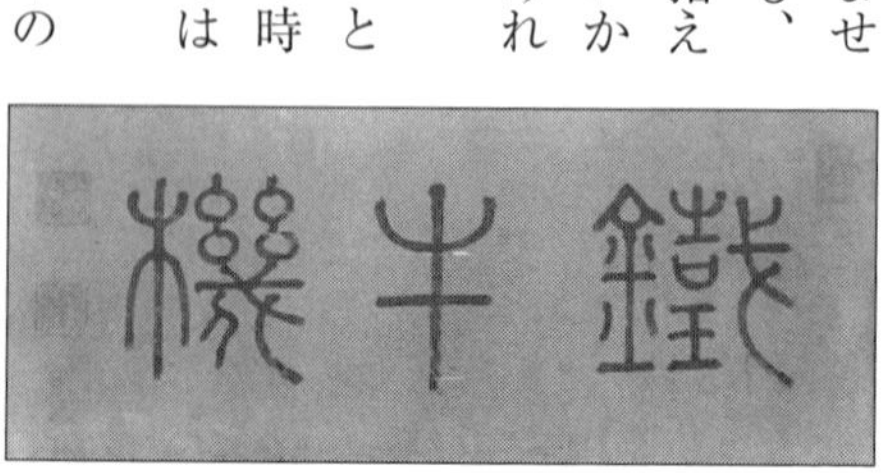

山岡鉄舟 書　「鉄牛の機」（円覚寺蔵）

「鉄牛の機」の書を見る二人

横田　やはり鉄舟は、西郷隆盛が「金もいらぬ、名誉もいらぬ、命もいらぬ人は始末に困るが、そのような人でなければ天下の偉業は成し遂げられない」と称賛しただけの人物だったということですね。

執行　私もそう思いますね。そろそろ時間ですね。どうも有難うございました。大変に楽しかったです。

横田　いやどうも、今日は有難うございました。私も非常に有意義な時間を過ごさせて頂きました。また次もよろしくお願いします。

第二部

「空」を見つめよ

対談の行なわれた㈱日本菌学研究所について

私は三十三歳の時、この事業を創業した。この事業は、人間の生命の本当の燃焼に寄与したいという願いによって創業された。私は人間の生命の根源を支えるエネルギーの理論を「絶対負の思想」と名付けて研究に邁進してきた。その、思想を支える生命と肉体を築き上げる物理作用として、菌酵素研究から生まれた「菌食の理論」を展開してきたのだ。

絶対負の筆頭が宇宙から与えられた我々の生命なのだ。我々は、宇宙に還るために生きている。だから生命は、正しく死ぬために生きていると言えるのだ。どう正しく死ぬのかが我々の人生観を創り上げる。宇宙が本体で我々はその派生として生きているのだ。死とは、我々が宇宙に帰還することを意味している。正しく帰還しなければならない。これが我々の使命となるだろう。そして、その宇宙の中の自己という存在を正しく把握するには健全な肉体がいるのだ。その健全な肉体を創り上げるために人間は「菌食」という文化を育んで来たのである。

私は創業の志を、いま再び固めている。それは「人間が正しく死ぬための墓標となることが、我が事業の目的なのだ」という信念である。私は創業三十五年の総決算として、この事業をそう定義したい。私の思想は、人間が正しく死ぬための思想だと思っている。そして、菌食の事業はそのように生きる肉体を創り上げる方法論なのだ。この事業は、人間の生命が生む墓標である。

——「創業を想う」平成二十九年十一月十日　執行草舟記より編集部抜粋

対談日：2017年11月29日

聖霊に向かって

横田　執行先生の経営する会社の工場での対談ということで非常に楽しみにしていました。本当にきれいですばらしい工場ですね。手入れが行き届いていて輝いています。そして先ほど見たあの菌製造の最新機械もすばらしい。あのすばらしい設備を見るだけでも、執行先生が体当たりをしている事業というものに興味が出てきます。工場全体もいいのですが、私はあの入り口と社長室に掲げられている**ランボー**の詩句が非常に印象的に入ってきました。

執行　あっ、あれですか。あれはランボーの**『地獄の季節』**（岩波文庫）という僕の大好きな詩の中の言葉なんですよ。僕の人生観の一部というか、この事業の目的でもあるものです。フランス語で「Nous《ヌ》 allons《ザロン》 à《ア》 l'Esprit.《レスプリ》」といって、僕はこれを「我々

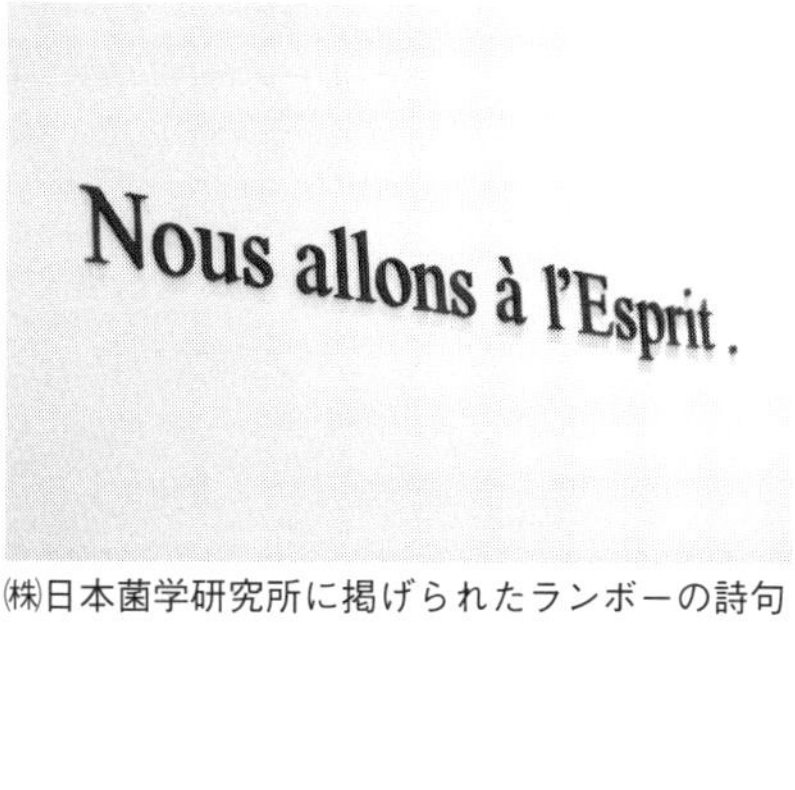

㈱日本菌学研究所に掲げられたランボーの詩句

アルチュール・ランボー（一八五四～九一）　フランスの象徴派を代表する天才詩人。二十世紀の詩人・作家に大きく影響を与えた散文詩集『地獄の季節』が有名。若くして文筆を断った後、エジプト、アラビア等を放浪。**『地獄の季節』**　一八七三年完成。内面の葛藤を大胆に表現したランボーの代表作。詩人ヴェルレーヌとの友情が断たれた後すぐに書かれた作品。岩波文庫、小林秀雄による訳が有名。

は聖霊に向かって行くのだ」と訳しているものです。ランボーの魂とともに歩むために、あえて原語のまま掲げました。僕の若い頃からの信条です。僕はこれが人間の生き方だと思っているんです。だから、僕の経営する会社の社訓にもなっているんですよ。僕はこの思想を実現するために三十五年前に会社を設立した。その根本哲学を一言で示す言葉になっています。ランボーの持つ革命的精神が僕の信ずる生き方であり、この事業が社会に貢献するための原動力だと思っているんです。すごくいいでしょ。

千代田区麹町にある㈱日本生物科学

横田　実にいいです。思想と実践を無理なく融合されているのは執行先生の体当たりの成果だと感じました。

執行　有難うございます。我が社のような日の浅い会社は、このような思想を持たなければ知らぬうちに道を間違えてしまうと思っています。その点、円覚寺のような古い伝統に根差した寺はいいですね。いつの日も北条時宗や無学祖元の偉大な霊魂が寺を守ってくれています。それに代々の多くの老師の魂が鎮まっている。実にうらやましい。

横田　いやいや、恐縮します。私のような者でその霊魂に応えられるかどうか、実に心配の種は尽きることがありません（笑）。

執行　それでは、そろそろ対談に入っていきましょうか。

横田　そうですね。

「般若心経」を考える

横田　あまたある仏教典の中で私がいちばん魅かれるのは先回もお話しした「般若心経」なのです。「般若心経」は絶対否定の到達点を示すものではないかということを話しました。私はその絶対否定に魅かれるんですね。しかし、この絶対否定というのは、我々がこの世に住んでいる限り、なかなか摑みがたいものだと思っています。だから、実はこのお経ほどわからないお経はほとんど他にありません。私は自分の考えでいろいろと言っていますが、本当のところは、わからないというのが結論なんですね。このお経はやはり全ての人にとって一生涯の課題とも言えるのではないでしょうか。そこで、このあいだ執行先生が経営されている**㈱日本生物科学**の本社におうかがいしたとき、社長室の書棚を見て私の目にパッと入ったのが、私の尊敬する漢文学者の**公田連太郎**《こうだれんたろう》先生の『**易経**《えききょう》**講話**』という、名著中の名著であります。公田連

㈱日本生物科学　東京都千代田区麴町にある、執行草舟が経営する菌食・ミネラル等の食品事業を営む会社。同社内には、戸嶋靖昌記念館、執行草舟コレクションの美術品の展示場もある。　**公田連太郎（一八七四〜一九六三）**　昭和期の漢文学者。在野の漢学者として、多くの漢文の注釈を刊行。北原白秋との交流も知られる。　**『易経講話』**　財界人や文化人を相手に『易経』の全篇を懇切平易に講述した書。全五巻。明徳出版社。

太郎先生は明治書院の『**新釈漢文大系**』の相当の分量を担当しました。謹厳な学者であまり名は知られていないかもしれませんが、大変な碩学《せきがく》です。それが執行先生の書棚にある。まさに私は我が意を得たりの喜びを持ったのです。私は公田先生をすごく尊敬しているのです。そして、執行先生の広範な知識と興味に驚かされました。何か執行先生の人格の秘密を見たように思いますね。人間の幅というか、深みというものではないでしょうか。あの本を読んでいる経営者が日本にいること自体が、何か日本そのものの奇跡のように私には思えるんです。宇宙を解き明かす、中国最大の古典を体当たりの執行先生が読んでいるということに大きな喜びを持ちます。

執行　そこまで言って頂くと却って恐縮してしまいますが、僕は元々本の虫ですからね。人類の古典はほとんど全て読み込んでいます。中国の古典は特に好きですね。宇宙と生命そして文明を考える上において『**易経**』は絶対に欠かせぬ本です。僕の座右の書の一つとも言えます。人間学の本であり科学的思考の本でもあると思っています。そして、人間の持つロマンティシズムの源泉にもなるものだと考えている。公田先生の本は、その最高の解説書です。

横田　いやいや実に嬉しいですね。公田先生を私は日本一の漢文の大家の一人と思っているんですね。その公田先生が『**論語**』について面白いことを言っていたんです。その見識が私の「般若心経」に対する考え方に近いというものを自分なりに感じているんですね。私がお坊さんになったときの最初の師匠が白山道場の**小池心叟**《しんそう》老師ですが、小池老師はその公田先生をよくご存知で、「あの一大の漢学者はあらゆる書物を講義したけれども、『論語』だけは講義しなかった。どうしても『論語』は講義できないと言われた」と仰っていました。私はその話をいまだに覚えています。

『論語』というと、むしろ中国古典の初歩のように思ってしまい、いまでも『論語』の本は山ほど出ていますが、それがはたして本当の『論語』かどうかは判断が難しい。

「般若心経」もそれに似ているような気がしています。「般若心経」の本も山ほど出ているのですが、本当に意味がわかっているのかと思います。私も「般若心経」をテーマに講演してほしいとのご依頼を受けることがままあるのですが、「般若心経」だけは講演できませんと言ってお断りをしています。それはこの前も話しましたが、絶対否定の連続であって、この世のことを望む人にはどうも理解しにくい。だからなるべく話さないようにしているのです。執行先生にはその点は実に話し易い（笑）。

そこで、執行先生にお尋ねしたいのは、執行先生のお考えの中核である「絶対負」という言葉がありますよね。これは「般若心経」の「空《くう》」に達する大きな手がかりの言葉だと思っているのです。そもそも、私たちが「わかる」ということは何であろうか。まずこの辺の常識を崩

『新釈漢文大系』 思想・歴史・詩・文章にわたる中国重要古典を収録。全一二〇巻（別巻一）。明治書院。**『易経』** 五経の一つで、孔子が集大成したと言われる、天文・地理・人事等を陰陽変化の原理で説いた書。占いなどにも用いられた。周代に広く流行したため周易とも呼ばれる。**『論語』** 中国の思想書。孔子の没後、弟子が言行記録として編集。道理、国家・道徳などの教訓、政治論、孔子観などさまざまな主題で漢代にまとめられた四書の一つ。応神天皇の時代に日本に伝来。**小池心叟（一九一四～二〇〇六）** 白山道場師家。島根県南禅寺派枕木山華蔵寺にて得度。京都市建仁寺で修行。兵役に就いた後、竹田益州老師に師事。その後、白山道場龍雲院の禅堂再建、また直心会（禅会）主宰。インド、中国などを度々訪問。

していかないといけません。私たちは学校教育において「わかる」ことが良いことで、「わからない」ことは悪いことだと教わってきました。でも、本当にそうでしょうか。世の中はわからないことのほうがたくさんあるのではないか。

これは笑い話なのですが、先日、講演を頼まれて出かけて行き、会場に着いたら、講演会の題名が「わかる仏教講演会」でした。その題名を最初から聞いていたら断ったのになと思ったのです（笑）。そこで、この講演会を何年やっているんですかと聞いたら、三十何年やっていると言うので、「三十何年やってもわからないから続いているんでしょう？　来年から『いくら聞いてもわからない仏教講演会』にしたほうがいいですよ」と冗談を言ったのです（笑）。

「わかった」ということは、もうそれきりなんです。認識とか、思考とか、知識とか、そういう枠の中に収まると、人間はわかったような気がします。でも、「般若心経」で説かれる「空」は、考えや、思考や、人間の思いや、認識や、それらを全て否定するものでありますから、「わかった」ということはありえない。むしろわからないから尊いし、すばらしい。ですから、私も、いまだに聞かれても、わからない。わからないから、そのわからないものを永遠に求め続けていくところに道がある。まあ、本当にわかったようでわからない話とはこういうことなんです（笑）。

「絶対負」は人間の根源

執行　この世は全て「正」のエネルギーが支配しています。熱エネルギーと呼ばれる物質エネルギーです。しかし、我々の生命エネルギーは熱エネルギーではない。僕はそれを「負のエネルギー」と言っていますが、宇宙から直接来るエネルギーです。それを受けて人間は生きている。そして地球上の「正」のエネルギーをその生命力の負性によって集め、それを燃焼させて熱エネルギーをつくっているのです。我々は熱エネルギーによって動いているが、その熱エネルギーに働く場を与えているのが負のエネルギーの生命力なのです。だから、それが抜ければ人間は死ぬ。その生命エネルギーを負のエネルギーと呼ぶとき、負と言うと正に負けているという印象がどうしても付きまとってしまいます。僕はそれが嫌なんです。正よりも負のほうが人間の生命にとって大切なんだという意味で、その負のエネルギーを重要視する生き方を「絶対負」と呼んでいる。愛も信も慈悲も空も、全て絶対負です。それは「正」を支えている、より強く、より正しいエネルギーなのです。そう考えるところに人類の人類たるいわれがある。

それはだからこの世を支配する「正」と比較するものではないと思うのです。それ自体で、生命の最大の糧《かて》なのです。形としては、この世では負のエネルギーは必ず正に負けたものになっている。それが気に食わない。たとえばお金よりも愛が大切だという人がいる。その考え自体がすでに負けているのです。愛は何よりも大切なものなのです。「正」である肉体の生命よりずっと大切です。生命力は「負」ですが、肉体は「正」なのです。「負」のために「正」を捨てる思想のことを、僕は「絶対負」と呼んでいるのです。つまり僕が自己の思想の中心に据えている「絶対負」とは、「負」であることそのものの価値を、自己の生命にかけてこの世に問いかけるということです。仏教で言えば慈悲が善だということ自体が、この世の「正」の価値によって慈悲を見ているのです。「空」も同じですね。善悪は「正」の判断なのです。実際には、この世が「空」でないから「空」が価値を帯びているように思う。愛も信も皆そうです。僕はそれらの価値のこの世における見方そのものが、「正」と対立しているように思うんです。僕は愛も信も、それこそ「負」と言っている全ての「正」以外のエネルギーも「正」と比較してすばらしいのではなく、それ自体が宇宙の中心エネルギーで、却ってその「負」のエネルギーを真に活かすために我々は「正」のエネルギーを捨てて生きなければならないと言っているのです。それが「絶対負」の簡単な説明になります。

横田　全く執行先生の熱情には打たれるものがあります。何かその「絶対負」というものは「般若心経」に通じているものを感じるんです。執行先生はそれをこの世で突破されようとしているのかもしれませんね。それにしても「空」は難しい思想です。あれほどたくさんの「般若心経」の本が出るということは、やはりわからないからでしょう。特に「色即是空《しきそくぜくう》」がよく取り上げられるのですが、我々から言えば、その前に「五蘊皆空《ごうんかいくう》」が重要です。色《しき》・受《じゅ》・想《そう》・行《ぎょう》・識《しき》の五つですね。「般若心経」では、自分たちが思っている世界、自分の思い、世の中はこういうものだ、自分はこう生きるんだ、こうありたい、といったさまざまな思いを、「五蘊」というふうに分けています。

「色」は形あるもの、肉体です。肉体に眼、耳、鼻、舌、皮膚といった感覚器官があります。

「受」は感覚で、人間は触れたものに対して、心地よいか、苦痛であるかの二つに分けます。「想」は思いで、心地よいものは喜び、嫌なものに対しては腹を立てたり、不愉快な思いをしたりします。「行」は行動で、思いを行動に現わす。心地よいものはもっと欲しい、盲目的な愛です。あるいは、嫌なものへは憎しみをぶつける。いわゆる愛憎の感情によって行動することです。「識」とは認識で、この世界のものを自分にとって良いものなのか、悪いものなのかと色づけをしてしまう。

それが「五蘊」、すなわち「自分の思い込みによってつくられた世界観」であり、そこから対立が生じて争いが起こる。対立をなくすには、まず自分の思い込み（五蘊）は「空」であるから、それを消せということです。わかろうとする行為すら消す。自我を全て否定して否定して、自分の思い込みを一切なくして、そこではじめて平等にものを見ることが出来、人を活かすことが出来るという考えが「五蘊皆空」です。

愛することにしても、相手がいて自分がいて、愛が生まれるという自他対立な愛ではなくして、「般若心経」の「空」に至ってはじめて無償の愛となる。それが「空」の根本で

「般若心経」

対談時の横田南嶺管長
（於 ㈱日本菌学研究所）

す。

ただし、「空」で終わってはいけません。「空」は必ず慈悲へとつながるのです。分け隔てのない平等なものの見方から、無償の慈悲、思いやりの心が出てくる。そしてその無償の慈悲、思いやりの心すら絶対的な正義ではないということです。そこで、私が執行先生にいちばん共感するのが、先ほど説明を聞きました、その「絶対負の思想」なんです。「絶対負」というところからこそ、本当の愛が出てくるのではないでしょうか。「般若心経」は自分の思い込みの永遠なる否定であり、自分を持たない無我とも言えます。その無我をいちばん実証しているのが、執行先生が取り組んでこられた菌ではないかと思います。

執行　僕が菌の研究をしてきた理由は、菌が地球上の生命を支えている負の生命的実在だと思うからなんです。地球上に乱舞する生命は全て、菌の力によってその働きを活かされています。そして全てを支える菌は食糧としての栄養的価値も与えられずにきました。全ての価値を支える価値だが、何も報いられず何の評価も得られずに生きてきた。僕は「生物」においては菌に「絶対負」の思想とその生き方を見出しているのです。そして「正」を支える真の力である「負」の力に僕はなりたいと考えているのです。それがこの事業を生み出してしまった。

「絶対負」は多分、「般若心経」の「空」に非常に近いものです。しかし、もう少し現世的な思想です。何しろ武士道から生まれた思想ですから（笑）。死に向かって生きる、もっともっと野蛮なものだと思います。「負」というと、一般的には負けるとか、何か悪いものといったマイナスのイメージがありますが、それ自体が間違いだと思っています。負が宇宙的な真実なのです。しかし「空」ではない。空のように立派なものではないのです。負は存在そのものが犠牲であり他の価値を輝かすために存在するものと言ってもいいでしょう。

僕は、人間の生命の根源を支えるエネルギーを「絶対負」と呼んでいます。先ほど少し触れましたね。その代表例が、愛、信義、正義のほか、悲しみや苦しみや犠牲的精神などです。これらは、熱エネルギー体としての生命体にとっては何の意味も持たないエネルギーですから、「負」のエネルギーと呼ばれている。しかし、全ての生物の中で人間だけが、これら「負」のエネルギーによってはじめてその生命が輝きを放つのです。我々の幸福も成功も、それから我々の肉体も、全てがこの「負」のエネルギーに支えられてはじめて存在し活動しているというのが僕の根本思想です。

「絶対負」から言うと、まず生命なら、死が本体だということです。我々は毎日、死んだ細胞を入れ替えて生き続けている。つまり、死の上に生が載っかっている。だから、死に続けることが生きることなのです。実は我々の体は、死ななければ生き続けることも出来ないのです。

それを知らなければなりません。

ところが、いまは死は悪いもので、なるべく死を忘れようとしているから、本当の生が躍動しない。たとえば、日本の歴史で言えば、鎌倉時代とか戦国時代のほうが人間が躍動していた。それは、常に死が目前にあったからです。

僕が『葉隠』の武士道から学んだ最大の教えは、死を考え続けることが生きることだという思想です。また、僕がずっと菌の研究をしてきたのも、先ほども言ったように人間はもとより動物も植物も、あらゆる生命体を支えている力が菌だからです。地球上の生き物の八〇%以上が菌であり、それが我々の目に見えるすばらしい自然界をつくり上げている。それなのに、その存在すらついこのあいだまで知られることもなかった。地球上の生命の中においては、その生命の根源を支える菌に「絶対負」のエネルギーがあるのです。

『葉隠』

なぜ「絶対」とつけたかと言うと、先ほども触れた通り「負」だけだと、どんなに説明してもマイナスのイメージしか持たれず、劣っていると思われてしまうからです。

横田　相対の「負」ではなく、絶対の「負」という意味ですね。相対は比較できますが、絶対は比較できません。しかし、私は「般若心経」が好きなように、「絶対負」の思想にも魅力を感じますね。

我々は日々死んでいる

執行　僕は「般若心経」の中では、あの最後の呪文に「絶対負」を感ずるんです。あの「羯《ぎゃ》諦《てい》羯《ぎゃ》諦《てい》波《は》羅《ら》羯《ぎゃ》諦《てい》」という梵語の呪文です。あそこに、突進する生命の悲哀を感ずるんですね。全てを振り捨てて生命存在の彼方へ行こうとする決意を感ずるんです。「そのため」に、我々は生きているのだという「そのこと」です。その理論を超越した雄叫びの中に「絶対負」が息づいている。元々、僕は宇宙の本体エネルギーが「負」だという意味で「絶対負」と言っています。比較できるかできないかで言えば、長寿や金持ちは比較できますね。それは「正」のエネルギーだからです。我々の言う豊かさや貧しさもそうです。では、愛とか信義とか友情は比較できますか。あの人の愛と自分の愛とどちらが価値が高いかとか大きいかとか、比較することは不可能です。つまり、比較できない唯一無二の最も尊いエネルギーだから、そういう人間の根本エネルギーを「絶対負」と言っているのです。そして、それこそが宇宙の本体なんですよ。

「絶対負」を相対化したときに、人間はその崇高なものを現世に引き下ろしてしまう。つまり「絶対負」とは善悪を超越した崇高性だと考えています。だから現実的には、そのエネルギーは「崇高」と呼ばれるものを目指しているのです。そして、その崇高なものだけを目指して生きるのが僕は現世の全てだと思っている。だから「絶対負」の中で、死ぬために生きるのが人生だと思っているのです。

横田　なるほど、よくわかります。しかし執行先生の考え方は突然聞くと恐怖を感じる方もおられるように見受けられるので（笑）、ここで私が死について少し世間的なお話をしようと思います。これは笑い話なんですが、うちの若い僧に、「あんたのところのおばあちゃん、お元気？」と聞いたら、「はい、おばあちゃんなら元気です」。続けて「おばあちゃん、大事にしてる？」と尋ねたら、「みんなでおばあちゃんを大事にしています」。「いいねえ。おばあちゃん、大事にしてあげてね」。そこで、さらに、「でもね、おばあちゃんが死ななかったらどうする？」と聞いたら、しばらく考えて、「死なないと困ります」と言いました（笑）。「そうね、だから大事にするんだよね」と言ったことがあります。

人間は、死ぬから愛するんですね。もし死ななかったら愛さないですよ。本当に死ななかったら殺すしかないと考えるかもしれません。そうすると人類は殺し合って破滅してしまう可能性もある。死すべき命であるということがわかっているから、そこに愛情が生まれてくるわけです。だから、死は大きなものを生み出すのです。死がなかったら、愛も何もないですね。だから死ほど大切なものはありません。

執行　その通りです。やはり横田管長の口を通すと説得力が違います。死と言えば、先ほど自然界の生き物は全て菌によって支えられていると言いましたが、「絶対負」は生物的には還元と腐敗を司っており、菌はその物理的な一環なのです。腐敗という還元作用があるから、我々は美しいものを触ったり、おいしいものを食べたり出来る。それどころか、我々は腐敗と還元によって、この地上で生きることが出来るのです。そして、土から生まれ土に還るのです。我々が美しいとかおいしいとか思っているものは、還元力や腐敗力から生まれた生命の一瞬の煌めきなんです。ただ、一瞬の煌めきはあくまでも宇宙の本体ではありません。本体は、煌めきを支えているものです。死が本体だというのはそういう意味であり、死に向かい死に続けなければ、我々は煌めくことが出来ないのです。逆に、無理に煌めこうとし続ければ、還元も腐敗も出来ずに固まってしまう。成功や幸せや人生の輝きを目指すいまの幸福論は、そういうところが間違いだと思っています。煌めこうとするから、汚らしいものになってしまう。幸福を求めるから動物化するのです。

僕は口先だけじゃなくて、いつ不幸になってもいいし、むしろ不幸を求めて生きているのですが、それは「絶対負」が宇宙的真理の根源だと知っているからです。自分なりに確信を持っている。だから、本当は不幸に見えるものの中に真の幸福があるということなのです。それが『葉隠』から学んだ武士道なんです。また僕も禅が好きで僕なりに勉強はしているつもりなんですが、禅も僕から見ればそう見えています。

横田　面白いですね。腐敗というのは、発酵と一緒ですよね。いま発酵ブームじゃないですか。でも、あれは腐敗によってこそ生み出されるものです。お肉でも、腐る手前がいちばんおいしいと言うじゃないですか。

執行　その通りですが、腐敗を料理や生活の都合に利用しようとすると「正」のエネルギーになってしまうんです。「絶対負」では肉の本体は腐敗のほうだということです。同じように発酵も発酵が本質で、却って発酵の役に立つのが材料としての物質だということです。死が本体だということがわからないと、本当の生命的な価値観が生きないのです。死が本体だとわかっていると、たとえば自分の本体は死んでいるんです（笑）。横田管長も、いま、ほんの一瞬、生命を与えられて生きている。その横田管長と僕が奇跡的に出会っているわけです。そこが、横田管長の言われたいとおしさであり、この縁を大切にしたいと思う理由です。もしもこの出会いが一瞬ではないのなら、大切にする必要がないわけですよ。だから「負」のほうが正しいんです。「負」を補うものが「正」だという考え方です。

横田　生は一瞬の煌めき。だから、それをいとおしむ。実によくわかりますね。本当に死のほうが中心になければ、現世のあらゆる価値観は崩れ去ってしまいます。それなのに、現世の価値にしがみついている人が多い。現世ももちろんいいんですが、それが死の価値によって却って支えられているということですよね。

執行　そうです。僕も死んでいます（笑）。だから、いまの僕には生命的な真の価値が付帯しているのです。いや、生物学的に言っても、我々は日々死んでいますから、本当に。だから、それこそ「空」ではないですけれども、我々が体の形を維持しているのは幻想なんです。これは、量子力学という現代物理学でも証明されています。我々は幻想、だけど一応見えるというだけです。死んでいるという本体があるから、いま生きているように見える自分がいるということです。ここが重要なんですよ。量子力学では波束収縮《はそくしゅうしゅく》と言っています。つまり、この世の物質を構成する原子のうち、負の電荷を持った電子は位置も存在も基本的にはなく、一カ所にあると見えても、実際は違う場所にもあり、また遍満と収縮を繰り返しているということが理論上で証明されています。**ニールス・ボーア**の**コペンハーゲン解釈**の中にすでにこの考えは入っています。要は、負のエネルギーが本体であり、全ては「空」だということも我々の頭でも納得がいくんです。そういう意味で物理学は面白いですよ。しかし、宗教の真理から見れば全く初歩のものであり問題になりません。

横田　幻想だけど見えるというのは、まさしく「空」の世界です。だから、「空」が「色」を支えているわけです。「空」があるから「色」があるというのはそこなんです。「空」がなければ「色」もない。「色」はそのまま「空」である、「空」がそのまま「色」であるというのは、執行先生の理論ですと、大変わかりやすいのではないでしょうか。

執行　いえいえ、僕に理論などはありませんが、理論に見えるとしたら、それは管長が「般若心経」のような宗教的真理に精通しそれを体得しているからだと思います。

現世の死は肉体の死に過ぎない

執行　実は、我々が幸福を求めること自体が「色」なんです。「空」は「絶対負」に近いも

ニールス・ボーア（一八八五〜一九六二）　デンマークの理論物理学者。コペンハーゲン大学、ケンブリッジ大学で学ぶ。独自の原子構造論を打ち立て、量子の概念を解明した。ノーベル物理学賞受賞。アメリカの原爆開発に協力。戦後は原子力管理の問題に取り組む。

のですがもっと奥なので人類には扱えません（笑）。信とか愛とか忠義とかのエネルギーが「絶対負」です。それらは「正」の何かに比べて尊いというものではなく、それ自体が尊いのです。生命的には負の価値のほうが全て尊いのです。だから元々、比較が出来ないものです。武士道なら武士道という一つの倫理観を支えているのが「死の哲学」ですから、生きようとしたら、その崇高な哲学は全て瓦解《がかい》してしまいます。それは世界中で全てそうです。死が本体だとわかると、はじめて「崇高なもの」が浮かび上がってくるのです。そのようにして、人類が求めている真の価値観は「崇高性」と呼ばれるものであったと知ることが大変に大切なことだと思いますね。

　死を考えることが、崇高に近づく道だと過去の人間たちはよく知っていた。たとえば中世の西洋社会では、**「メメント・モリ」**（**死を想え**）というラテン語が合い言葉になっていました。キリスト教がまず教えるのは、とにかく生まれたら、この世は来世のためにあり、ずっと死のことを考えろということで、それが日常生活に浸透していた。死ぬことが本体であり、それがわかってはじめて、この世の幸福を一瞬味わうことが出来るんです。それも一瞬だから尊いんですよ。一瞬じゃなかったら、横田管長が言われた通り、殺し合いの世界になります。人を愛するのは、相手が

対談時の執行草舟氏
（於 ㈱日本菌学研究所）

死ぬ存在だからです。僕がいま一所懸命しゃべっているのも、いまがもう再びないからであって、だからこそ体当たりで生きているんです。永遠に生きるんだったら、多分体当たりなんてやらないですよ。のんべんだらりといく。

わかり易く言えば、日常が肉体であって、非日常というのが精神だということです。そして「人間」とは、精神のことを言っているのです。その意味で、現世的な死は死ではないのです。肉体など、人類が目指す崇高から見ればほとんど関係ない。つまり、我々が死だと考えているのは肉体の死であって、宇宙の本体である死ではない。その死の深い意味がわかれば、現世の人たちが言う死は死ではないということがわかります。宇宙の本体の中にこそ死の本質があるのだということがわかると、僕みたいに死が好きになると思いますよ。

一日は一生である

執行　釈迦は「死苦」と言っていますが、その苦しみとしての死とは、現世の「色」の世界の中の死です。死苦とは、だから現世の日常性に限定した教えだと思います。

横田　「般若心経」は「空」の世界においては老も死もないと言っています。

コペンハーゲン解釈　ニールス・ボーアの提唱した、量子力学の状態を表わした一つの解釈のこと。観測すると観測値に対応する状態に変化するという、波束の収縮が起こるとしている。　**「メメント・モリ」（死を想え）**　中世のヨーロッパで言われたラテン語からくる格言。死後の永遠の生命に対する想いを鍛錬するのが、現世の務めとするキリスト教の考え方。

では、死とは何か。我々は毎年十二月一日から八日までの一週間、寝ずに坐禅をする「臘八《ろうはつ》大接心《おおぜっしん》」をいたします。お釈迦様がこの期間に悟りを開いたことにあやかって、一週間、不眠《ふみん》不臥《ふが》を通すのです。

そのとき、師匠から何度も何度も聞かされたのは、「一週間やるんだと思ってはダメだ。一週間あると思うと、ペース配分をしてしまう。そういう考えでやったならば、何回やっても修行にはならない。今日で終わりと思え。自分の命は今日一日限りだと思って死力を尽くせ」ということでした。

そして、師匠の言う通り死力を尽くすと、次の日が来る。それが「再誕」です。再び誕生する。つまり、死して生まれる、また死して生まれる、の繰り返し。それで気がついたら一週間経っていたというのが本当の修行です。一週間もあるから、中日ぐらいまでは力を温存して、後半に力を入れようなんて考えで修行したのでは何にもならないのですね。

むしろ七日間あると思ってやっている人のほうが疲れてしまうのです。自分は今日限りの命だと思って、いわゆる体当たりでやったほうが疲れない。

執行　その一週間が一生だと思えば、僕の考え方と全く同じだと思います。僕も毎日そう思って生きています。今日も、この対談に全てを投げ出そうと思っています。それで今日までできた。僕は現世で休息をとりたいとは思っていません。死後の永遠の休息が待っていますから。会社を設立してから三十五年になりますが、一日も休んだことはありませんね。仕事という使命を果たさない日は一日たりともありません。だから、今日もまた出来るんだと思うんですよ。休んだら却って出来なくなってしまうかもしれない。全くいま聞いた禅の修行と似ています。

横田　なるほど、執行先生の考えがわかるようになってきました。また日本人の僧として初めて「禅」を「ZEN」として欧米に伝えた明治・大正時代の円覚寺管長釈宗演《しゃくそうえん》老師は、「布団に入るときは棺桶に入ると思え」と言ったそうです。何か覚悟という点で執行先生の考え方と似ているように思います。

執行　僕は小学生のときに『葉隠』を読んで、最初に覚えた言葉の一つが、「毎朝毎夕、改めては死に、改めては死ぬ」というものでした。武士道とは死に続ける訓練です。現世においては、本当に死ぬのはいつかはわかりませんが、日常的に受け入れていたら考える必要もないのです。僕は文学や哲学が三度の飯より好きなのですが、それも武士道の影響だと強く感じます。僕は死を考え続けていますから、哲学も文学も好きになるに決まっていたと思うんです。あのフランスの哲学者**モンテーニュ**はその『**エセー**』（随想録）で「哲学を学ぶとは、死を学ぶことである」と言っていました。僕は朝起きたら「今日死ぬ」、寝るときは「明日死ぬ」と

「臘八大接心」　禅の修行で十二月一日から八日までの一週間を坐禅三昧で過ごす週のこと。釈迦が十二月八日に明けの明星を見て悟りを開いたと言われていることから、この七日間を一日ととらえ厳しい坐禅が行なわれる。**ミシェル・ド・モンテーニュ（一五三三〜九二）**　フランスの哲学者、思想家。広い読書経験と教養に裏打ちされた、人間性に対する鋭い洞察のエッセイで知られる。ルネサンスの人文主義精神によって、人間の内面生活・社会生活を詳細に観察した。『随想録』等。**『エセー』**（『随想録』）　モンテーニュが自己の経験・観察を通して人間性を探求したモラリスト文学の古典的作品。

思って生きていますから。

横田　だからお元気なんでしょうね（笑）。真理はいつも逆説的です。生命を活かすための禅は、人間の人生を本当に活かすために古来、実によく「逆説」をうまく用いているんですよ。

死は最大の施し

執行　「絶対負の思想」は、宇宙の本体である負のエネルギー（愛や生命エネルギーもその一つ）を絶対的なものとして自己の肉体より隔絶した上位に置く考え方です。だから、自分の寿命が尽きる日まで与えられた生命を、使命に体当たりするというだけの結論になるんです。

先ほど「メメント・モリ」の話をしましたが、西洋社会のみならず東洋や日本でも、中世までは、魂を肉体の上位に置いて、「死を想う」ことが多くの人の人生の修行でした。その習慣が失われたのは、十四世紀に始まった**ルネサンス**によって近代文明が生まれ、そこからヒューマニズムという人間中心思想が広まったためです。

ヒューマニズムとは、自分たち人間が神になっていくという思想ですから、僕から言わせたら全くの主客転倒です。宇宙によって創られた存在である人間だということを忘れてしまった。思い上がりというものでしょう。人間は、自分たちよりすぐれたものを崇敬しなければ、人間らしく生きることは出来ません。それが神であり仏であり、あるいはその神仏から直接生

スペインの思想家・詩人ミゲール・デ・ウナムーノ

まれた崇高な精神です。また、人間は人間以上のものであろうと欲しなければ、本来的な人間となることも出来ないということを**ウナムーノ**というスペインの哲学者が言っていたことを思い出します。その崇高なエネルギーそれ自体が僕の言う「絶対負」であり、具体的には純粋な愛や悲しみ、清冽《せいれつ》な正義や信義のことで、武士道や禅の本質はその代表例です。

　ところが、ヒューマニズムの思想では人間がいちばん尊い存在で、肉体的な人命を何より大切に考え、人間中心の人道主義こそすばらしいとなる。全ての人が「人間の命ほど大切なものはない」と現代では言いますが、僕はそう思わない。それは二番目か三番目で、いちばんすばらしいのは、愛情や友情や信義に命を捨てることであり、それを文化と成している神仏に命を預けることです。我々の生命の根源である宇宙の神秘を仰ぎ見ることであり、愛し信ずることだと思っています。

ルネサンス　十四世紀から十六世紀にかけて展開した、イタリア発祥の学問上、芸術上の革新運動。ギリシャ・ローマの古典文化の復興と教会中心の世界観から、人間中心の現世肯定、個性の尊重などを唱えた。欧州近代文明の基礎となった。**ミゲール・デ・ウナムーノ（一八六四〜一九三六）**　スペインの思想家、詩人、哲学者。人間存在、生の不滅性を考え抜いた、血と肉の思想、文学で知られる。独裁政権、スペイン内戦など激動の時代を生き抜き、亡命などを経るも最後まで自身の信念を貫いた。『生の悲劇的感情』『ドン・キホーテとサンチョの生涯』『ベラスケスのキリスト』等。

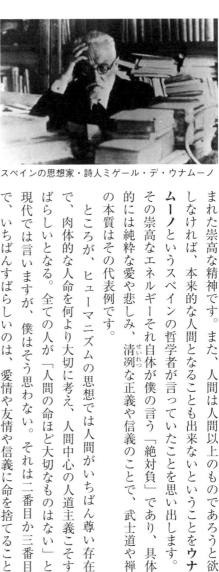

横田　実に共感しますね。目に見えないわからないものを崇敬する心の大切さということだと思います。わからない世界が大切なんですよね。わからないものに向かって永遠に求め続けていく。それが武士道と禅に共通しているところだと思うのです。

「絶対負」の死生観は、ここ㈱日本菌学研究所で開発・製造されている菌の世界にもよく表われていますよね。菌が腐敗を促すことで、元々の物質の本体が再生しより良い煌めきを生む。我を持たずに他を活かすのが菌の働きということですね。これは仏教でいう「無我」や「慈悲」に通じます。生命の根源法則は、我を殺して他を活かすことです。私は師匠から「死は最大の施しである」と教わりました。先ほどのおばあさんの話で考えればわかるでしょう。残された者に対する最大の施しは、自分がいなくなることです。それがわかると、死との向き合い方が変わってくるのではないでしょうか。

執行　**ヘミングウェイ**の『**老人と海**』に出てきますよね。漁師サンチャゴの最期を思い浮かべますね。自己の全てを海との闘いに捧げた男の最期ですよ。死が最大の施しであるということを本当に考えさせられる名作でした。ヘミングウェイと禅が結び付くとは思いませんでした。

横田　そうですか。ぜひ、読んでみます。それにしても「死は最大の施しである」と最初に聞いたときにはよくわからなかったのですが、いまはなるほどいい言葉だなと思っています。

自殺する権利はない

執行　いまは火葬が主流ですが、本当は土葬でなければダメなんです。火葬は、基本的には他の生物の役に立ちませんから。人間は死んだなら、土の中で腐敗して他の生き物に食べられないといけません。我々も他の生き物をたくさん食べて生きているわけだから、最期は自分の身を他のものに捧げるというのが、生命の正しい姿なのです。死とは、宇宙的な愛の無限循環なのです。

我々の死は、宇宙を支配する「愛の法則」の一部だということを忘れてはなりません。死は人間の世界だけの話ではなくて、宇宙も同じなのです。星が消滅すれば星雲になり、その星雲が次の星を生み出す原材料になります。星が爆発して死ななければ、次の星は生まれないわけです。だから、死ぬということは、慈悲であり、愛なんです。死ぬことそのものが愛なんです。

横田　死を恐れて長生きを願う者は、我利《がり》我利《がり》亡者《もうじゃ》に成り果ててしまうのです。天命を生き切るということですね、与えられた命を精一杯に生きる。執行先生流に言

アーネスト・ヘミングウェイ（一八九九〜一九六一）　ノーベル文学賞を受賞したアメリカ人の小説家。死と隣り合わせの人間の姿を描いた小説で知られる。『誰がために鐘は鳴る』『武器よさらば』等。　**『老人と海』**　ヘミングウェイの小説。大魚と死闘を続けるキューバの老漁師の話。苛酷な自然に立ち向かいながら、荘厳に生きる人間の姿と死生観を描いた。

えば「完全燃焼」する。完全に燃え尽きる。

お経では、お釈迦様がお亡くなりになることを「**薪《まき》が尽きて火が滅した**」と書かれています。私はこの言葉が非常に好きです。わざと死ぬ必要はないし、長生きしようともがく必要もない。死ぬことは考えない。意識しなくても、ただひたすら命を燃やし続ければ、やがて燃え尽きて火が消える。自然に死を迎えるわけですね。無理に命の火に水をかけて消すのは間違いですね。

執行 そういうことをするのは逆効果で、余計悪いことです。それは、与えられている命を自分のものだと思っているからですね。人間の命を「所有権」の売買のように考えているのです。そもそも自殺する権利は人間にはないのです。いま言ったように命は元々自分のものではなく、与えられているものですから。だから、いつ死ぬかとか、いつまで生きるかを考えること自体がダメなんです。長生き志向やそのための健康志向は、知らず知らずのうちにエゴイズムを生み出しますから注意しなければなりません。

いつ燃え尽きるかなんて考えている人は、絶対に燃え尽きません。これは燻《くすぶ》って、変な腐臭を発します（笑）。きれいに燃える人は、燃えていることを考えていない。自己の生命を、他の何ものかのために捧げているからです。何かに体当たりしているだけです。それが正しい死生観です。

横田 そうなんですね。我々は瞬間瞬間を完全燃焼していくだけなんですね。禅もそれを目指している。修行そのものが一種の体当たりではないでしょうか。ただ燃えて、燃えて、燃え尽きる。

執行　僕もそう思います。死を嫌がったら燃焼できません。社会保障とか、安全とか安定を考えると、人間は自分の生命を使い切れないですよ。まさにこの「苛酷」な問題が、僕の現代社会に対する問いかけなんです。現代は物質的に発展し過ぎて、生命の燃焼は却って出来にくい時代になっています。だから、全ての欲を捨てて、死ぬまで燃え続けるだけにしなければいけない。でも、いつ燃え尽きるかはわからない。燃え尽きたときが終わりのときです。それが、本当の意味での生命的な幸福論だと思っています。

捨てない生き方

執行　ところが、そのような考え方では不幸になると言われる。だったら、僕は不幸になりたいと全ての人に言っているんです。下手《へた》に幸福になろうとすると、現代ではあっと思う間に我利我利亡者になってしまいます。いまの消費文明とか経済成長路線とは、自分らしく、遊べ、楽しめ、無駄遣いをしろと奨《すす》めているだけです。昔のおじいちゃんやおばあちゃんが生き返って現代の生活を見たら、狂い死にしますよ（笑）。僕の祖母は、生まれたときの産着《うぶぎ》から何から、着ていた着物を一つも捨てませんでした。昔の人は何も捨てない。それは無駄を一切

「薪が尽きて火が滅した」（「薪尽火滅」）『法華経』序品。

しないということです。つまり捨てないことが全てを捨てていることに通じているんです。そして、それが家にあることが、本当の家族の絆をつくっているのです。贅沢をすると、愛もなくなれば、家族の絆もなくなってしまうんですよ。負のエネルギーも全てが使い捨てにされてしまうんです。

横田管長のその袈裟《けさ》が、お母様の着物を仕立て直したものだと聞いたとき、横田管長の人間性に打たれました。着物を通して母親といつも一緒にいる。それが家族の絆であり、物の中に宿っている心を大切にする精神なんです。そして無駄遣いをしないですんでいる。

消費文明はその対極にあり、どんどん捨てて、どんどん無駄遣いしろと言っている。禅の修行を見ればわかりますが、最小限の水しか使わない。少ない水で顔を洗って、体を洗って、食器も洗って、一滴たりとも無駄にしない。その思想がすばらしい。全てを捨てるとは、真の倹約のことでもあるのです。そして本当は、それこそが真の豊かさなのです。

横田南嶺管長の袈裟はお母様の着物からつくられた

横田　我々は井戸の水で生活していますから、たくさん使うと早く尽きると教わります。畑を耕してつくった野菜を洗うのも、お米を研ぐのも、釜でゆでるのも、全て貴重な井戸水を大切に使います。ですから、私はシャワーなんて違和感がありますね。

執行　あれは垂れ流しですからね。アメリカ文明の悪口は言いたくないのですが、シャワーはアメリカ文明の象徴ですね。無駄遣いの見本です。いま、ようやく科学的に地球の資源は有限であり、水の量も決まっていることがわかってきたので、非常にいいことだと思っています。

しかし現実は、わかればわかるほど無駄遣いに走っている。これは不思議です。だから、現代人は自殺願望があるのではないかと思っています。あまりにも死にたくないと思っているから、却って自殺願望になってしまう。必ず死ぬと思っていたら自殺はしないですから。原爆もつくりません。原爆が出来たのは一種の自殺願望じゃないですか。ヒューマニズムの行き着いたもので、神を失った人間の自殺願望だと僕は思っています。自分が神になったつもりでいるが、もちろん神ではないので自滅するということです。しかし自分を神だと思っていますから、自分自身は自分のやることを全て正しいと信じて疑わないということではないでしょうか。

仲直りして死ぬ

横田　私は二歳のとき、祖父の死をきっかけに死について考えるようになりました。でも、大概の人は死を大きな問題と考えず、学校に通って勉強して、大人になって仕事をして、というような人生を歩む。ところが、私の場合は、死は大問題だと考え、どうせ死ぬのに勉強したってしょうがないと思ってしまった。それであの子は変な子だと言われ続けて、禅僧になりいままで生きてきました。その変な子どもが五十年経ったら死について語るようになるんですから、世の中どうなるかわからない（笑）。しかし、人生を考えるきっかけにはやはり死の問題があることは確かですね。

執行　死を見つめれば、変わり者だと言われる。そういう時代なんです。だから、みんなが死から逃げているだけで、死と直面しようとしない。死は目の前にいくらでもある。死を考えるのは、生きている人間の日常でなければならない。我々の周りには死はいくらでもある。生命との別れはどこにでもある。花が散ってもそれは一つの生命との別れですからね。近代文明は、死を考えたくないだけです。

横田　もし、目の前に余命三カ月と宣告され、死ぬのが怖いと言っている患者がいたら、執行先生なら何と言葉をかけられますか。

執行　僕なら、死の内容をちゃんと言います。ごまかすことはしない。自己の死を正しく知るのは悪いことではありません。僕はいままで何百もの死と直面してきましたが、**引導《いんどう》を渡す**というか、これから死ぬんだよと伝えてきました。そして宇宙の彼方にある、人類の魂の故郷に還るんだと。もちろん助かる見込みのある人には言いません。

　死を受け入れることが出来ない人には説得します。「みっともないから、ジタバタするのはやめたほうがいい。自分の人生を荘厳に終わらせなければなりません」と。僕はそれが親切だと思っています。僕の説得を受け入れた人は皆すばらしい死を遂げています。つい先年も、創業以来の僕の右腕で苦楽をともにした人が死にましたが、最期まで僕と手を握り合って本当に美しく死にました。ただ、これを言うのは、現世的には勇気がいるのです。法律に触れることも多々ありますから。それに、みんなから嫌われますし。でも、誰かが言わなければいけない。

僕の祖母が亡くなったとき、とても印象的な出来事がありました。昔は医者がちゃんとそれを言ってくれたんですね。かかりつけの**母里**《もり》**先生**が祖母に「あなた、もう死ぬんだから、近所で喧嘩している人がいたら、この場に呼んで、仲直りしてから死になさい」と。そこで祖母は、仲の悪かった近所の人や友だちをみんな呼んで、仲直りして死んでいきました。

僕は小学校三年生でしたが、それを見て、死の荘厳さに心を打たれました。引導を渡すというのは仏教用語なので、医者に使っていいのかわかりませんが、医者が引導を渡してくれる時代があったんですね。いまの医者は嘘ばかりつきます。「まだ大丈夫」だの「きっと治る」だの。みんな騙されたまま死んでいきます。それじゃ幽霊になるしかない。

横田 執行先生の話を聞いて思い出したのは、うちの朝比奈宗源老師の話です。数カ月前に奥さんを亡くされたご老人が危篤状態で苦しんでおられた。そこへ朝比奈老師が駆けつけて、枕元で「もう早くばあさんのところに行ってやれよ」と仰ったら、そのご老人はにっこり笑って息を引き取ったそうです。昔はみんなそうだったんですね。死に際にそう言えるということは、普段からの人間関係を大切にしているからでしょうね。朝比奈老師を信頼されていたんだ

引導を渡す 死に近づきつつある人に、命がなくなることをわからせること。また生を諦めるように最後に言い渡すこと。
母里先生（母里太一郎） 東京都豊島区目白の開業医。執行草舟の子ども時代のかかりつけ医。

と思います。

棺桶を贈る

執行　僕が子どもの頃は昭和二十年代（一九四〇〜五〇年代）ですから、息子や友人が戦死したという人たちが周りにたくさんいました。そういう人たちは、いつまでも生きたいなんて思っておらず、戦死した息子や友人とあの世で再会するのが楽しみだと言って亡くなっていきました。だいたい、あんまり長生きすると葬式に来てくれる人がいなくなるから、看取ってくれる家族や友人がいるうちに死にたいという心情でしたよ。子どもだった僕にもそんなことを言っていたぐらいですからね。

それがある意味で自然だったのに、いまは長生きが美徳というか、生きれば生きるほどいいという考え方が消費文明によって植え込まれてしまった。ある程度の歳になったら、いつ死んでもいい、早くあの世で親と会って、昔は話せなかったことを話したいという終わり方のほうが美しいと思いますね。

横田　これは私の師匠から聞いた話ですが、ある村の習慣で、村のお年寄りの長寿のお祝いに何を贈るかというと、棺桶をつくって贈っていたそうです。いまなら大変なことになりますが、昔はこれがいちばんのお祝いだった。小さな村だと、近くに葬儀屋などないから、いざとなったとき棺桶を用意するのに時間がかかる。また、貧しい農家なら棺桶を買う現金もないかもしれない。そう考えると、決して不吉な贈り物ではなく、有難い贈り物だったということです。

執行　いい話ですね。死は、そういうふうに当たり前だったのに、それが忌み嫌われるものになってしまったこと自体がおかしいのです。僕はそこに現代社会が抱える重い病根を見ているのです。死を待つ人生でなければ、生は実に薄っぺらなものになってしまいます。

横田　私は大学に入ってすぐに**松原泰道**先生とのご縁で白山道場の小池心叟老師のもとで修行を始め、大学卒業後は京都の僧堂に三年ほどおりました。当時の管長は、齢《よわい》九十を超え、もう病院に入っていました。

もういよいよかというとき、お誕生日が近づいてきました。寺では毎年、管長に誕生日のお祝いを贈っていたのですが、こんな時期だけど、お祝いは何がいいだろうかと皆で考えました。私はまだ修行僧の身でしたが、先ほどの村の習慣を知っていたので、「いちばんいいのは骨壺《こつつぼ》でしょう」と言ったら、えらく怒られましてね、「お前はなんていうことを言うんだ」と。でも私は、これがいちばんいいだろうといまだに思っているんですが（笑）。

執行　面白いですね。禅の世界はやはり実に面白い。そういう会話が出来ること自体が、すばらしいことです。

松原泰道（一九〇七〜二〇〇九）　臨済宗の僧侶。元臨済宗妙心寺派教学部長。その著書『般若心経入門』（祥伝社）はミリオンセラーとなる。

「悟り」とは命の燃焼

横田　禅では「悟り」ということがよく言われますが、実はわからない。わからないから永遠に努力していくわけです。ある意味では一生修行です。悟りの連続の上に禅がある。終わりということはないのです。

執行　生命を完全燃焼すること。自分の生命を使い切ることが、本当の生命の価値であるとわかることが禅の「悟り」に近いものなのではないかと思います。燃焼だから、死ぬまで続けるしかない。そして、その過程にこそ真の「自由」がある。僕の実感です。釈迦やキリストの言葉で、文献に残っているものはほとんど読んでいますが、だいたいそのような意味のことが書いてあります。

自分がもらった生命を尊び、完全燃焼を目指していつでも死ぬ覚悟で生きるだけです。つまり自由ということです。長生きしたいというのは物質主義で、その考え方はお金や物だけを尊ぶ生き方を招き寄せるだけです。無限に金儲けしたい、高級車に乗りたい、大邸宅に住みたいという強欲を生み出すに過ぎません。そもそも寿命は神の摂理であり、人間の考える範疇《はんちゅう》ではありません。昔なら、長生きしたいなんて、カッコ悪くて言えなかったはずです。無限に金儲けしたいなんて恥ずかしいじゃないですか。それと同じです。

横田　私の父は仏教のブの字も知らない、特別の信心もないような、典型的な職人です。鉄だけ叩いてきた鍛冶屋《かじ》です。その後、鉄工業を始めました。私が子どもの頃、毎日牛乳が家に配達されて家族みんなで牛乳を飲んでいたんですが、あるとき、牛乳を飲むと長生きするというニュースがテレビに流れたのです。それを聞いた父が、「俺、明日から飲まない」と言いました。父は詳しい理由を言いませんでしたが、おそらく「自分は職人として仕事を全うするだけで、仕事が出来なくなったら死ぬだけだ」と思ったのではないか。

執行　その感覚は、仕事に打ち込んでいる人にとっては当たり前です。仕事の中で死にたいのです。仕事が出来なくなってまで、つまり体が利《き》かなくなってまで生きたくないのです。だから職業病で死ぬことを何とも思っていなかった。いまでは職業病というと悪いイメージしかありませんが、昔は職業病になって健康を害しても、天職だと思った仕事をやりながら死ぬことが誇りでした。自分が命がけで働いてきた証ですからね。職業病にならない人間は怠け者だといって馬鹿にされていました。鍛冶屋だったら目や耳が悪くなるということも当然のこととして受け入れていた。すばらしい御父上ですね。僕が最も尊敬する人物の典型です。真の男です。

横田　父は耳がよく聞こえないんですよ。それでも、まだ迎えに来ない、迎えに来ないと言いながら、健在です。

執行　仕事に命がけで打ち込んでいると、精神が自由になるのです。これも僕の実感です。傍《はた》から見れば、融通《ゆうずう》の利かない堅物だとか偏屈者と思われるのですが、当の本人は命が躍動しているから、精神が自由なんです。それこそ融通無碍《むげ》の境地で、自由で囚われないことが「悟

対談会場にかかる安田靫彦 画「楠公」の前で

り」に至る道につながるのではないでしょうか。人間は職業に打ち込めば悟りを得ることが出来ると僕は思っています。

浄土真宗の**親鸞**《しんらん》も『**歎異抄**《たんにしょう》』で、「**念仏者は、無碍の一道なり**」と言っています。無碍とは自由無碍、融通無碍。これが悟りに至る道だと。道元も『正法眼蔵』の中で我々が生まれそして死ぬという、この真実を見極めることが仏法者の最も大切な問題だということで「**生**《しょう》**を明らめ死を明らむるは仏家一大事の因縁なり**」と言っています。これは曹洞宗の大切な経典『**修**《しゅ》**証**《しょう》**義**《ぎ》』の最初に出てくる言葉ですね。

横田　仏教では「悟り」を「**涅槃**《ねはん》」という言葉で表わすこともあります。「涅槃」とは、一切の煩悩《ぼんのう》、執着《しゅうじゃく》から自由になった安楽の境地です。その境地に達するには、与えられたものに気づいて、それを最期まで使い切り、命を完全燃焼することです。

一方で、我々は往々にして、与えられていないものやないものを求めようとするから、迷いが生じるのです。では、与えられているものとは何か。それは、自分の命と体です。それに気がついて、完全に燃やし切るのが「悟り」ではないでしょうか。

長生き思想と我利我利亡者

執行　僕の場合はそれに自己固有の「運命」というものも与えられているものに数えたいと考えています。そもそも現代を覆っている長生き思想とは、他人の命と自分の命を比較しているだけの話です。いまは百歳まで生きれば長生きだと言われますが、二百歳まで生きる時代が来たら、百歳は短命ということになってしまう。僕は、二十歳で死んでも、四十歳で死んでも、本当に生き切れば、その人は完全燃焼したという思想です。その人自身の人生を全うしたということです。それは充分に良い人生に決まっています。

二十歳で死んだ人を、若過ぎる死だから不幸だというのは、自己中心の傲慢な考え方です。本当に生命を燃焼した人は、二十歳で死のうが三十歳で死のうが、寿命の長さは関係なく、幸福な人生だったのです。百歳まで生きた人のほうが三十歳で死んだ人より幸せだなんて、資産

親鸞（一一七三〜一二六二）　浄土真宗の開祖。法然の門に入り念仏の道に帰依。その後、流刑に処され、非僧非俗の生活に入る。晩年まで信心為本の教義を以て伝導布教を行なう。語録『歎異抄』が有名。**『歎異抄』**　親鸞の死より三十年後の鎌倉後期、浄土真宗の教団内に湧き上がった異義・異端を嘆いた弟子の唯円が、直接聞いた教えを説こうと親鸞の法語をまとめ、また末徒の異義への批判を所収した。**「念仏者は、無碍の一道なり」**『歎異抄』第七章。**「生を明らめ死を明らむるは仏家一大事の因縁なり」**『修証義』第一章総序。**『修証義』**　道元禅師の『正法眼蔵』を中心に引用した曹洞宗のわかりやすい経典。明治二十三年に編纂された。**「涅槃」**　煩悩を断ち智慧の完成した悟りの境地。一切の悩みや束縛から脱した、仏教で言う仏の悟りつまり理想の状態。

を比較しているようなもので、物質主義の弊害に過ぎません。命は比較できないのです。その内的な生き方の価値にあります。だから僕は長生き思想は大嫌いです。

横田　執行先生の考えに私も非常に共鳴します。そういう見方をしないと、子どもを幼くして亡くした親はずっと苦しむのです。なぜだ、なぜだ、なぜ我が子だけこんな目に遭うのかって。でも、「あの子は自分の命を全うしたんだ」と思えるようになれば、親も救われます。

平均寿命から逆算すると、何十年も足らない命だったと思って悲嘆に暮れるのですが、そうではない。比較するからいけないのですね。いまは七十代で亡くなった方のお葬式に行くと、みんな「まだお若いのに……」と言っている。そのうち八十代でも「まだお若いのに……」となって、際限がなくなるのではないかと思うと、ゾッとします。寿命すら際限のない欲望の対象になってしまっている。本当に物質主義なんですね。

執行　命は、それぞれの人が与えられているものですから、若くして死んだ人も、本当にその人がすばらしい人生を送ったのなら、少しも不幸だと思わない。人生に悩みながら、嫌々死んだ人のほうが不幸ですよ。

たとえば、探検家や登山家は若いときに遭難する場合がありますね。僕もいろいろ知り合いがいて、亡くなった方もいますが、彼らを不幸だとは思いません。自分がやりたいことをやって、生命が燃えたぎり輝いているときに死ぬんですから。だから、二十代で死んだから早死にだったという声を聞くと、腹が立つのです。冗談言うんじゃないよと。寿命は誰にもわかりません。そんなものを考えても仕方がない。死ぬまで体当たりをするのが人生です。僕の生命をいろいろと心配してくれた人たちが若い頃から随分といましたが、ほとんど全て僕より早くもう死んでしまいました。命は誰にもわからないのです。

私事だからあまり言いたくないのですが、僕の妻は二十七歳で子どもを産んで、三カ月後に死にました。スキルス性の乳がんです。妊娠中に発見されたため、医者も周囲の人間もみんな、お腹の子どもは諦めて堕ろし治療に専念するように説得しましたが、妻は頑として受け入れず、授かった命をこの世に産み出すという選択をしました。僕も妻の決意を尊重し、応援する肚を括るのですが、医者や周囲からは相当非難されました。味方は僕の母だけ、あとは夫婦二人だけの闘いでした。我々は運を天に預けて賭けたのです。そして敗れたわけですが、全く悔いてはいません。人間は自分の思った通りに生きるのが正しいのです。

横田　それは大変な決断でしたね。

執行　妻も、おそらく自分の運命がわかっていたのだと思います。妻の唯一の悔いは、生まれた子どもを自分の手で育てられなかったことでしょう。それ以外は、二人の生命が輝くかけがえのない日々を送ることが出来たのです。

傍から見れば、二十七歳の若さで子どもを残して死んだ妻はかわいそうだ、不幸だったと思うでしょうが、僕はそうは思わないし、妻も幸せだったと思います。結婚生活はわずか二年二カ月でしたが、あの歳月ほど幸福だったことはありません。僕の人生における確かな煌めきであり、それを妻から与えてもらったわけです。だから、僕は再婚しないと決めた。その意味で、人生の幸福と寿命の長短は関係ないということがはっきりわかるのです。

横田　すばらしいお話ですね。多くの人は、二年二カ月で終わってしまった結婚生活を残念がる。でも、なぜマイナスに見るのか。二年二カ月も幸せを頂いたという、これこそ執行先生の「悟り」ですね。

執行　そうですか。わずかですが、悟りかもしれないですね。

横田　悟りです。

執行　少しは悟っていますかね。

横田　間違いありません。本当です。

執行　やはり横田管長から言われたら力強いですね（笑）。どちらにしても、人生を長短で測る長生き思想は我利我利亡者をつくるだけという真実に早く気づいてほしいものです。

横田　資源は有限だという話に通じますが、我利我利亡者の考えは破滅につながるのだということをお互い一人ひとりが痛切に感じて、どう生きるかということに目覚めたほうがいいですね。もう手遅れかもしれませんが、それでも我々が少しでも何とかしようと思って活動をしていかなければいけないと思っています。そうでないと、本当に自滅が目に見えてくる。物質の量や豊かさだけで人間の幸せを考えることは本当にやめなければなりません。

何もない豊かさ

執行　いまの消費文明とは何かというと、無限大に物質や金銭を欲しがるということです。

それに付随して果てしなく地位や名誉も欲しがる。そんなものは、生命の深淵を楽しむ人生からすれば何の意味もない。そんなつまらないことで、人類は破滅寸前に陥っているわけです。

僕も会社を経営していますし、生活を営んでいますから、最低限のお金は必要だし、大切であることもわかっています。だからこそ、必要な分だけ儲けて、必要な分だけ使うのが正しい姿勢であり、必要以上に欲しがる人はダメだとわかるのです。自分という人間一人が食べるものの量や、人生に必要なものなどはたかが知れている。誰でも本当は豊かなのです。

人間の欲望には切りがないとか言っている人がいますが、それは都合のいい「逃げ」です。自分を許すための理屈ですよ。欲望は誰にも、日々、あるのです。それに、自分で切りをつけなきゃダメなんです。昔は、切りをつけないと、親から叩かれましたよ。たとえば、おいしい食べ物があっても、二つまでならいいとかね。それ以上欲しがったら引っぱたかれました、「卑しい」と言って。親が無限大の欲望を抑える教育をしていたのです。

いまのお年寄りならみんな経験していると思いますが、朝起きると、親がその日のおやつを紙に包んで子どもに渡した。おせんべい一枚、バラ菓子少しと飴玉三個とかね。それを持って外に遊びに行くのですが、早く食べた奴はそれで終わり。最後まで食べずに自慢する奴もいましたが、あれはすばらしい方法だと思う。いまは親が際限なく与えるじゃないですか。子どもの頃に欲望を抑えさせないと、僕は人間の心は育たないと思っています。わきまえという限度を知ることがやはり人間的な感情を育てると思っているのです。

横田　これは「般若心経」の意味をわかりやすく説明するときにお話しする例なのですが、

あるところでお弁当を頂きました。私は普段、朝はお粥《かゆ》と梅干しだけの食事ですので、そのお弁当を食べておいしいと感動したのです。そこで、「このお弁当はどちらのお弁当ですか」と聞いたら、「どこどこのお弁当です」と。そうしたら、隣の人が、「そこの弁当にしたらまずいな。そこの弁当なら、もっと高いのがあるはずだ」と文句を言ったのです。でも、私は有難いと思って頂きました。

それはなぜかというと、隣の人は普段いいものを食べている。私は普段ろくなものを食べていない（笑）。でも、このときは、私がいちばん満たされてることがわかった。それはお腹が減っていたからです。お腹の中が空っぽだったから、幸せが満たされた。だから、いいものを食べたからといって満たされるわけではない。もっといいものを食べたくなるからです。それこそ切りがない我利我利亡者になって行き詰まってしまう。むしろ、空っぽであることの幸せを知るべきではないか。何もないことの豊かさを知るべきではないか。それが「般若心経」の「空」の手がかりです。

リアリスト・趙州の魅力

執行　何もない幸福というのは、肉体だけではないですね。心もそうだと思います。囚われないということでしょうか。フランスの哲学者で**シモーヌ・ヴェイユ**という人がいるのですが、その人が神の恩寵は心を満たすものだと言っていた。しかし、満たされるには前もって心

趙州

が真空でなければならないと言っていたんですよ。真理は真空の心に入ってくるとね。だいたい、ものを無限に欲しがること自体が卑しいことなんです。どこまでも長生きしたいというのもその一つなんですよ。しかし、いまの人はみんな、それを当然だと思っている。消費文明の経済成長教育を受けているんです。だから、死も見ようとしない。見ようと思えば、死はいくらでも周りにあります。

　これは単なる教えではなく、真実です。現実直視としてのリアリズムです。僕は、人生に立ち向かう本当の心がけを一つだけ挙げろと言われれば、「リアリズムと向き合う」と答えます。物事を、白は白、黒は黒、赤は赤と見る目。それが臆病さを克服するのです。臆病は、みんな誤解というか、洗脳です。流される人は皆、その時代に洗脳されている。人生を本当に燃焼した人は、全員リアリストです。禅で言うと、**趙州従諗**《じょうしゅうじゅうしん》ですね。それから**臨済**も白隠も、

シモーヌ・ヴェイユ（一九〇九〜四三）　ユダヤ系フランス人の哲学者・著述家。第二次世界大戦中にイギリスで没したが、独自のキリスト教思想、労働思想、美、不幸、真空といった主題を追究した遺稿が残された。『重力と恩寵』『神を待ちのぞむ』等。　**趙州従諗（七七八〜八九七）**　中国唐末の禅僧。曹州の龍興寺で出家、六十歳まで南泉普願のもとで修行。八十歳で趙州の観音院に住し、百二十歳まで修行した。門弟との問答の多くが、後世の「公案」となり、『碧巖録』や『無門関』といった禅の名著に収録されている。『趙州録』がある。　**臨済（?〜八六七）**　中国、唐代の禅僧。臨済宗の開祖。黄檗希運に師事、その法を継ぎ臨済宗を隆盛する。『臨済録』はその弟子が法語を編纂したもの。

皆リアリストです。悪いものは悪い、良いものは良い、おいしいものはおいしい、まずいものはまずいと言っている。馬鹿には馬鹿とね。

特にリアリズムがその人の生命燃焼を支えていたと思うのが趙州です。僕はこの人を死ぬほど好きです。唐末の中国の偉大な禅僧で、**『趙州録』**は僕の愛読書です。その他、禅の古典である『碧巌録』などの中にいつでも登場人物として出てきます。

横田　私の先代師匠も、中国の禅宗史上でいちばんは趙州だと思うと言いました。道元禅師も趙州のことを古仏と称讃されています。『趙州録』は日常の言葉を綴ったものですが、面白いですよね。まさに現実主義です。現実だから面白いのですね。現実はそのまま真実を映した姿になっていますから。

㈱日本菌学研究所にて対談する二人

執行　そうです。趙州のお寺は貧乏寺で、文句や愚痴ばかり書いてある。隣のじじいは俺の世話になったくせにお布施を何もくれないとかね（笑）。このあいだ、こういうことで世話してやったのに、恩を返さないでふざけるなとか。趙州は百二十歳まで生きた人ですが、僕みたいに禅に関係ない人間がなぜ大好きになったのか。どこに大いなる魅力を感じるのかというと、先ほども少し触れたそのリアリズムなんです。禅僧なのに、頭にくれば、文句を言う。文句は言ってはいけないなんて言っていない。本当にその命が躍動しているんですよね。何もない豊かさを体現している人でしょうね。禅の偉大さをその人生で証明している。

横田　ぜひ『趙州録』は多くの人に読んでほしいですね。それにしても執行先生が『趙州録』を読んでいるというのには驚きました。専門家以外で読んだという人を私は知りませんね。本当に知ってほしいものですが、なかなか一般には流布しない。

執行　出来れば漢文だけのものを読んでほしいですね。

横田　『趙州録』に私の好きな話があるんです。趙州は百二十歳まで生きた。でも、別に長生きしようと思ってはいなかった。日々、完全燃焼して生きたら百二十歳になっていたというだけのことです。晩年、耳が遠くなって、ある修行僧が、「悟りとは何ですか」と聞いた。そうしたら、趙州は、「私は耳が遠い。何を言っているか聞こえん。もっと大きい声で言え」と言った。そこで修行僧が「悟りとは何ですかっ！」と大声で言ったら、「うるさい」と言った。それで終わりです（笑）。趙州にはこういう滑稽味《こっけいみ》があります。それでいて皆に尊敬され、全く憎めない人柄です。

執行　恩義に生き、自己の運命を楽しんでいる。自由で融通無碍な人です。これこそがリアリズムなんです。現実を歪《ゆが》めることが自由を束縛しているのです。だから、現実をしっかり見て、黒は黒、白は白と認めれば、どんなに苦しかろうが、自由になっていきます。それが、も

『趙州録』　趙州の語録をまとめたもの。禅の語録として秋月龍珉による校訂で、二〇一六年、筑摩書房より出版されている。

のに動じなくなる胆力をつくると思います。その代表が趙州であり、僕にとって憧れの禅僧です。

横田　執行先生にそこまで評価されると有難いですね。あの時代は仏教大弾圧による廃仏があったんです。寺を壊されて、仏像を破壊されて、教典を燃やされた。僧は還俗《げんぞく》させられた。そういうとき、禅は強いんです。別に仏像がなくても平気なんです。寺がなくたって、坐禅さえ出来ればいいのですから。坊さんを辞めさせられて、船乗りになった人もいます。趙州もその苛酷な時代の中で悲惨な生活を送るのですが、そのときの様子をありありと語っているのが『趙州録』です。でも、愚痴をこぼしながらも結構楽しんでいる。それが趙州の魅力でもあります。

仏陀への道

横田　いま、仏教の起源に関して文献的にさまざまな研究がなされているのです。元々原始仏教、あるいは上座《じょうざ》仏教というものがあって、その後に大乗《だいじょう》仏教が生まれてきたと思われていたのですが、大乗仏教はもっと古かったと言われるようになりました。特に、「般若心経」の大本にあたる『**般若教典**』は紀元前後頃にまで遡ることが出来ます。

いずれにせよ、まだ文字で記録することをしない時代に仏陀《ブッダ》の教えを伝承している人たちがいたのですが、その中の一部の人たちが、**部派仏教**（**小乗仏教**）と言われるように、仏陀をあまりにも高いところに崇めてしまい、自分たちは到底仏陀にはなれないと決めつけ、仏陀に近づくための壁をたくさんつくってしまったのです。

私は「般若心経」の「空」を理解するのに、最近いい言葉を見つけたのです。「岩盤規制に穴を開ける」という、あの感覚です。紀元前三世紀ぐらいのいちばん古い文献には、仏陀の教えは誰でも実践が出来る、誰でも仏陀になることが出来るという言葉があるのです。

それにもかかわらず、仏陀を崇拝する一派が岩盤をつくり上げていった。悪気はなかったのだろうと思うのですが、その厚い壁が「五蘊」とか、「**十二処十八界**」といったものでした。それを全て「空」という認識で否定したのが般若思想です。実体がなく、認識されず、執着されなければ、その対象はないに等しいから、「五蘊」「十二処十八界」を空としたのです。つまり、私たちにも仏陀になる可能性をもたらしたのが、般若思想のいちばん大きな意義です。

仏陀の心をそのまま伝えていた人たちが、部派仏教という違った方向に行きつつあるので、本来のお釈迦様の教えはこうだと言おうとするために『般若教典』をつくったというのが私の見方であり、最近の発見でも『般若教典』は非常に古いことがわかった。これは大変嬉しいこ

『般若教典』　大乗仏教興起の原点に位置する経典で、漢訳では玄奘三蔵の『大般若経』（六〇〇巻）が一大集成経典として有名。日本の現代語訳は中村元『般若経典』（東京書籍）が知られる。**部派仏教（小乗仏教）**　釈迦入滅百年後から約三十年間に分立した諸派の仏教。大乗仏教からは、衆生済度ではなく自己の解脱を求める教えとして「小乗仏教」と呼ばれ貶称された。

「十二処十八界」　部派仏教の教義で、六根（眼・耳・鼻・舌・身〈皮膚〉・意）と六境（色・声・香・味・触・法）を合わせたものが十二処で、六識（視・聴・嗅・味・触・意識）を加えたものが十八界。

とです。その『般若教典』の「空」の思想を、理論ではなくて現実に落とし込んだのが趙州なんです。

執行　「空」を日常生活の中に落とし込んだ。それが趙州の最大の功績なんですか。いやぁ、武士道的で実に男らしくダンディですね。その考え方は知りませんでしたが、実に感動しました。元々、趙州は死ぬほど好きなのですが、ここでまた惚れ直しました。「空」をこの世で実現しようとしたわけですね。まさに武士道です。死ななければ絶対に出来ないことだからです。すごい勇気です。自己を滅しなければ出来ない、未完の生を受け入れなければ挑戦も出来ないことです。僕の最も好きな思想ですね。武士道で考えると僕は趙州を理解することが出来るんですよ。禅で考えるとわからない（笑）。いま管長と話していて、何か趙州の生命と完全に一体化するような感動を覚えました。実に嬉しい体験です。「空」の日常性ですか。ズドーンと肚に重いものが落ちました。

「空」は強い

横田　いやいや、それは良かったです。話を続けると、仏教の流れにもさまざまあって、チベットでも「空」という思想が出てきますが、しかしそれをとことん理論的なほうへ走らせてしまった。チベット仏教は「空」の理論的なものと、密教、ラマ教などいろんなものが混ざっていきます。とはいえあまりにも理論的過ぎるので違和感を覚えることがありますね。

執行　理論は弱いですからね。チベットが中国に支配されたのも何かわかるような気がします。仏教が理論的過ぎて弱いんです。行動に移さないんです。僕は過去にある事情でダライ・ラマ一四世とも接見していたのですが、その人格のすばらしさはよくわかりますが、戦いの気構えが足りないように思いました。平和を志向し過ぎている。中国にはかなうわけがない。そう思いましたね。

横田　あっ、そんなことがあったんですか。理論は本当に弱いです。だから私は実践の禅に魅力を感じた。そう言えば、先ほども少し触れましたが、日本でも廃仏毀釈が明治にあったでしょう。あのときでも禅のお坊さんは、少々のことでは影響されなかった。ところが奈良の興福寺の学問だけしているお坊さんたちは五重塔を売ろうとしたりなんかしてね。勉強だけしている秀才は現実には弱い。

執行　何度も言いますが、学問的なものは弱いです。社会が荒れたときなんかはすぐにわかります。だから仏教の中では禅が強いんですね。武士道もそうです。僕は自分の人生の中心に、武士道の思想を据えて本当に運が良かったと思っています。

横田　それは「無」が当たり前だと思っているからです。「有」は幻想だとしか見てませんから。「無」や「空」を主体にすると、力が出てくるんです。

執行　それは武士道の死を中心に据えた考えと似ていると思いますね。素人だから言えるのかもしれませんが、禅はキリスト教に近いように見えます。キリスト教というのは、なぜ強いかというと、いま言った理論がないからなんですよ。とにかく信じろと言うだけです。信じなければ殺すとね（笑）。非常に野蛮というのか。西洋人の強さというのは、僕はやっぱりそのキリスト教だったと思うんです。殉教というのも西洋人の強さの最たるもので、教えのためならむしろ死にたいとすら思っていた。だから禅とキリスト教の修行法を見ると似ていますよ。**イエズス会**を創った**イグナチウス・デ・ロヨラ**という神父が書いた、キリスト教の霊的実践書である**『霊操』**を読むと禅を感じます。どちらも問答無用です。割と仏教のほうが高度で理論的なんですよね。逆に仏教の欠点は哲学的で高度過ぎることかもしれません。また二十世紀最大の神学者と言われている**カール・バルト**は「信じる強さ」だけが現実の強さにもつながると言っているのです。神を見て生きるような狂気に近い信仰を持つ人を「現実的人間」と名づけている。そして、そのような人が、現世でも勝ち抜いているということを証明しているんです。多分、自己を捨てた信仰によって、却って科学的に現実を直視できるんだと思いますね。

横田　私もその意見には同感です。仏教は理論的過ぎると思っています。そして、それを否定するのが「空」の思想なんです。だから、全部否定したわけなんです。それまでの仏教学の体系も含めてもう全て、あの岩盤をも切り崩そうとした。

「空」のほうが飛ぶ

執行　「大般若経」自体はどのくらいの分量があるんでしょうね。結構すごいでしょう。

横田　膨大な量がありますね。全部で六〇〇巻くらいあります。「般若心経」自体は、真髄の中の真髄というか重要なものの精髄《せいずい》です。最後に出てくる「羯諦、羯諦」というマントラの部分がありますが、釈迦は**マントラ**をまとめていなかったという説もありますが、紀元後六世紀、七世紀頃になって出たものであることは確かです。ですので「般若心経」自体はかなり後のものなんですね。原始般若経、初期般若経にはそういうものはなかったのです。ですから「般若心経」には多分に後に盛んになった密教的なものが入ってきています。

執行　あれは、でも昔の言葉で書かれているというか、サンスクリット語で書かれているんですよね。昔の人にとっては普通の感覚なのでしょうが、使われなくなった言葉なので非常に神秘的になっていったのではないでしょうか。呪文のようなものにさえ聞こえますね。あとは素人目かもしれませんが、いろいろある教典の中では「般若心経」がいちばん魅力がありますす。僕はあの最後の呪文のようなマントラが大好きですね。あのマントラには本当に武士道を感じます。

イエズス会　スペインのイグナチウス・デ・ロヨラが同志と結成し、教皇の認可を受けたカトリック男子修道会。清貧・貞潔・聖地巡礼を重んじた。同会士のフランシスコ・ザビエルが来日、キリスト教を布教した。**イグナチウス・デ・ロヨラ（一四九一頃〜一五五六）**　スペインのバスク地方出身の貴族で、宗教家。清貧・貞潔、聖地巡礼を掲げイエズス会を創立。反宗教改革、カトリックの失地回復、異邦人に対する伝道に尽力した。**『霊操』**　イグナチウス・デ・ロヨラによって始められたイエズス会の霊魂を鍛える修行であり、その修行方法が書かれた著作。良心の究明、黙想、観想、口禱、念禱の方法が示されている。**カール・バルト（一八八六〜一九六八）**　スイスの神学者。神の啓示を神学の中心に置き、弁証法神学を唱えた。牧師生活における実存的な説教の必要に迫られ、また大戦によるヨーロッパ文化の崩壊を目の当たりにし、その終末論的神学を形成した。『教会教義学』等。**マントラ**　サンスクリットで「言葉」の意だが、漢語では「真言」のこと。また大乗仏教、密教では祈りや讃歌や呪文を表わすこともある。

横田　それはもう絶対負だからですよ。「空」の思想の中に絶対負を感じるからですよ。

執行　それから「般若」という言葉自体が良いですよね、魅力があります。響きが美しく深遠です。

横田　あれは**プラジュニャー**、「智慧」なんですけれどもね。それも「智慧」とせずに、中国人が敢えて訳さずに「般若」という言葉を当てて、何か中国人のセンスを感じますよね。「波羅密多」もそうですけど。

執行　中国人の漢字のセンスってすごいですからね。いまでも。商品名なんかも中国人が世界中の商品に漢字を付けるのですが、その当て字が群を抜いてますね。やっぱり字として格好が良いのは重要ですよ。般若心経が僕は好きですが、そういう意味で読む前からすでに好きでした(笑)。内容じゃないんですよ、般若心経という響きがカッコいいから好きなんです。逆もしかりで内容が良いと、見た目もカッコいいですよね。優れた軍艦や強い戦闘機なんかも、スマートだなんてよく言います。いちばんスマートな軍艦がいちばん強く、いちばん格好の良い戦闘機がいちばん性能もいいそうです。内容と形って連動しているんですよね。

横田　うちの寺で何十年も毎朝坐禅に通っている方で、ロケット開発に携わっていた方がいらっしゃったんですけど、ロケット開発と禅は同じだと仰るんですね。ロケット開発も、究極

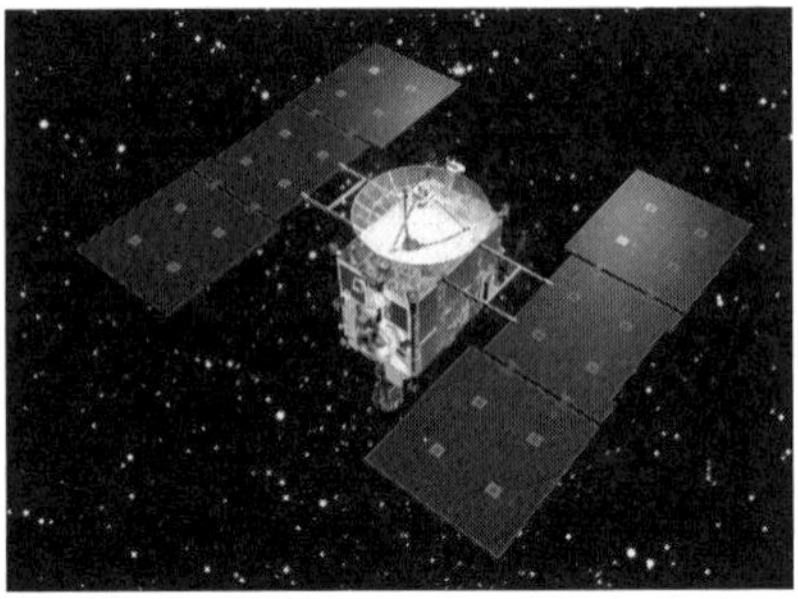

はやぶさCG（宇宙）

はどこまで削って、削って、削れるかが問題であって、ほんの〇・一グラム変わるだけでロケットが飛ばなくなることもあるそうです。坐禅も要らないものを削る思想だから同じだと。その方自身の生活も、冷蔵庫や電話も持たないし自転車に乗って、坐禅をやっている。本当に自分の生活に必要なものは何であろうかと考えていって当てはめているわけです。ロケットなんかは〇・一グラムの世界ですからね。そして、やはり絞り上げられたものは見た目も良いということなんですね。

執行　ジャクサ（JAXA）の「**はやぶさ**」がその代表ですよね。あれにも日本のとんでもない高度な技術が駆使されているらしいです。信じられない軽量化を図ったそうですね。無限大に軽くしたという、零戦じゃないですけれど割と日本人は得意ですね。あの零戦の開発者の**堀越二郎**は、機体を削りに削った技術と度胸が最もすごいと言われた。あの頃のアメリカ、ヨーロッパの戦闘機と比べて航続距離を三倍から四倍まで増やすことが出来たということです。

横田　「空」のほうが飛ぶんですよ（笑）。重たくするから飛ばない。元々、日本人は得意だったんですけどね。いつの頃からか物をたくさん持つようになって、特に戦後でしょうかね。

プラジュニャー　「智慧」の意で、ヒンズー教の聖典文献。ビシュヌ・シバ両神を讃える内容の神話、伝説等が書かれている。**ジャクサ（JAXA）**　独立行政法人宇宙航空研究開発機構。宇宙航空分野の研究、開発・利用まで一貫して行なう組織。本部は東京都調布市、種子島宇宙センターも所有。最近では小惑星探査機「はやぶさ」が有名。**はやぶさ**　二〇〇三年にジャクサの研究機関である宇宙科学研究所（ISAS）が打ち上げた小惑星探査機。小惑星イトカワに到達・観測後、着陸してサンプル採集し、二〇一〇年、地球に帰還した。**堀越二郎（一九〇三〜八二）**　航空機設計者。旧日本海軍の主力戦闘機零戦を設計。

もうみんな重たくなった。それでもまだ欲しいと言う。

リアリズムで見れば

執行　やっぱり西洋文明の影響は強いですね。特にアメリカは何でも重いものがいい、大きいものがいい、速いものがいいという考え方です。日本はその考えに毒されていますよね。これも先ほどの話に戻ってしまいますが、やらない人は、必ず「やるのは難しい」と言うのが常套句なんですよ（笑）。リアリズムの観点から言うと、本当にものを見るのは簡単なんです。簡単だと思えば見られるのです。僕自身はなるべくそう生きていますけど、現実の本当のものを見るのがいちばん簡単です。ごまかそうとするほうがややこしくて大変です。僕はそういうところは割と単純です。だから単純に生きると、割と現世はうまくいってしまいますよね。健康に関しても、僕は全く興味はありませんが、なぜかいまのところ体は元気ですしね。

会社も調子いいですよ。会社も三十五年前に創立して、変な話ですけど儲かりっぱなしですから（笑）。一回もへこんだということがないんです。僕は創業から会社を伸ばそうとか儲けようという気も全くないです。僕は経営的な能力は大したものを持っていませんが、リアリズムの眼があるからではないでしょうか。社員なんかは、自分の欲望で色眼鏡がかかってますからダメですね、あれは（笑）。良いものは良い、黒いものは黒いんです。リアリズムから逃れる人は臆病ですよ。死から逃れるということは、リアリズムから逃れるということですからね。自分の死を見つめられるということは他人の死も見つめられるんです。ですから、そうすると割とものが見えるようになるので、会社も儲かるんです。僕は本当に会社の経営を考えたことはないです（笑）。創業以来三十五年にわたり一度も決算報告書を見たこともなければ、健康診断を受けたこともないんです。またうちの会社は経営計画もありません。運命を生きるだけなので、自分にも将来どうなるかわからないのです。後のことはわかりませんから。やれるところまでやるだけです。

横田　それは結果を見たくないということでしょうか。

執行　というよりも単純に、日々仕事に全身全霊で体当たりしています。良い製品を作り、顧客のために全精力を費やせば、伸びないはずがありません。そう思っているだけです。伸びないのなら、自分をごまかしているだけで、そうしていないのです。僕は三十五年間一日も休んだことはありません。会社に来ない日も仕事をしています。お客さんのためには命がけで寄り添っていきます。その他の情報はテレビも新聞も観ないし読みません。

横田　世間の動向はどうやって知られるんでしょうか？

執行　うちの母親が生きていたときは、おしゃべりなんでよく世間のことやら近所のことから芸能界のことまで、全部聞いていましたね。僕は必ず一日一時間から二時間母の話し相手をしていたんです。母親がテレビでやったワイドショーの内容は全部教えてくれたんですよ。この母親が実に世間のことや人生のことを知り抜いていた。僕の世間知は全て母親ゆずりのものです。それで不便を感じたことがない。多くの人にいつでも頼られています。僕は自分が読も

㈱日本菌学研究所内、製造機械の前で

うと思った本だけしか読んでいないです。死ぬまでびっしり読まなきゃいけないものだらけです。いまは**ポール・ヴァレリー**の筑摩書房版全集第五巻の**『レオナルド・ダ・ヴィンチ論』**を読んでいます。僕の青春を支えていた一冊がヴァレリーの**「若きパルク」**（『ヴァレリー詩集』所収、岩波文庫）で、僕の思想の根底にあるのです。先ほどの趙州と「若きパルク」の悩みは同じです。どちらも天国と地獄が交錯しています。そう言えば、先ほど横田管長が『趙州録』が広く読まれるといいと言っていましたが、あまり趙州は読まれていないのですか。

横田　『無門関』や『碧巌録』などに趙州は出てきますが、執行先生のようにその原典まで読まれる人は少ないですね。なかなか入手しづらいし、最近出たものは読み易過ぎてつまりません。

執行　そうですね。本は難しいまま読むのがいちばん早く理解できるんです。出版社の罪ですね。僕は出版社の人間に会うと必ず言いますが、テレビと競っているから本をダメにしてしまっているんですよ。映像芸術と比べたら、活字は敗けるに決まっています。受動のものに能動が勝てるわけがない。テレビは易しいものを、本は難しくて高尚なものをという方向に行くべきです。知性のある人は本のほうに向かいますから。

横田　難しい本と言えば、執行先生の本も難しい（笑）。それでも、若い方で執行先生の本のファンの方が多いそうですから驚かされます。希望が持てますけれどもね。執行先生の本のファンの方は、将来恐るべしという感じがします。

執行　ただ、いまの若者は全くいじめられていないから、厳しいですね。現実をぶち抜く力が足りないように思います。昔はどこの家でも頑固な親父がいて自動的に鍛えられていた。うちの親父も怖くて一メートル圏内に近寄ったことないですよ（笑）。昔は親父が怖くて、お袋が優しいという役割分担でしたが、いまは親父が怖くないので、母親も慕われなくなってしまいましたよね。

横田　全くそう感じますね。底力がないと何を思っても現実にはねつけられてしまいますからね。その点、先ほど話した趙州の実力は凄かった。

執行　全くです。趙州の魅力を、僕が武士道だと言ったのはその底力のことなんです。趙州の知性は、あの当時の唐帝国最高のものでした。それを全部捨てて貧乏のどん底で最高の人生を送り続けた。まさにその貧乏は「**天下を併呑《へいどん》する**」の気概を呈していた。その不合理を楽し

ポール・ヴァレリー（一八七一～一九四五）　フランスの詩人・思想家。マラルメに師事、陸軍省勤務を経て、アンドレ・ジードの勧めで長篇詩「若きパルク」を執筆。評論『精神の危機』等でも知られる。第二次世界大戦中はレジスタンス運動を支持。

『レオナルド・ダ・ヴィンチ論』　ポール・ヴァレリーの書いたレオナルド・ダ・ヴィンチに関する論考。レオナルドの絵画と文章に見られる精神の躍動を解明しようとした。

「若きパルク」　二十世紀フランス哲学詩を代表するヴァレリーによる長篇詩。海辺の乙女の独白という形式をとり、一連の精神の動きを精緻に描いた。

「天下を併呑する」　『十八史略』。

む心が崇高なんです。全てに勝ち抜く力と能力を持っていて、それを一切使わない勇気とたしなみを持っている。身を捨てて百二十歳まで生きた、その神の恩寵を入れる真空の肉体の尊さに魂が震撼《しんかん》するんです。その強さの全てに、趙州の禅で鍛えられたリアリズムの眼を感ずるんです。趙州が呈したリアリズムの本源こそが僕は禅の真髄だと思いますね。そして、そのリアリズムが日本の武士道に通じていることを感じているので、何とも僕は幸福を感ずることが出来るんですよ。いや、ちょっと話し過ぎてしまいましたが、本当に今日は有難うございます。

横田　いや楽しかったですね。どうも有難うございました。

第三部

痩せ我慢の思想

対談の行なわれた龍雲院について

大垣藩主・**戸田肥後守氏西**《ひごのかみうじあき》が開基となり、**楚渓沼澤**《そけいしょうたく》**和尚**が寛永3（1626）年、お茶の水に創建。**明暦の大火**（1657年）により類焼したため、現在の文京区白山《はくさん》へ移転したと言われる。

明治32（1899）年、**南隠全愚**《なんいんぜんぐ》老師が禅堂を建立し、「白山道場」と名づける。これより僧俗を多数導いた。**祥福寺・足利天応**《てんおう》老師、**東禅寺・霄絶学**《おおぞらぜつがく》老師らが参じている。居士に公田連太郎博士等多数がある。

大正11（1922）年、山本玄峰老師がはじめて「正道会」を開く。昭和5（1930）年、玄峰老師が「正道会」を「正修会」と改めて再出発。会期は毎月一週間ずつで、終戦間近の昭和19（1944）年まで15年間の長きにおよび、白山道場は政財界で知らぬ者なしと言われるほどとなる。**井上日召**《いのうえにっしょう》や**田中清玄**《たなかせいげん》といった右翼の大物も参じている。

昭和30（1955）年、小池心叟《しんそう》老師が空襲で廃墟と化した白山道場の復興を志し、二十年余の歳月をかけて本堂、書院、庫裡《くり》、小禅堂を再建。「**直心禅会**《じきしんぜんえ》」を主宰する。

平成18（2006）年、小池心叟老師が92歳で遷化《せんげ》されたため、円覚寺の横田南嶺管長が住職を兼務。平成23（2011）年より禅会「**坐禅の集い**」を主宰する。

写真：（左）山本玄峰、（右）南隠全愚（於 龍雲院）

（編集部記載）対談日：2018年1月30日

「こだわりを持て」

執行　都心のど真ん中に、これほど静謐《せいひつ》な場所があることに驚きました。子どもの頃から**巣鴨地蔵尊**はしょっちゅうお参りに来ていたのですが、その近くにこんなすばらしいところがあるとは。びっくりです。

横田　いやいや、嬉しいお言葉です。ここは私の禅僧としての修行をした場所であり、特に若き日の思い出の場所なのですごく愛着があるんですよ。執行先生にそう言って頂くと昔を思

戸田肥後守氏西（一六二七～八四）　大垣藩主。龍雲院開基。　**楚渓沼澤和尚（一五八九～一六五九）**　一六二六年に龍雲院を創建した僧侶。　**明暦の大火**　明暦三年正月、江戸本郷の本妙寺から出火、江戸城と江戸の町の大半を焼失した大火事。死者十万人余の大惨事となった。　**南隠全愚（一八三四～一九〇四）**　渡辺南隠（全愚）。明治禅界の高僧。臨済宗、羅山元磨の法をつぐ。山岡鉄舟の招きで東京谷中の全生庵に入り、その後、白山の龍雲院に移った。　**祥福寺**　兵庫県神戸市にある臨済宗の寺院。雲巌和尚によって創建、盤珪禅師を招いて開山される。　**足利天応（一八五九～一九〇七）**　東福寺にて修行し宝福寺に転じ、九峰について修行を完成。新宿の月桂寺に住するあいだに南隠に参じる。祥福寺僧堂の師家となる。　**東禅寺**　東京都港区にある臨済宗妙心寺派の寺院。伊東祐慶が開基。日本初のイギリス公使館が置かれたが、オールコックの通訳殺害事件が起こり、また攘夷派によって二度襲撃された。　**霄絶学（一八七二～一九三二）**　東禅寺老師。興禅護国会第六代師家。常高寺で出家。円覚寺塔頭・白雲庵の宮路宗海老師に通参。　**井上日召（一八八六～一九六七）**　日本の宗教家、国家主義者。日蓮宗僧侶。右翼団体血盟団の首領で国家改造を目指し「一人一殺」を標榜しテロを実行。　**田中清玄（一九〇六～九三）**　戦後日本のフィクサーとも呼ばれた実業家、政治活動家。戦前の非合法時代の日本共産党中央委員長。　**「直心禅会」**　小池心叟老師の行なった禅会。　**「坐禅の集い」**　横田南嶺老師の行なっている禅会。　**巣鴨地蔵尊**　東京都豊島区巣鴨にある曹洞宗萬頂山高岩寺の「とげぬき地蔵」と呼ばれる、江戸時代以来の霊験あらたかな延命地蔵菩薩。

龍雲院内柱の前で

い出して本当に誇らしい気持ちにもなりますね。

執行　この本堂や柱の趣《おもむき》が心に響くものを持っています。いま東京にある寺では、もうこの感じは少なくなりました。ここには温もりがあるんですね。古い日本の心が脈々とその鼓動を打ち続けているようです。

横田　気づいて頂けましたか。ここの建物は柱も全て木造です。本堂は二階建てですが、四本の柱は下から通し柱です。それは私の師である小池心叟老師の心でもあります。小池老師は寺の建築では木の持つ温もりについて信念をお持ちでした。いかなる困難があっても本物の木材を用いて寺を再建し造っていったのです。自分自身のこだわりを持っていらっしゃいました。我々も、その心を少しでも受け継ごうと思っているんです。

執行　「こだわり」は何ものかを成し遂げるための最大の原動力です。やはり、横田管長はすばらしい師についておられたと思います。

横田　そこに掛かっている書が、ちょうど心叟老師のものです。どうですか。

執行　うん、すごく温かくて力強い。やはり信念を感じさせる書だと思いますね。

横田　いや、有難うございます。それでは、そろそろ始めますか。

「大馬鹿になれ」

横田　私の最初の恩師は松原泰道和尚で、中学生のときからのご縁です。大学に入ったときも保証人になってくださいましたし、東京で坐禅するためのお寺と師匠もご紹介頂きました。それがここ龍雲院白山道場であり、先ほど言った小池心叟老師です。大学在学中に心叟老師のもとで出家得度し、龍雲院が円覚寺派だったご縁で、今日に至っているわけです。現在はこの龍雲院も私が住職を兼務させて頂いております。

執行　先ほども少し話しましたが、本当に都会の一角にあるとは思えないほど静寂な空間ですね。庭も本堂も立派で感動しました。この大座敷も昔の日本の邸宅のようですよ。母の実家を思い出します。すごくいいですね。

横田　いまはお陰様でこのようになっていますが、昔は荒れ果てていたのです。心叟老師は二十二歳のときに京都の建仁寺専門道場に入り、二十九歳のときに戦争のため徴用《ちょうよう》されます。その後、復員して再び建仁寺で修行され、三十八歳のときに修行を終えられました。それから大きな専門道場の老師になる話もあったのですが、四十一歳のときにこの龍雲院に転住します。それが昭和三十（一九五五）年のことです。

当時、お寺の本堂などは空襲で焼けたままで、ご本尊の釈迦牟尼《しゃかむに》仏と、ご開山様の楚渓《そけい》沼澤《しょうたく》和尚の首だけが残り、それ以外は全て燃えてしまい、六畳一間のバラックがあっただけなのです。そこに先代の老僧ご夫妻が住んでおり、心叟老師は一間だけの住居でご夫婦と起居をともにしたそうです。

このお寺は江戸初期に大垣藩主の戸田肥後守氏西《ひごのかみうじあき》が開基となって建てられ、その後は蜷川家《ながわ》というの旗本の菩提寺になるのですが、明治維新以降、蜷川家が没落し、収入がなくなってしまいます。浄土真宗のような民衆のお寺は檀家が消えてしまうことはありませんが、特定の武家の庇護を受けていた禅寺は檀家や信者がいないため、庇護が途絶えると、収入がなくなり、貧しい生活を余儀なくされるのです。

心叟老師から聞いた有名な話があります。昭和三十年代はまだ日本も戦後の復興のさなかで、街中にはいわゆるホームレスの人たちもたくさんいました。それで、龍雲院にも物乞いにやってくるのですね。ところが、こちらも六畳一間に三人が暮らすような生活ですから、心叟老師がホームレスに「見ての通り、自分たちもこういう状況だ。あなたに何かあげたいけれども、あげるものがないんだ。あなたは見たところ元気だから、自分で働いてみたらどうだ」と言ったら、ホームレスはそのまま帰っていったそうです。

しばらくしたら、そのホームレスが戻ってきて、何とりんごを一つ出して、「困ったときはお互い様だ」と言って、りんごを置いていったと言うのです。「ホームレスに物をあげる人は多いけれども、物をもらったのはわしぐらいだ（笑）」と心叟老師が楽しそうに語っていました。

そんな収入のない中、それこそ爪の先に火を点《とも》すような倹約生活を続けること二十余年、ついに悲願の本堂兼坐禅堂を再建するのです。昭和五十三（一九七八）年、心叟老師六十四歳のときのことです。私はその後にお世話になり、起居をともにする生活を送るのですが、何とも言えない落ち着きを感じたのが、木造の本堂とお庭ですね。そこに執行先生が真っ先に気づいてくれたのですから、先ほどは本当に嬉しかったのです。

実は都会で新しく建てるお寺は、耐震性や耐久性それに金額のことを考慮してコンクリート造りのものが多いのです。また、敷地に余裕があれば、貸し駐車場にして収入を稼ぐのが一般的な発想です。ところが、心叟老師は、駐車場はお参りに来た人に排気ガスを吸わせるだけだからダメだ、おいしい酸素を吸わせてあげるよう庭をつくって、ああ、いい気持ちだなと感じられるようにしろと。それをやかましく言われました。

庭を造っても収入にはならない。雑草は生えるし、葉っぱは落ちる。いいことは一つもない。しかし、いい空気が吸えるだろうと（笑）。そういう信念で、心叟老師が復興した寺ですから、先ほど執行先生が言われたように、都内の他の寺とは違う雰囲気が残っているのは確かです。

執行　いや、もう全然違いますよ。一歩、境内に入ったら何度でも言いますがびっくりしました。緑もたくさんあって、まるで異空間です。

横田　心叟老師は大変な苦労をした方ですけれども、お写真を見たらわかりますように、実に優しいお顔で、そういう苦労が表に出ないんですね。そのお人柄に触れて、心叟老師の弟子になりました。

執行　前に横田管長の著作を読んで印象深かったことがあります。それは、心叟老師が「桃栗三年、柿八年、柚子《ゆず》は九年で実を結ぶ。梅は酸《す》いとて十三年、蜜柑《みかん》、大馬鹿二十年」といつも仰り、それを人生の中心思想にしていたということです。私はそこに、生命それぞれのあり方を尊ぶ心叟老師の思想を感じ、その人間性に惹かれました。あれはいい言葉です。人間成長の核心を言い得て妙と言いますか、深い人間論を感じましたね。最後の目標が大馬鹿ですからね。現代の人間教育の全く逆です。それでいてもの凄く味わい深いものがある。それに、人間の成長段階それぞれの価値を感じているものですね。どの段階にあっても人間には価値がある。しかし、最も価値が高いのが大馬鹿ということに尽きるのでしょうね。

横田　仰る通り「桃栗三年、柿八年……」は、物事が成就するにはそれなりの時間と手間がかかるという格言です。心叟老師は、「蜜柑」と「二十年」のあいだに「大馬鹿」という言葉を入れていました。それはどういう意味か。心叟老師は私が修行を始めた頃、よく「禅の修行は馬鹿でも小馬鹿でもいけない。大馬鹿になるんだ。その大馬鹿になるには二十年は辛抱しないとなれないぞ」と言われました。そこで私はあるとき、「大馬鹿になるのが禅の修行ならば、勉強しなくてもいいのでしょうか」と尋ねたところ、「勉強しないのは単なる馬鹿で、一所懸命勉強した末に大馬鹿になるのだ」と言われたのです。

執行　いやぁ、味わい深い。本当にすばらしい老師でしたね。考え方が柔軟で実に武士道的です。そして、かつ面白い。そう言えば、横田管長が円覚寺の老師になられたのが、確か三十五歳のときですよね。そうすると、心叟老師に就いて十七年後ですか。少し早かったですね

（笑）。

横田　いまになって得心がいくのは、「大馬鹿になれ」とは、一つのことに真っ正直に取り組めという意味だったということです。それ以外に逃げ道をつくってはいけない。ただひたすら一つの道に懸けよという教えだったと私なりに気づきました。

反骨精神と絶対否定

横田　心叟老師は一時期ある本山の管長になるだろうと言われていました。ところが、大きな寺に入るとか、偉くなるということに対する反骨精神を持っていたんですね。自分はこのお寺でいいんだという姿勢を貫いた。実に私の憧れるところでした。

執行　禅の本質は反骨ですから。反骨がない禅なんて、梅干しのないお粥みたいなものですよ（笑）。趙州や臨済を見れば痛いほどわかりますね。武士道でもいちばん大切なのが反骨精神です。それを僕は「無頼《ぶらい》の精神」と名づけているんです。いいとか悪いの問題ではない。そんなくだらないものを超越した彼岸に存在するのが、人間の真の魂です。その魂のために現世の肉体を犠牲にするのが武士道だと言ってもいい。そこが禅とすごく通じていると思います。横田管長も反骨精神が顔に出ていますよ（笑）。字にも出ていますよ。

横田　禅は元来、異端ですから、正統になっては困るんですね。正統になると、どうしても優等生的になってしまいますからね。とは言っても、禅僧の身としては、もう少し穏やかな顔でありたいものですが（笑）。

執行　禅も武士道も反骨精神であり、絶対否定です。絶対否定とは、肯定の拒絶です。趙州など反骨の代表ですよ。『趙州録』に出てくる「**十二時の歌**」は反骨精神の塊だから、僕は大好きなんです。読んだら感動しますよ。涙の後に真の人間としての喜びが湧き上がってきます。趙州の人間性というか、豊饒な精神が漲っているんですね。

横田　『趙州録』の末尾に出てくる詩ですね。夜明けから夜寝るまで、十二の時に託して、自分の境遇を語っているのですが、愚痴や悪口のオンパレードです（笑）。『趙州録』そのものがそうなんですが、禅の精神を探求するための問題である公案をつくったほどの高僧が、どうしてこんなに愚痴ばかり言っているのだろうかと、普通に読むとびっくりします。でも、執行先生はそこに趙州の本質と真の人間性を見抜いているから、やはり視点が違いますね。

執行　あれこそが真の人間ですよ。僕が最も憧れる人物です。特に書かれている恨みつらみが面白いのですよ。近所の何某は寺の前に驢馬《ろば》を放して草を食べさせているくせにお布施《ふせ》を持ってこないとか、托鉢《たくはつ》に行っても誰もろくなものを施してくれないとか（笑）。趙州の言葉には人間のペーソス（悲哀）が満ちあふれているんですよ。近代の文学で言えば僕の好きな**プロスペル・メリメ**の文学にあるような深いペーソスです。そこが武士道と共通するのです。

横田　本音しか語らない。自分を繕《つくろ》わないところに人間的な魅力を感じますよね。それにしても、そこまで趙州を好きな人にははじめて会いました。

執行　僕は、武士道の中心にある思想は「痩せ我慢の哲学」だと思っています。痛くても痛

対談風景（於 龍雲院）

くないと言う。お腹が空いていても、「**武士は食わねど高楊枝**《たかようじ》」ではないですが、腹一杯の顔をして知らんぷりをしている。この「痩せ我慢」こそ、あらゆる価値を生み出す根源思想なのです。その武士道の哲学の中心思想になった元が趙州にあると考えています。趙州がつくった禅の思想が武士道に入り、「痩せ我慢の哲学」となり、いろいろな人間が持っている人生のペーソスや意地が加わったことで、武士道は世界に冠たる日本文化になったと思っているんです。そういうものがなかったら、武士道はただ戦いの思想ということで終わっていたでしょう。

だから、痩せ我慢の出来ない人はつまらないですよ。面白い奴は、みんな痩せ我慢をしている。本音はもちろん大切ですが、嘘がまた面白いんですよ。僕は、嘘が真実《まこと》にならなければ人生ではないと思っている。昔の人が言った諺にもそうある通りです。人間にとって価値のあることはみな嘘が真実になったものです。人間の理想が俗世間の中で戦い抜いて真実になっていくのです。文化は、人間の心にあった夢や憧れが真実と化したものだと僕は思っていますね。

「十二時の歌」　『趙州録』四十。　**プロスペル・メリメ（一八〇三〜七〇）**　フランスの作家、考古学者。情熱や人生の悲哀を冷静な筆致で描き、写実主義の先駆者となった。『マテオ・ファルコーネ』『カルメン』等。　**「武士は食わねど高楊枝」**　本当は腹が減っているのに、いま食べたばかりのように装ってゆうゆうと楊枝を使うこと。

鉄砲の弾が飛んできたら、誰だって怖いに決まっています。でも、それを我慢して突撃するのが勇気のある人じゃないですか。本当は勇気なんて嘘で、ただの痩せ我慢です。でも、人間の歴史を見れば、痩せ我慢を通したら、それが真実になってきたのです。つまり、その人は本当に勇気のある人なんです。その始まりが趙州です。僕は趙州から武士道の何たるかを学んだと思っています。

横田　いま思い出しました。円覚寺の先代管長の足立大進老師がよく仰っていたことを。やはり「禅は痩せ我慢だ」と言っていましたね。最初に聞いたとき、私は反発しましてね。何で禅は痩せ我慢なんだ、なんか窮屈だなと思ったのです。痩せ我慢というより、もう少しのびのび生きられるんじゃないかなという気がしていたからです。ところが、だんだんと歳を重ねるうちに、なるほど老師が言っていたことにも意味があるなと思うようになりました。

また、小池心叟老師も「耐え忍べ」と口癖のように言われました。「修行とは、ただ耐え忍ぶことだ」と。いま振り返ると、私は耐え忍ぶことでじっと根を張る修行が出来たと実感しています。

坂村真民と相田みつを

執行　あの**シェークスピア**も『**リア王**』の中で、人生について「耐えねばならぬ」と言っていますね。「耐え忍ぶ」ことは武士道の思想の中における僕の一つの柱である「忍ぶ恋」と同じです。「忍ぶ恋」は「痩せ我慢の哲学」と同義であり、僕はそれを武士道の根源に据えているせいか、あまり表面的に優しくて美しいことばかり言うのは武士道ではないし、禅も違うと思っているのです。人間は忍んで忍んで、そして最後は間違って「鬼」になってもいいと思っています。人間は苦しみに耐えなければ、真の人間性に到達できないと思っています。だから、僕は自分が浅いからですが、管長の好きな**坂村真民**《しんみん》さんの詩が、特に若い頃は苦手だったのです。皆さん、いいという人が多かったのに、どうしても共感できなかった。なぜかというと、言葉として、いいもの美しいものが出過ぎている感じがしたのです。美しいものが剝《む》き出しになっているというか。

最初からきれいなものだったら、武士道も禅も何の価値もないと思います。いいものは悪いものの中から出てくるというか、悪いものがいいものにならなければダメなのです。悪いものを良くするのが生命ですから。武士道や禅における修行とは、悪いものとか汚いものをきれいなものにする力を養うことであり、それが「痩せ我慢」であると思っているのです。だから、先ほどの、怖いものを怖がらないようにすれば、本当に勇気のある人が出来上がるということ

ウィリアム・シェークスピア（一五六四〜一六一六）　イギリスの劇作家・詩人。イギリス・ルネサンス文学の最高峰とされ、言葉の豊潤さ描写力の高さで世界文学として読まれる。『ハムレット』『マクベス』『ベニスの商人』等。**『リア王』**　シェークスピアの四大悲劇の一つ。老王リアが長女と次女に裏切られ、末娘の救いの手も空しく狂死する悲劇。**坂村真民（一九〇九〜二〇〇六）**　仏教詩人。愛媛県に居を構え、日々祈りを捧げた。わかりやすく万人に愛される詩が多い。代表作に『念ずれば花ひらく』『二度とない人生だから』等。

です。
ところが、横田管長が編集された『坂村真民詩集百選』(致知出版社)を読んで、はじめて共感できる詩が出てきました。それは僕の武士道の中でも共感できたのです。

横田 それは有難うございます。出版社から頼まれたとき、真民先生の詩集にすでに載っているようなものを編集しても意味がないと思いました。私が頼まれたからには、やはり禅的なるもの、道を求める求道《ぐどう》、それから深さ。これを取り上げないと、私が編集する意味がありませんから。それで、よく知られている詩もたくさん入れていますけれども、全く知られていなかった詩も随分入れました。そうしたら、真民先生の三女の方から、「いままでにない真民の一面を知ることが出来る詩集になった。それこそが父が最も知ってもらいたかった自分の姿だろうと思います」と喜んで頂きました。それをまさか執行先生が読んでくださったとは、嬉しいですね。

執行 僕は坂村真民さんの詩は耳触りが良過ぎるという意味で苦手だったんです。真民さんの詩が悪いという意味ではありません。若いとき、どうしても共感できなかっただけです。ところが、共感できる詩が五篇出てきた。横田管長が真民さんと完全に同一化しており、同一化している人が自分の考えで選んだ詩だから、多分共感できたのです。その理由を考えていたら、詩の順序と配列にありました。詩の前後関係から何個かおきに一つずつ詩が浮き上がってくるのです。それで真民さんの詩のいくつかが理解できました。真民さんを本当に愛している人の配列の仕方によって、こちらに伝わってくる「何ものか」があったのです。

僕が変わっているのかもしれないけれども、易しく書かれているものはダメなんです。難しいとファイトが湧く（笑）。易しく書いているものって、読んだだけでわかった気になってしまう危険があるのです。だから、言いたくはないですが、真民詩が好きな人間は実に「説教人間」が多かったんですね。自分をすごく善人だと思い込んでいる人たちですよ。

横田　確かに、わかり易さの害というのはありますね。わかったつもりにすぐなってしまう。そうすると、わからない他者が低く見えてくるのでしょう。

執行　だから若い頃は坂村真民さんと**相田みつを**さんの詩が好きな人間はろくでもない人間だと思っていましたよ（笑）。もちろん、横田管長や鍵山秀三郎さんみたいに、詩の本質をしっかり咀嚼《そしゃく》している人もいますが、たいていの人はわかったつもりになって、「弱くてもいいんだ」と自分の弱さを肯定してしまうどころか、却ってそれを美しいとさえ錯覚している人間に何人も会いました。僕はそれを責めるつもりは毛頭ありませんが、「弱いことは良いことだ」と肯定してしまうと、人類の文明の存続に未来がなくなってしまうことを危惧するのです。

人間は、美しさを求め、正しいものを求めて苦しむから成長するのです。自分に弱いところがあるなら、その弱さを克服しようとするのが当然で、坂村真民さんや相田みつをさんを持ち

相田みつを（一九二四〜九一）　詩人・書家。平易な表現の詩句を、独特の書体で書いた。代表作に『にんげんだもの』『おかげさん』等。

出して、「弱いことは良いことだ」と振りかざす人は本当に腹立たしい。もちろん坂村真民さんや相田みつをさんが、人間として、詩人としてダメだと言っているのではありません。それは誤解しないでください。僕が言いたいのは、お二人の詩を「弱さの肯定」に利用してほしくないという一点だけなんです。

横田　追い詰められて、どうにもならなくなって、そこで自分を肯定するのはいいと思いますが、安易に妥協するのは良くないですね。ただ、坂村真民先生も相田みつをさんも、真剣に道を求めて、痩せ我慢を貫かれた方です。鍵山先生も、苦しんで苦しんで苦しんだ末に、真民さんや相田みつをさんの言葉に共鳴された。

執行　はい、真民さんも相田みつをさんも苦しみの人生だったと思います。ある意味で禅的な生き方を通したというか、求道者でした。だからこそ、あまりに理解しやすい言葉で詩を書いてほしくなかった。読者が簡単にわかったつもりになってしまう弊害が怖いのです。これが難しい言葉で書かれていたら、必死に食らいついて理解しようとするじゃないですか。少なくとも僕は読書とはそういうものだと思っています。

たとえば、道元の『正法眼蔵』に、先述した「花は哀惜《あいじゃく》に散り、草は棄嫌《きけん》におふるのみなり」という言葉があります。小学生のときに読んで大好きになった言葉なんですが、意味はよくわからなかった。でも、言葉が難しくて深遠だから、どういう意味なんだろうと考え続けるうちに覚えてしまうんですよ。覚えてからも、ずっと考え続ける。言葉が僕の目の前に壁のように屹立するんです。僕は、それを乗り越えようとして考え続けるわけです。この言葉はいまでもずっと考え続け、僕の座右銘の一つになってしまった。つまり、この言葉一つが僕の人生を創ってきたということにもなるんです。それは、その場ですぐに理解できないようなものだったからです。だからずっと抱え続けた。

横田　『正法眼蔵』の「**現成公案**」の有名な一節ですね。

「諸法の仏法なる時節、すなはち迷悟《めいご》あり、修行あり、生あり、死あり、諸仏あり、衆生《しゅじょう》あり。万法ともにわれにあらざる時節、まどひなくさとりなく、諸仏なく衆生なく、生なく滅なし。仏道もとより豊倹《ほうけん》より跳出《ちょうしゅつ》せるゆえに、生滅《しょうめつ》あり、迷悟あり、生仏あり。しかもかくのごとくなりといへども、花は愛惜に散り、草は棄嫌におふるのみなり」。

というところにあります。これを小学生で読んだだけでなく、その言葉を好きになるというのは全くやはり執行先生は変わっています（笑）。

執行　いやぁ、読んだ瞬間から惚れ込みました。それ以来、この言葉に僕は「忍ぶ恋」をしているようなものです（笑）。花や草はありのままにそこに生きており、散るべきときがきたら散り、土に還るべきときがきたら消えてなくなる。そして、いかに愛されていようとまたいかに嫌われていようと、そんなことは全く関係ない。価値を超越したところに宇宙の真実在が存在するということだと思います。これがまた、二十歳のときの理解と四十歳のとき、そして

「現成公案」　『正法眼蔵』の中の第一巻。真理は常に全ての存在の上に、自然にありのまま現われているという、最も重要な思想。

六十歳のときの理解とでは違うから面白いのですね。それだけ深い言葉だから、考える訓練になるのです。

坂村真民先生と横田南嶺老師

横田　執行先生に共感して頂いた詩の中に母の詩があったのが嬉しかったです。

対談時の横田南嶺管長（於 龍雲院）

執行　「寂滅」と「風雨の中にも」ですね。あぁ、あれは良いです。あの順番と配列で読みますと、真民さんの心と管長の心が交流して、僕のほうに新しいエネルギーとして伝わってくるのです。涙が滴《したた》ります。

「寂滅」は「母の柩に　火をつける　……」（全文は巻末資料三二九頁に記載）という詩ですね。これには僕は先に話した武士道を感ずるんです。一つの痩せ我慢です。どうにもならない人間の性です。鬼になるかもしれない人間の悲しみです。それが伝わってくる。

そして「風雨の中にも」ですね。あの最後に「ナム　アヴァローキテーシュヴァラ　……」（全文は巻末資料三二九頁に記載）と繰り返す詩ですよ。

この詩にも真民さんの屈折した心がよく表われていますね。観世音菩薩を日本語でそう呼べない「何ものか」が真民さんの心に巣くっている。日本人なら日本語だけが情感に響くのです。梵名は頭脳で理解するものです。僕はここで梵名を上げる真民さんの苦悩と逆巻く理屈が見えるのです。母が死んだとき、もしかしたら詩人は信仰を捨ててしまいたかったのではないか。そのような危機が詩人の心の奥底にあったように僕は思います。その苦しみが僕はこの真民詩の本体だと思います。美し過ぎる言葉のときは、僕は真民さんはまだ苦しみと格闘してなかったように思うのです。しかし、真民さんの心は美しいです。

相田みつをさんも坂村真民さんも大変に苦しみ、そしてそれを乗り越えた人だと聞いています。しかし、それが詩になったとき、許しの思想が表面に出過ぎてきているように私は思ってきたのです。それをはじめから読んで好きになった人は本当の苦しみの人生を僕は歩まないように思うのです。それが僕がこの二人をあまり好きでなかった理由なんです。

この二つの真民詩も、横田管長が『坂村真民詩集百選』で順番に並べてくれなかったら多分わからなかったですよ。

横田　自分で言うのも変ですけれども、いままでたくさんの本を出してきた中で、この本がいちばん苦労しました。どの詩を選んで、どういう構成にして、どういう順番に並べるかという、これほど悩んだことはないですね。読者に本当の真民像をわかってほしいと考えたら、やはり母の詩を最初に置こうと思い、二〇篇並べました。母が我が子を思う愛情、これが真民先生の根本なんです。

元々、真民先生は熊本県のお生まれで、**神宮皇學館**を卒業後、熊本で小学校の教員になります。その後、朝鮮に渡って教員を続けるのですが、戦争が始まり召集されます。戦後、熊本に引き揚げ、昭和二十一年に愛媛に移り住みます。

なぜ愛媛かというと、**山下汽船**を創設した**山下亀三郎**という実業家が愛媛の宇和島出身で、海運業で大成功した後、自分の母の恩に報いるために地元に女学校をつくったのです。また、その後、母親の故郷三瓶《みかめ》（現・西予市）にも**第二山下実科高等女学校**を設立します。その話に真民先生が感銘し、自分も母親の恩に報いるためにそこで教鞭を執りたいといって愛媛に行くのです。

実は山下亀三郎は、円覚寺の**黄梅院**《おうばい》の檀家でして、円覚寺と深いご縁があります。

執行　すばらしい話ですね。真民さんは実に立派な人だと思います。先ほどもちょっと言いましたが、僕はあの詩が、何の努力もせずに自分の心の癒やしだけを求めているようないまの多くの日本人に与える影響について危惧しているのです。

相田みつをさんも同じですね。相田さんもご自身は途轍もない苦労を乗り越えています。しかし、先ほども言ったようにその結果摑んだものは、人間の持つ自己の癒やしだけを求めるエゴイズムに利用されているように思っているということです。少なくとも僕の知る多くの人は、何の努力もしていないのに自分には凄い価値があるということをこの二人の詩から述べていましたね。僕は、そのような人間は大嫌いだったということです。だから横田管長のそれらを愛する心には非常に共感するものが元々あります。管長は自らの癒やしだけを求めているのではなく、詩の本質にある慈悲の心を禅者としてよくわかっていることが、こちらに伝わってくるからです。

戦災孤児と河野宗寛老師

横田　いやいや、そこまで言って頂くと恐縮します。もう少し真民先生の話を続けたいと思います。真民先生は宇和島の**大乗寺**で毎朝、坐禅をされていたのですが、その大乗寺の住職であり師家であったのが**河野宗寛**《こうのそうかん》老師で、真民先生は宗寛老師を心から尊敬していました。

宗寛老師は昭和十四（一九三九）年に大乗寺の住職になり、四国唯一の臨済宗の専門道場を開かれた方です。戦中の昭和十六年、旧満州の新京（現・長春）に建てられた**妙心寺別院**に布教総監として赴任します。これを建てたのが山本玄峰老師で、玄峰老師は満州駐在の軍人たち

神宮皇學館　三重県伊勢市にある大学で、現在の皇學館大學。伊勢神宮祭主の久邇宮朝彦親王の令により創設された。主に神職や教員の養成にあたる。　**山下汽船**　日本の三大海運会社の一つで、現在の商船三井。第一次世界大戦で「船成金」として巨利を得た山下亀三郎が創業。その息子山下太郎が社長業を引き継いだ。後に合併を繰り返し、商船三井傘下となった。　**山下亀三郎（一八六七〜一九四四）**　海運業で財を成した実業家。日露戦争期に一大海運業者となった。陸海軍関係の受注を中心に船を増産、水力電気、築港事業も拡げ、政界にも通じた。公共事業への寄付も行なった。　**第二山下実科高等女学校**　山下亀三郎が、母の実家である愛媛県西予市三瓶町に設立した女学校。現在の愛媛県立三瓶高等学校。　**黄梅院**　円覚寺内にある塔頭。第一五世夢窓疎石（夢窓国師）の塔所。山号は伝衣山。本尊は千手観音。一三五四年に、夢窓の弟子の方外宏遠が開創。　**大乗寺**　愛媛県宇和島市にある禅寺。伊達藩主の菩提寺で一族の墓がある。　**河野宗寛（一九〇一〜七〇）**　大乗寺住職。方広寺派管長。大分市萬壽寺足利紫山老師のもとで出家。高野山真別処圓通律寺で密教律蔵を修める。一九三九年、愛媛県北宇和郡大乗寺住職に就任。大乗寺を戦災孤児に解放。以後、その体験から社会福祉に尽力。　**妙心寺別院**　一九三六年、旧満州国新京（現・長春）に、山本玄峰が開創した寺。

に禅の指導をなさっていたのです。ところが、玄峰老師が高齢になって日本に帰ることになり、後任として白羽の矢が立ったのが宗寛老師でした。

しかし、昭和二十（一九四五）年八月九日、突如としてソ連軍が参戦、満州に攻めてきます。新京の街では、ソ連軍に加え、中国の国民党軍や共産党軍が入り乱れて略奪暴行が繰り返され、多くの在留邦人が亡くなります。また、男性はソ連軍によってシベリアに連れて行かれました。その結果、親を失った孤児が街にあふれかえります。

その悲惨な状況を目の当たりにした宗寛老師は、坐禅堂を孤児院として開放し、街を歩き回って行き場のない孤児たちを引き取るのです。寺に引き取った子どもは一七〇人。とても宗寛老師一人では面倒をみることが出来ませんので、四方八方手を尽くして一二人の保母さんを集め、坐禅堂を「**慈眼堂**《じげんどう》」と改めます。そして、私財を全てなげうって石炭を買ったのです。満州は冬に暖房がなければ一晩で凍え死ぬほど厳寒の地だったからです。

執行　当時の満州には宗寛老師のほかにも、僧や神官など宗教家がたくさん在留していましたよね。その人たちの多くが、いち早く帰国の途につこうと逃げ出した。特にそれまで偉そうな顔をしていた関東軍の高級将校が真っ先に逃げ出しました。家族の命を守るためと称してね、もちろん本音は自分です。それで無事に帰国できた人もいるだろうし、途中で命を落とした人もいるでしょう。そのような人たちとは逆に、宗寛老師は自分の命を捨てる覚悟を持つことで生き抜いたわけですね。

横田　そうです。身を捨てることで身を守った。これは結果論ですが、もし我が身を守ろうとしていたら真っ先に捕まっていたかもしれません。日本の軍人たちの精神的指導者だったわけですから。ところが、子どもを守るのだという宗寛老師の姿を見て、ソ連軍も中国軍も慈眼堂には手を出さなかったのです。

そして、終戦から一年後の昭和二十一（一九四六）年八月、宗寛老師はなんと三〇〇人もの孤児を連れて日本に帰ってきます。そのとき詠んだ「親のなき子らを伴い荒海を渡り帰らんこの荒海を」という歌が、高野山奥ノ院にも歌碑として建っています。

当時、混乱の極みにあった満州で、自分一人が帰るだけでも大変な危険を伴う中で、己を捨てて、見返りは求めず、命がけで孤児を守った宗寛老師の生きざまに、真民先生は心を打たれます。それで自分も禅をやろうと思い、宗寛老師のもとで修行するのです。

しかも、当時の真民先生は教師としての苦悩も抱えていました。戦後の学校教育は、生徒に少しでもいい点数を取らせて、いい学校に進学させるという方針に変わってしまいました。ところが、真民先生は人間の情操を豊かにする教育を重視していましたから、考えが対極です。そのため、教員仲間からいじめを受けて、本当につらい思いをしていた。そこで自分なりに活路を見出そうとしたのが坐禅なのです。その頃の詩が、「エリ・エリ・レマ・サバクタニ」です。

「慈眼堂」　河野宗寛老師が、満州の妙心寺別院の禅堂を改修して孤児を収容した堂で、『慈眼堂歌日記』にその様子が歌として綴られている。

「エリ・エリ・レマ・サバクタニ」

執行　そうです、あれはいい詩ですね。あの詩も横田管長の組んだ前後関係によって、ストンと肚に落ちました。「エリ・エリ・レマ・サバクタニ」という最後の言葉の選択が、本当の生命を自分なりに摑んだ人にしか出来ないことだと思いました。「詩に生きよ　詩に生きよ」で始まり最後にあの「エリ・エリ・レマ・サバクタニ」と結んでいる（全文は巻末資料三三〇頁に記載）。

横田　そうです。その詩です。何か響くものがあります。ただ、この詩も、普通取り上げられるのは一部だけなんです。「死のうと思う日はないが　生きてゆく力がなくなることがある……」の部分だけ取り上げられる。でも、本当は「エリ・エリ・レマ・サバクタニ」というキリストの悲痛な言葉を、自らと重ね合わせて謳《うた》っているのです。それがあるから、詩が生きているんですね。

執行　あれは、磔《はりつけ》にされたイエス・キリストが言った最後の言葉です。「我が神、我が神、なぜわたしをお見捨てになったのですか」という旧約聖書の「詩篇」からの言葉ですね。僕もその言葉が詩全部をガッチリと締めていると思った。そこに真民さんの真実在がある。それがわからなければ、この詩は癒やしだけの詩になってしまう恐れがあるんです。真民さんは自己の体験で、多分、神と直結する何ものかを感じたのです。だから全てが生きる。その神との関

対談時の執行草舟氏（於 龍雲院）

係がなければ、本当に許しだけになってしまうのです。先ほど、管長さんが困ったと言った詩句が全ての人を許してしまうように必ず曲解されてしまうのです。そして多くの人はそこが好きなんです。だから困る。

横田　本当にそう思います。真民先生の真意をわかる人は少ないと思います。真民先生はそういう思いのときに宗寛老師に出会って、この人は本物だと思って師事し、参禅を重ねながら詩をつくっていくのです。

平成三十（二〇一八）年二月、一年早いのですが、「河野宗寛老師五十年遠忌」が大乗寺にて執り行なわれ、私も出席してまいりました。先の戦争で多くの命が失われましたが、このように身を捨てて孤児を救った禅僧がいたことを覚えておいてほしいと思います。

執行　宗寛老師は、戦後の日本人が決して忘れてはならない一人に違いありません。しかし僕も今日まで知らなかった。本当に良かったと思います。また真民さんは、多くの人たちが取り上げている詩が悪いのかもしれません。僕は、横田管長が選んだ詩を見てそう思いました。一般的に良いと言われている詩が悪いんですよ。言いたいことが易しく伝わり過ぎるんです。もう少し隠れていたほうがいい。そして難しく書いたほうがいい。ふざけた人間にはわからないほうがいいんです。詩は自分で掘り下げさせなければいけません。僕が禅の言葉を好きなのは、とにかく難しいからです。自分の人生や経験を総動員して掘り下げないとわからない。そこが好きなんです。

渡辺南隠老師と山岡鉄舟

横田　もう一人、渡辺南隠老師という方がいます。江戸城の無血開城を成し遂げた山岡鉄舟は、明治維新後は西郷隆盛に頼まれて明治天皇の侍従として仕えるのですが、明治十六（一八八三）年に維新に殉じた人々の菩提を弔うため東京都台東区谷中《やなか》に**全生庵**《ぜんしょうあん》を建立します。建立後すぐに初代住職が亡くなってしまったため、山岡鉄舟は二代目を探します。その眼鏡にかなったのが南隠老師で五十一歳でした。岐阜のお寺にいて、ほぼ無名でした。

山岡鉄舟と南隠老師が出会ったときの有名な逸話があります。私の師匠がまるでその場で見ていたかのようによく話していたのです（笑）。はじめて山岡鉄舟と出会った南隠老師は、鉄舟の前でごろんと横になって、片方の手でお尻をポリポリ掻きながら話をしたというのです。これに山岡鉄舟は度肝を抜かれます。南隠老師のほうが年上なのですが、明治天皇の侍従であり、維新の英雄でもある鉄舟の前で、平然とした態度を取ったことに心を打たれた鉄舟は、南隠老師を第二代住職に据えるのです。

五年後の明治二十一（一八八八）年、五十二歳の鉄舟は皇居に向かって結跏趺坐《けっかふざ》のまま亡くなるのですが、その葬式の導師をしたのが南隠老師です。脇導師が円覚寺の今北洪川老師、**妙**

心寺の**関無学**老師、南天棒（中原鄧州）老師。当時の名立たる高僧たちが脇に控える中、南隠老師は質素な衣で葬儀を執り行なったということは、相当な力を持っていたということでしょう。

その後、鉄舟がいない全生庵には未練がないと言って、谷中の**頤神院**《いしんいん》にいっとき寓居《ぐうきょ》するのですが、五十八歳のときに龍雲院に移ります。そして明治三十二（一八九九）年、六十四歳のときに龍雲院に禅堂を建立し、「**白山道場**」と名づけました。いわば龍雲院「中興の祖」と言われる方で、先ほどの小池心叟老師は龍雲院「再中興」と言われています。

白山道場は山本玄峰老師ともご縁が深く、老師は白隠禅師の龍澤寺を再興された後、五十六歳のときに白山道場で「正道会」を開き、禅の指導を始めます。その後、欧米を単身で行脚、昭和五（一九三〇）年、六十五歳のときに白山道場の正道会を「正修会」と改めて、再出発。会期は毎月一週間ずつで、終戦間近の昭和十九（一九四四）年まで約十五年間の長きに及びました。その結果、白山道場は正修会の名とともに世に知られました。

しかし、アメリカ軍による空襲で本堂をはじめ全て燃えてしまったので、玄峰老師は正修会

全生庵　東京都台東区にある臨済宗国泰寺派の寺院。山号は普門山。山岡鉄舟が開基。明治維新に殉じた人々を弔うために一八八三年に創建。中曽根康弘や安倍晋三も坐禅に通っていた。**妙心寺**　京都にある臨済宗妙心寺派の大本山。山号は正法山。花園上皇が離宮を禅寺とし、関山慧玄を招き開山。応仁の乱で焼失後、再建。大灯国師墨蹟等、貴重な文化財を蔵す。**関無学**（**一八一八〜九七**）長門大照院の太翁等に歴参。妙心寺派管長。梅林寺を経て尾張瑞泉寺に住す。濃尾大震災で被災したが、復興に尽力。**頤神院**　東京都台東区にある臨済宗妙心寺派の寺。瑞輪寺の子院。山岡鉄舟が一時住した。**白山道場**　詳しい説明は一五六頁を参照。

の場所を全生庵に移し、亡くなる一年前の昭和三十五（一九六〇）年まで禅会の指導を続けました。確かに戦後は全生庵が有名になりましたが、戦前は龍雲院だったのです。

実は玄峰老師は私の郷里の偉人です。私が生まれる三年前にお亡くなりになりましたので、直接は存知上げませんが、大変深いご縁を感じています。執行先生も玄峰老師のことはよくご存知でしょうが、どこに魅力を感じられるのですか。玄峰老師の書を集めていらっしゃいましたね。

山本玄峰老師の愛国心

執行　そうです。玄峰老師については、その「書」から知ったのです。玄峰老師の書には、日本の歌があります。日本の歌があるという意味は、書に日本の伝統的な情緒が込められているということです。大和心と言えばいいのでしょうか、清冽性と野蛮性の交錯ですね。線が太くて細いんです。禅僧の書と神官の書が合体している。日本の根源的魂を書が発散しています。それで、玄峰老師に改めて関心を持ちいろいろと調べてみたら、やはり玄峰老師が持っている深い愛国心に打たれましたね。玄峰老師は田中清玄など国家主義の大物たちからも支持されていましたが、彼らは玄峰老師の本物の愛国心に傾倒していたのだと思います。

横田　玄峰老師と言えば、**昭和天皇**の終戦の詔勅《しょうちょく》が有名ですね。「時運の赴くところ、耐え難きを耐え、忍び難きを忍び、もって万世のために太平を開かんと欲す」というあのお言葉です。

玄峰老師は終戦時の首相だった**鈴木貫太郎**ともご縁がありました。昭和二十（一九四五）年四月、戦況悪化の責任を取り辞職した**小磯國昭**首相の後継として、昭和天皇の信任が厚かった鈴木貫太郎が七十七歳の高齢にもかかわらず首相に任命されます。そして、組閣の大命が下ったときに玄峰老師が首相に出したのが「耐え難きを耐え、忍び難きを忍んで、この困難のときにあたってください」という手紙でした。おそらく、その手紙が元になったのではないかという説もあります。

「耐え難きを耐え、忍び難きを忍ぶ」は禅宗ではよく使う言葉なんです。元々は禅宗の開祖である達磨さんが弟子に言った言葉で、私たちの代までずっと語り伝えられてきました。

執行　あのときは、あくまでも本土決戦を唱える狂信的な陸軍将校がうようよいましたから、終戦工作をやるのは命がけです。本当にいつ殺されるかわからない状況の中で、玄峰老師は、宮中に参内するのも、鈴木貫太郎に会うのも、逃げ隠れしないで堂々と出向いている。僕はそこに本当に禅の核心を摑んでいる凄みを感じるのです。宇宙と通じている人物というか、

昭和天皇（一九〇一～八九）　第一二四代天皇。大日本帝国憲法下で唯一の主権者として統治したが、第二次世界大戦後は「人間宣言」を発表し、日本国の象徴としての存在となった。　**鈴木貫太郎**（一八六七～一九四八）　日露戦争の駆逐艦隊司令官、大隈重信内閣で海軍次官、海軍大将、連合艦隊司令長官から侍従長を経て枢密院議長。首相として太平洋戦争を終結に導く。ポツダム宣言受諾の道を拓き、「国体護持」を図った。　**小磯國昭**（一八八〇～一九五〇）　陸軍大将、政治家。日露戦争に中尉として従軍、参謀本部員となり情報謀略担当。満蒙独立運動を画策した後、陸軍要職を経て大将となる。東条英機内閣倒壊後、組閣を命ぜられ首相となる。戦後の東京裁判でA級戦犯となる。

「趙州の再来」と言ってもいい。僕は『無門関』は、玄峰老師の**『無門関提唱』**で若い日に学んだのです。そのときの印象は、老師の持つ国家的な慟哭と将来に向けての慈愛を強く感じたことを覚えていますね。

山本玄峰 書「無」
（執行草舟蔵）

横田　玄峰老師には何も企みということがないんですね。いつでも自然体です。

執行　そう、自然体ですね。自然体とは、つまりは野蛮ということなんです。その野蛮性こそ禅の根源であり、その根源が趙州だと思うのです。そこに日本の深い森から生まれた神道的な清冽が同居しているんです。野蛮性のほうは、趙州の「十二時の歌」に似ています。

趙州の有名な言葉に、**「至道無難《しどうぶなん》、唯嫌揀択《ゆいけんけんじゃく》」**というのがありますね。「至道《しどう》は無難なり、唯《た》だ揀択《けんじゃく》を嫌う」というものです。

揀択とは、自分のエゴや主観で物事を見ることで、好き嫌いとか選《え》り好みのことです。要は選り好みさえしなければ、悟りに至る道に到達するのは難しいことではないという意味です。これは『碧巌録』に入っていたはずです。

横田　そう第二則ですね。後に続くのが次の言葉です。

「但《ただ》憎愛莫《な》くんば　洞然《とうねん》として明白《めいはく》」

執行　この「至道無難」こそが趙州の根源的な思想だと僕は思っているのです。それを体現した一人が玄峰老師ではないでしょうか。

玄峰老師は見た目は非常に優しい顔立ちで、穏やかですね。ところが、内面には熱い愛国心と日本の伝統的情緒を秘めている。その深みが「日本の歌」となって書に表われるのです。そこが最大の魅力ですね。また、僕はこの至道無難の思想に、日本の武士道の淵源を感ずるんですよ。自己を捨てて科学的な眼を持てば道は拓くということです。ズバッとしていて実に男らしい。死ぬか生きるか。それもどちらでもいい。「自分は行く」という心情です。あの**魏徴**《ぎちょう》の**「人生意気に感ず、功名誰れかまた論ぜん」**ですよ。運命に生きる者の力強さを感ずる。フランスの哲学者**モーリス・パンゲ**は日本の武士道のことを「運命への愛」（アモール・ファーティ）と呼びましたが、まさにそれです。その武士道的な運命への愛ということを趙州に思うとともに、この玄峰老師にも強く感ずるんですね。僕は自分の身を何ものかに捧げ尽くすためには、自分の運命を愛するということが、いちばん大切な考え方だと思っているんです。それを玄峰老師は趙州から受け取っているように思います。

『無門関提唱』　山本玄峰著は、一九六〇年大法輪閣より出版。**「至道無難、唯嫌揀択」**　僧璨作『信心銘』の冒頭の初句。また趙州従諗が引用した逸話が『碧巌録』第二則に「趙州の至道無難」として書かれる。**魏徴（五八〇～六四三）**　太宗に仕えた唐の功臣。**「人生意気に感ず、功名誰れかまた論ぜん」**『唐詩選』より魏徴作「述懐」。**モーリス・パンゲ（一九二九～九一）**　フランスの政治・哲学者、日本学者。パリ大学教授、東京大学教授。フランスの高等師範学校出身。『自死の日本史』が有名。

死を味わってみたい

横田　私の好きな逸話をご紹介します。名古屋市千種区《ちくさ》に**覚王山日泰寺**《かくおうざんにったいじ》という大きなお寺があります。明治時代に、シャム国（現・タイ王国）の国王ラーマ五世から日本国民へ寄贈されたお釈迦様の遺骨（仏舎利《ぶっしゃり》）を安置するために創建された、日本とタイ王国の親善の象徴とも言えるお寺です。ここはどの宗派にも属していない日本で唯一の超宗派の寺院でして、各宗派（現在一九宗派が参加）の管長が、三年交代で住職を務める慣習なんです。

実は奇《く》しくも私がいま住職を務めているのですが、玄峰老師も昭和八（一九三三）年、六十八歳のときに住職を務めます。ここは広大な敷地を有していることもあり、非常に裕福なお寺なんです。そのため、利権が複雑に絡まり合って、反社会組織も関わってきたため、お寺ではどうにも収拾がつかなくなった。それで輪番に当たった臨済宗が玄峰老師を住職に据えたのです。

玄峰老師はお金や利権などには全く関心がなく、何事にも無頓着な人ですから、一年間ボケ通したというのです。脅しにも屈しないので、あるとき反社会組織の人が玄峰老師の一命を狙った。そのとき玄峰老師は、「一命はいつでもあげる。しかし、わしもいまだかつて死んだことは一回もない。せっかく死ぬのならば、人間はどうやって死ぬか味わってみたいから、ぶすっと一発やるのではなくて、竹ののこぎりでゆっくり挽《ひ》いてくれ」と言ってゴロッと横になっ

覚王山日泰寺の仏塔

たというのです。

執行　うーん、それはすごい。

横田　それで刺客は度肝を抜かれて帰っていったそうです。要するに、捨て身の強さですよね。

執行　玄峰老師のそういう勇気というか男気こそ禅の根本であり、それが書に古い情緒として表われています。だから武士道的にもなっているのです。仏教的なものと日本的な心がいちばんきれいな形で融合しているのが玄峰老師ではないかと思います。そのために、終戦工作の過程でも自分の命を顧みず、堂々とものを言えたのでしょう。「象徴天皇」に関わる逸話も有名ですね。

横田　そうです、新しい憲法をつくる際、草創に関わった当時の内閣書記官長の**楢橋渡**《ならはしわたる》氏が、天皇陛下をどのように位置づけるか迷ったとき、玄峰老師のところに相談に行きます。そのとき、玄峰老師はこう言ったそうです。

覚王山日泰寺　日本で唯一どの宗派にも属さない全仏教徒のための寺院。釈尊のご真骨をタイ国より拝受、一九〇四年に寺院が建立。釈尊を表わす「覺王」を山号とする。日本とシャム（暹羅）国の友好を象徴して覺王山日暹寺として創建。後にタイ王国に合わせ日泰寺と改名。　**楢橋渡（一九〇二〜七三）**　政治家・弁護士。内閣書記官長・運輸大臣。その怪異な風貌と政治手腕から怪物と呼ばれた。最年少で司法試験に合格、その後フランスのリヨン、ソルボンヌ大学で学び、公債の償還に関するフランスとの問題を解決。幣原喜重郎にも人材として起用される。

アーノルド・トインビー『歴史の研究』（執行草舟蔵）

「わしは、天皇が下手に政治や政権に興味を持ったら、内部抗争が絶えないと思う。なぜかというと、天皇の詔勅を受けているんだといって、天皇の権力を担ぎ廻わって派閥抗争をする。だから、天皇が一切の政治から超然として、空に輝く太陽のごとくしておって、今度は、その天皇の大御心を受けて、真・善・美の政治を実現するということで、眷々《けんけん》身を慎んで政治をすることになれば、天皇がおられても、もっと立派な民主主義国ができるのではないか。天皇は空に輝く象徴みたいなものだい」（玉置辨吉編著『回想―山本玄峰』春秋社）。

それが大きなヒントになって「象徴天皇」が生まれたという話です。力を持たないことがいちばん強いのです。それが日本の皇室のすばらしさですね。

執行　キリスト教でも、剣を持つ者は剣によって滅びると言います。最終的には、剣を持たない人間がいちばん強い。だから、日本の天皇が剣を持たないのは、類まれな強さとも言えます。剣を持てば、より強い者に滅ぼされるのです。これは僕が最も尊敬する歴史家であるイギリスの**アーノルド・トインビー**の歴史観そのものですね。トインビーは六〇〇〇頁に及ぶ膨大な著書『**歴史の研究**』において一貫してそれを述べています。そう言えば、トインビーも禅に大変な興味を持っていました。

横田　あっ、それは知りませんでした。嬉しいことですね。

そして玄峰老師は非常に厳しい方でもありました。書でも、いわゆる習った字ではないんですね。それでいて温かみがあるのです。

執行　だから、歌なんです。日本の歌、万葉集の精神が現代に甦っているんです。

母の有難さ

横田　玄峰老師は生まれてすぐに捨てられます。捨てられていたのを地元の素封家《そほうか》に拾われて育てられるのですが、まともな教育を受けたわけではなく、山で木を伐って、伐った木を筏《いかだ》に組んで川で運んだりする肉体労働に従事していたそうです。ところが、二十歳の頃に目の病気にかかり、失明の宣告をされてしまいます。

それで人生に絶望し、死に場所を求めて四国八八カ所の霊場を回ります。当時は社会福祉などない時代ですから、肉体労働しか出来ない青年が失明してしまったら、家でも厄介者扱いです。だから死ぬしかないと思ったのでしょう。

でも、なかなか死ねない。玄峰老師は裸足参りで八八カ所を七回も回ったといいます。ついに二十五歳のとき、三三番札所の**雪蹊寺**《せっけいじ》で行き倒れて、**山本太玄**《たいげん》和尚に拾われるのです。たま

アーノルド・トインビー（一八八九～一九七五）　イギリスの歴史家、文明批評家。歴史の根底にあるものを文明とし、その興隆・衰退の法則を体系化し、独自の歴史観を確立。『歴史の研究』『試練に立つ文明』等。　**『歴史の研究』**　歴史家トインビーの記した著作で、歴史を文明の興亡の視点から論じた。二十年にわたる執筆期間の膨大な歴史研究書。欧米以外の文明も包括し、歴史の盛衰を追究した世界的名著。社会思想社他。

たま雪蹊寺は臨済宗の寺で、山本和尚は玄峰老師を見て、「お前はお坊さんになる人間だ」と言ったそうです。

執行　その話は有名ですね。やはり困難が人間を創るのですね。

横田　玄峰老師が「私はご覧の通り目も見えません。字も知らないのでお経も読めません。こんな人間でもお坊さんになれるでしょうか」と山本和尚に尋ねたら、山本和尚は「普通のお坊さんにはなれないが、覚悟次第で本当に修行して心の眼さえ開けば、本当のお坊さんになれる」と言ったという逸話です。それから玄峰老師は目が見えないというハンディを克服して、三十八歳のときに雪蹊寺の跡取りとなります。

ところが、平成二十七（二〇一五）年のことです。ある老医師から、「あなたは玄峰老師とご縁があるから、ぜひ伝えておきたいことがある」という内容のお手紙を頂きます。そこでお会いしたところ、その方は東京大学の医学生の頃から静岡の三島の龍澤寺で参禅をしており、玄峰老師から坐禅の指導を受けた縁で、玄峰老師の晩年は脈を診たり、診察をしたりしていたというのです。それで玄峰老師から直接思い出話を聞いているが、巷《ちまた》に出回っている話はいろいろ脚色されているので、本当のところを話しておきたいというのですね。

私が深い感銘を受けたのはお母さんの話でした。玄峰老師が十二歳のとき、育ての母親が三十五歳で亡くなります。このお母さんが実に優しかったそうで、玄峰老師は必死になって看病する。田舎ですから、薬屋なんて近くにない。玄峰老師は歩いて薬を遠くまで買いに行ったそうです。それでもお母さんは亡くなってしまう。

実は四国遍路を七回もした目的の一つは、母に会いたいという思いがあった。そして雪蹊寺で行き倒れたとき、山本和尚に言ったのは、「死んだ母に会いたい」という言葉だった。それに対して山本和尚は、「修行をすればお母さんに会える」と言った。これが真実なんだとその老医師が仰ったのです。

その話が伝わらなかったのは、玄峰老師自身が母に会いたいという思いは女々しいような感じがして、公には語らなかったのでしょう。しかし、私はその話を聞いて、堂々と言えばよかったのにと思いましたね。

執行　その話ははじめて知りました。いや、美しいというか凄みのある話です。僕は日本神話のスサノヲを思い起こしますね。母を慕う心が海や山をも震撼させるエネルギーを生み出したあれです。僕は玄峰老師の武士道的凄みの淵源を見たように思います。

横田　それともう一つ、なぜ山本和尚は「お前はお坊さんになる人間だ」と言ったのか。その理由も教えて頂きました。

行き倒れになった玄峰老師はお寺に住み込みで働き始めるのですが、日が経つにつれ、寺の廊下がつるつるしてきたことに山本和尚が気づくのです。我々禅宗の僧は普段素足で生活していますから、廊下のつるつる具合には敏感なのです（笑）。山本和尚は不思議だなと思いっ

雪蹊寺　高知市にある臨済宗妙心寺派の寺院。高福山、高福院と号する。本尊は薬師如来。空海による開基。南学発祥の道場があり、数々の儒学者を育てた。　**山本太玄**（一八二六～一九〇三）　雪蹊寺の第十七代住職。行き倒れになった山本玄峰を助けた。廃仏毀釈で廃寺となった寺を復興させた。

対談時の執行草舟氏（於　龍雲院）

つ、ある晩、お手洗いに行ったら、盲目の玄峰老師が手探りで廊下を磨いていたのです。その姿を見て、「これはものになる」と思ったそうです。

玄峰老師は九十六歳まで生きられましたが、九十歳を過ぎた頃から「母」という字をよく書いています。「母　年をかさねるほど　アリガタクなる」という書も残されています。先ほど執行先生は「玄峰老師の書は日本の歌だ」と言われましたが、母なる大地が根底に流れているから、書にも温かみがあるのでしょうね。

執行　日本の歌の心は、間違いなく母です。そして、その母を慕う心が日本人の志を生み出しているように思います。それが、憧れに向かう真の慟哭を生み出すように僕には思えるんですね。

横田　母ですね。だから、真民先生も同じなんです、母を求めるということが。

執行　それは恥ずかしいことではないですよ。玄峰老師が持っている母を慕う気持ちが日本精神として歌となり、書に滲み出ている。それと禅が結びついているから、玄峰老師は魅力があるのです。横田管長からはじめてうかがったエピソードもすごく人間的で、ますます好きになりました。

元々、武士道の根源とは、「**運命への愛**」だと思っています。先ほどちょっと触れましたが、その根源を生み出す力が母を慕う心なのかもしれませんね。自分の運命を愛する。これがないと、武士が武士として生きられない。なぜなら、武士じゃなくていい理由なんて山ほどあるわけですから。絶対に動かない何ものかがないと、本当に命の危険が迫ったときには、百姓や町人になってしまえばいいのです。それでも武士であり続けた人は、自分が武士に生まれた運命を愛しそれに生きた人です。これを先ほど言ったモーリス・パンゲが『**自死の日本史**』という本に書いているんです。だから日本のいちばん美しい伝統が「運命への愛」だと思っているんです。

これはヨーロッパにもあって、それが先ほど少し出た「運命への愛」のラテン語である「アモール・ファーティ」です。元々はローマ皇帝**マルクス・アウレリウス**の『**自省録**』に出てくる言葉なんですが、それを**フリードリッヒ・ニーチェ**が好んだことで有名になりました。僕はどこでも言っていますが、この「運命への愛」という思想が何よりも好きなんです。自分もそう生きようとしているし、他人にもいつもそれを言っている。自分の身の上がどうであれ、自

「運命への愛」　ラテン語で「アモール・ファーティ」といい、マルクス・アウレリウスの『自省録』にある言葉を、ニーチェが哲学的に発展させたもの。己に訪れる運命を受け入れ、積極的にこれを愛する生き方。後に、モーリス・パンゲが日本武士道の思想をこの言葉で包括した。**『自死の日本史』**　日本文明の特徴である「意志的な死」の問題を思索したモーリス・パンゲによる名著。**マルクス・アウレリウス（一二一～一八〇）**　古代ローマ皇帝。五賢帝の一人、辺境国との戦いに奔走、またストア学派の哲人としても知られる。その『自省録』は有名。**『自省録』**　ローマ皇帝で五賢帝の一人マルクス・アウレリウスによる短い散文調の哲学書。後期ストア派を代表する哲人でもあった皇帝の思想を知ることの出来る唯一の自著。**フリードリッヒ・ニーチェ（一八四四～一九〇〇）**　ドイツの哲学者。ギリシャ古典学、東洋思想を深く研究し、近代文明の批判およびキリスト教の神の死を宣言。善悪を超越した永遠回帰のニヒリズムへ至る。『悲劇の誕生』『ツァラトゥストラかく語りき』等。

分独自の運命を楽しむところまで行き着きたいと思っています。もちろん自分の運命なら、どんな不幸でも受け入れるのは当然ということになります。全く玄峰老師にはそれを感じますね。

磨いただけの光あり

横田　玄峰老師が大正四（一九一五）年、五十歳で三島の龍澤寺の住職になったときは、雨が降ると傘をささないとお経が読めなかったというくらい荒廃していたそうです。それを建直していくんですね。

私が好きな逸話がネズミの話です。お寺にネズミがいっぱいいる。普通は、ネズミを駆除することを考えるのですが、玄峰老師は違うのです。お米を供えて、ネズミに挨拶をする。「お前さんたちのほうが先に住んでいる。わしのほうが新参者であるから、どうぞよろしく頼むぞ」と挨拶をしたといいます。すると、ネズミがいろいろと力になってくれたそうです。これは都合の悪いものでも排除しないという考え方ですね。

それから、「どんな物乞いが来ても、とにかくいまお寺にあるもの、おにぎり一つでもいいから、きちっと赤いお椀に入れて、そして座って出してあげなさい」と言われたそうです。ですから、いろいろな人たちが集まってきて、お寺も賑やかになり、再建を成し遂げるのです。

もう一つ、私の好きな話が、田中清玄ですね。彼は元々日本共産党の中央委員長を務めた左翼ですが、治安維持法で逮捕された後、昭和九（一九三四）年に獄中で天皇主義者に転向するんですね。そして昭和十六（一九四一）年に出所後、三島の玄峰老師のところにやってくるのです。

執行　そうですね、居候《いそうろう》していたんですよね。玄峰老師は刑務所で法話をしていたので、田中清玄が師事するならこの方だと思ったと聞いています。

横田　はい。それで田中清玄が一所懸命、庭の掃除をしていたら、玄峰老師が来て、「田中、お前は何のために修行しているんだ」と聞くので、田中清玄は「世のため、人のためになろうと思って修行しています」と答えた。すると、玄峰は、「おう、結構じゃな」と言って、去っていった。しばらく経ってから、また玄峰老師が来て、「田中、お前、何のために修行しているのか」と聞く。同じく「世のため、人のためを思ってやっています」と言ったら、ここで雷が落ちる。「ばかもーん、お前は、まだわからぬのか！　わしは、世のため、人のためにと念じて修行したことは一度もない。みんな自分のためにやっているのだ」と言って怒鳴りつけたと言うんですね。これ、好きな話なんです。

執行　そうですね。人間のやることは、ある意味で全て自分のためです。人助けだってつまりは自分のためになるのです。「道」と呼ばれるものの全ての根本です。これは僕がきれい事が大嫌いな理由の一つにいつも感じていることですね。自分の運命を活かすことが、結果として何かの役に立つこともあるだけなんだと思いますね、人生は。そう言えば、僕は田中清玄から歌集をもらったことがあるんです。若いときに、縁を頂きました。先ほど出た終戦工作ですが、玄峰老師が終戦工作をしたとき、一緒にしたと言われているのが**三浦義一**なんです。三浦義一は右翼の大物フィクサーとして有名でしたが、実際は歌人で、僕の最も好きな歌人なんです。僕は三浦義一の歌が死ぬほど好きなんです。いくつもの歌集がありますが、その中で『**悲天**』という歌集を田中清玄からもらったんです。そして、その歌集に人生を決定したと言っても過言ではないほどの影響を僕は与えられた。田中清玄は、だから間接的な大恩人にもなるんです。ですから、横田管長のお話を聞いていると、何か深いつながりを感じます。

横田　そうでしたか。面白いですね。そして玄峰老師が田中清玄に言いたかったのは、さっき執行先生も言われたような単なるうわべだけの言葉に酔ってはいけないということですね。それは趙州に通じますね。

執行　玄峰老師は自分の運命にぶつかって一歩も逃げなかった。ネズミなんて誰でも嫌いですから、寺から追い出そうとしますよ(笑)。でも、玄峰老師は自分が入った寺に先にネズミがいたから、自分の運命として受け入れた。これが運命への愛です。

三浦義一（昭和34年11月ラジオ大分にて）

そういうことをする人は、趙州に近いと思う。だから、趙州は、武士道の根源であり、禅の根源だと言わせてもらっているんです。

横田　玄峰老師の有名な教えが「磨いたら磨いただけの光あり」と「目立たぬように、際立たぬように」です。誰も見ていないところで「**陰徳**」を積むことで、その人の心が光ってくる。その光が自分の人生も周りの人たちをも照らす力になるのだということです。
執行　「**一隅《いちぐう》を照らす**」にも近いですね。人間の生きる根本です。すばらしい教えです。自分の運命を愛さなければ出来ないことです。それを文学としてやった人が**三島由紀夫**ですね。僕は三島由紀夫の生き方にもその運命への愛を感ずるんです。

三島由紀夫の自決は「文学」である

横田　趙州や玄峰老師あたりまでは理解が及ぶのですが、三島由紀夫となるとよくわかりません。戦後の日本文学界を代表する作家の一人と言われ、ノーベル文学賞の候補にもなったのに、四十五歳で割腹自決を遂げる。そこで、趙州や玄峰老師のような方と三島由紀夫はどう関わるのかを教えてください。

三浦義一（一八九八～一九七一）　父が衆議院議員。国家社会主義者、歌人。皇道日本を目的とした大亜義盟を組織。度重なる収監の中でも、生涯にわたり日本の魂を詠った和歌を書き続ける。敗戦後も政・財界とのつながりは強く、その指導力から「室町将軍」と呼ばれた。**『歌集　悲天』**　三浦義一の歌集。長らく絶版になっていたものを、二〇一七年、執行草舟氏が私家版『続　悲天』の和歌も加えて監修、講談社エディトリアルより復刊。**「陰徳」**　人に知られないように密かにする善行。隠れた良い行ない。**「一隅を照らす」**　『天台法華宗年分学生式』（『山家学生式』の冒頭）の言葉。真の自己存在の意義を表わす言葉でもある。**三島由紀夫**（一九二五～七〇）　昭和期の小説家・劇作家・随筆家・評論家。小説『仮面の告白』『愛の渇き』で作家として地位を確立。以後、小説・戯曲・評論などを通じて文学的実験を行ない、美を追求。最期は自衛隊駐屯地に乗り込み、日本を憂えて自決した。

執行　三島由紀夫の文学が、なぜ戦後の日本にとって重要かと言うと、「自分の運命を愛する」ことを理解する文学だからなんです。良いとか悪いとか、そういうことを議論すると、いろいろな問題点がある文学です。しかし、自分にやってきた運命を全部受け入れる精神があると、三島由紀夫の文学の魅力がすごくわかるのです。最期に至るまで、三島文学は三島由紀夫の運命そのものでした。

僕が三島由紀夫の文学が好きなのは、趙州や玄峰老師と同じように、自分の運命にぶつかってきたからです。たとえば、有名な作家でも**夏目漱石**などの文学は、少し斜に構えていると言うか、ひねくれていると言うか、悪い言葉で言うと世間を睥睨《へいげい》したような女々しいところがある。一方で、三島由紀夫は真っ直ぐなんです。自分にきたものは全て受け入れて、それを文学化するのです。

そして、自分の運命として死ななければならないときがきたから、死んだということです。だから、自衛隊での割腹自決は、「事件」としてとらえるのではなく、日本の戦後最大の「文学」だととらえるべきです。三島の自決は、それ自体が戦後最大の「文学」なのです。我々に突きつけられた戦後日本を集約する文学が、三島の自決事件だと思うのです。

三島は自己を襲った死ぬ運命の意味を文字に書かないで、自衛隊に乗り込んで割腹した。あの行為が、非常に武士道的で禅的だと僕は思っています。それこそカッコいい言葉を使えば、「**不立文字**《ふりゅうもんじ》」そのものです。

三島文学の価値がいかなるものかと言うと、その民族に突きつけられた文学的問いかけだと思っています。そういう意味では、ドストエフスキーに近いと思っているんです。ドストエフスキーが、キリスト教の真理と人間の生き方の狭間で苦しむ代表的な文学だとすると、三島の割腹は日本人が抱えている西郷的な深層心理の苦しさと現実との狭間を一つの文学となしているのでしょうね。僕自身、日本民族の持つ明るさと暗さの両面はその二つともに三島文学から学びましたね。三島とは、趙州の対極にある趙州的なものなんです。ちょうど、陰陽が一陽来復になっているのと同じです。

横田　執行先生は三島と交流があったそうですね。

執行　たまたま僕の親が三島由紀夫の関係者と親しくて、その方が八ヶ岳に山荘を保有しており、そこに遊びに行ったとき、三島と会ったのです。

横田　おいくつぐらいのときですか。

執行　最初に三島由紀夫に会ったときは昭和四十一（一九六六）年の夏で、中学校三年生でした。僕は幼い頃の病気で一年遅れて小学校に入ったので十六歳でした。その時点で三島の作品は全て読んでいましたので、生意気にも僕なりの三島文学論を二、三時間ぶっ通しで語りました。そのときは三島の『**美しい星**』『**金閣寺**』と**高橋和巳**の『**邪宗門**』、三島の『**鏡子の家**』と埴谷雄高の『**死霊**』、この二つの比較文学論をぶつけました。三島は「あ、そう、あ、そ

夏目漱石（一八六七〜一九一六）　明治・大正期の小説家、評論家、英文学者。代表作に『吾輩は猫である』『坊っちゃん』『草枕』等。国内外に広くその文学は読まれ、小説のみならず研究評論・講演等で鋭い思索・批評も行なった。**「不立文字」**　悟りは言葉や文字で表わせないから、心から心へ伝えるものである。

三島由紀夫 書「夏日烈烈」（執行草舟蔵）

う」と相槌《あいづち》を打ちながら、ずっとメモを取っていた。それで僕もいい気になってしゃべり続けたわけです。

横田　ノーベル賞候補の大作家と文学論を交わすだけでもすごいのに、執行先生の『お、ポポイ！』を読むと、その中身の濃さに圧倒されます。

執行　あれ、結構面白いでしょ。あれでも随分と遠慮して書いているんですよ。三島のことですが、自分の文学を慕う若者に出会って三島も興味を持ったのでしょう。それから高校三年生までの四年弱、時期でいうと三島が割腹自決する一年前まで、何度も文学論を戦わせる幸運に恵まれました。

三島由紀夫は僕を子ども扱いせずに接してくれましたから、こちらも必死です。あの当時は、文学論に関しては地位も年齢も関係なかった。みんなが自説を言って喧嘩になることも多かったのです。だから、三島由紀夫に対して僕も遠慮しなかった。三島氏のほうもそういう感じで接してくれたんです。学校でも哲学や文学の仲間とはいつでも文学論でしたね。「お前、でかいことばかり言いやがって。**マルクス**がどうのこうの言っているが、じゃあ『**資本論**』の中で〈時間の変容と空間の関係〉についてはどう思うんだ」とか挑発される。それで僕も懸命に勉強して、「この野郎、マルクスってのはな、こうなんだ」と反論する。そのやりとりが我々の時代の哲学論・文学論でした。もちろん、三島由紀夫と会うたびに文学論だけ交わしていたわけではなくて、恋の悩みを相談したこともありました（笑）。

三島由紀夫から頂いた書の一枚が前に管長がうちの会社に来られたときに社長室に掛かっていた「夏日烈烈《かじつれつれつ》」という言葉なのですが、夏の山荘で激しく火花を散らして議論した日々こそ二人だけの思い出ととらえて、大切にしています。他に「眞夏」というのもありますよ。

三島由紀夫 書「眞夏」（執行草舟蔵）

『美しい星』　三島由紀夫のSF長編小説。自らが宇宙人だと思い込んだ家族が主人公。世界終末論的な人類滅亡の危機をも予兆させる物語。新潮文庫等。**『金閣寺』**　三島文学の代表作でもあり、海外でも評価の高い作品。日本近代文学を象徴する一冊。金閣寺の美に取り憑かれた学僧が、寺に放火するに至るまでの精神的過程を告白体形式で描写。新潮文庫等。**高橋和巳（一九三一〜七一）**　昭和期の小説家・中国文学者。評論なども盛んに書く。代表作に『邪宗門』『悲の器』等。京大助教授となり、学園闘争を経て辞職。ほどなく早世する。**『邪宗門』**　高橋和巳の長編小説。新興宗教団体への思想弾圧と急進化した教団の顛末を描く。一九六五年に『朝日ジャーナル』に発表。河出文庫。**『鏡子の家』**　三島由紀夫の長編小説。昭和三十年前後の時代を生きた若者五人それぞれの物語を、虚無的に描いた。新潮文庫等。**『死霊』**　埴谷雄高の思弁的長編小説で代表作。ドストエフスキーに大きく影響を受けた作品。共産主義思想の活動家たちの議論や地下活動を描写しながら、宇宙につながる大形而上学の物語として生涯をかけて書いた。未完に終わる。講談社。**カール・マルクス（一八一八〜八三）**　『資本論』を著わしたドイツの哲学者、思想家、経済学者、革命家。エンゲルスとともにドイツ古典哲学を批判的に学び、弁証法的唯物論、史的唯物論へ至り、英古典経済学、仏社会主義の伝統を継承、科学的社会主義を完成させた。第一インターナショナル創立。『共産党宣言』『資本論』等。

武士道の否定から起こるもの

横田　三島の遺作は『**豊饒《ほうじょう》の海**』四部作で、その第二巻の『**奔馬**』の主人公（飯沼勲）は執行先生がモデルと言われているようですが。

執行　いや、もちろん三島自身は「モデルはない」と断定しているのですが、僕がいろいろと話していた実感として何となく感じているだけですよ。二人で話していた内容がそのまま本の中にたくさん出てくるんです。その真偽のほどは『お、ポポイ！』で詳しく話しているので、興味のある方は読んでください（笑）。

横田　そこでおうかがいしたいのは、若き日の執行先生から見て三島とはどんな人だったのでしょうか。

執行　とにかく礼儀正しい紳士で、頭が並はずれていいという印象でしたね。だからといって「自分を出す人」ではなく、僕の知る限りでは最も奥床しく、紳士的で、真面目な人でした。あれだけ物事に真摯《しんし》で、かつ頭が良かったら、中高生の僕から見ても生きるのが苦しいだろうなと思いましたね。もちろん、割腹なんて死は考えもしませんでしたが、この人は長く生きることは出来ないだろうと薄々感じていました。繊細で頭が良過ぎるんですよ。

横田　彼がいちばん訴えたかったのは何だったのでしょうか。

執行　物質文明化された近代社会を、日本人はどう生きたらいいのかということを突きつけたのが三島文学だと思っています。もちろん、人間としての「誇り」を持ってということです。誇りがなければ、どんな社会でも関係なく生きられますからね。

横田　近代ですか。今年平成三十年は明治維新百五十周年で、明治維新のおかげで近代国家が出来たことは有難いことですし、西郷隆盛が偉いという評価は否定しませんが、しかし、少し行き過ぎたところがあるし、そのために見失ってしまったものもあると思っています。

執行　武士道がそうでしょうね。それと武士道を支えていた禅的な日本文明も失っていきましたね。

横田　私がいちばん憤慨を覚えるのは、会津藩への攻撃（一八六八年）ですね。あれで私は日本の心が失われたと思っているんですね。

執行　会津藩への攻撃は、日本の武士道の根源の精神を潰そうとしたものです。あの当時の薩長の上層部は、武士道が西洋化を遅らせ日本を潰すと本気で思っていたのです。

横田　本当のすばらしい武士道を会津が持っていたと、私はいまでも思っています。それを潰すために、ピーヒャラピーヒャラ笛を吹いて、太鼓を叩いて、調子に乗った官軍が会津を完

『**資本論**』　マルクスの主著で経済学書。死後はエンゲルスが遺稿を整理し完成させた。近代資本主義社会の経済運動の法則の解明を目的に、資本家、労働者、土地所有者の関係を分析。

『**豊饒の海**』　三島由紀夫の最後の長編小説。夢と転生の物語で、『春の雪』『奔馬』『暁の寺』『天人五衰』の全四巻からなる。最後の作品を入稿してから、三島は割腹自決した。新潮文庫等。

『**奔馬**』　三島由紀夫の長編小説『豊饒の海』の第二巻。一九六九年刊行。右翼思想に傾倒する青年の姿を描いた。主人公は物語の最後に割腹自殺する。新潮文庫等。

膚なきまでに潰した。特に会津には**日新館**という全国有数の藩校があり、論語を中心とするすばらしい武士の教育をしていました。そこも灰燼《かいじん》に帰した。あの教育を否定したのは間違いだと、私はいまでも思っています。

執行　「ならぬものは、ならぬ」ですね。全くそう思います。全ての間違いは武士道の全面的な否定から起こっています。言葉にはあまり出しませんが、明らかに武士道に固執する武士たちへの「見せしめ」として会津を特に苛酷に罰したのです。いつの世も、「外国かぶれ」の人間の軽薄さに真面目な人間は泣かされます。その真面目の代表が会津ですよね。

横田　やっぱりそうですか。あれは許しがたい。単に会津の問題だけではなく、日本精神の大きな柱を失ってしまった。

執行　薩長からすれば、日本の武士道を潰さないと近代化が出来ないと思い込んでいるわけですからね。何が何でも会津藩を悪者にして潰さなければ新しい国家は生まれないという論理です。特にあの薩長側の**大久保利通**ですね。彼以外はほとんどの人がそこまでやることはないのではと言っていたのです。しかし、大久保だけが頑として殲滅《せんめつ》を唱えてゆずらなかった。

横田　私は、明治維新の良かった部分と、それによって失った部分とを、もう一度検証しないといけないと思います。特に明治維新の意義を精査しなければ、近代国家として何を得て何を失ったかが見えてこない。そういうことに疑問を持っている人たちが、執行先生の『**生くる**』（講談社）や『憧れ」の思想』（ＰＨＰ研究所）を読むのではないかなと思っています。

執行　僕の本が好きな人はみんなそうだと思います。日本が失ったものは、横田管長のご指摘通りで、中心は武士道です。でも、これを復活させるのは難しいですよね。武士道は、いまの似非《えせ》民主主義の思想と最も対立するものですから。僕はあえて戦後日本の民主主義を民主主義に名を借りた間違った民主主義という意味で、似非という接頭語をつけているのです。

横田　その似非民主主義も困ったものですね。

「自分を表に出さない人」について

執行　ただ、いまの民主主義は間違った表層だけのものですが、その発祥は命がけでした。

横田　本来は違うわけですか。

執行　違います。元々近代民主主義はヨーロッパで生まれた思想で、キリスト教の軛《くびき》からの「心の自由」というものが根っこにありますから。宗教裁判を生んだような一神教という強力な宗教がなければ民主主義なんて意味がないのです。宗教による厳しい制約があるからこそ、心の中の自由を求めることに意味があるわけで、元々日本には一神教などなくて自由なんです

日新館　会津藩の藩校で、松平容頌が創立。儒学に基づいた子弟教育により白虎隊をはじめ、戊辰戦争やその後に活躍する人材を数多く輩出した。　**大久保利通（一八三〇〜七八）**　幕末・明治初期の指導的政治家。薩摩藩士。西郷隆盛とともに島津斉彬の幕政改革運動に参加。公武合体運動、薩英戦争、下関砲撃事件等を経験し、討幕に奔走。木戸孝允と薩長同盟を実現。西郷の征韓論に反対。明治政府の指導者となるが、不平士族に暗殺される。　**『生くる』**　講談社より二〇一〇年に出版された、執行草舟の著作。生命燃焼論を独自の思想で説く実践哲学エッセー。古今東西の深い教養に裏打ちされた、現代人の生き方を問う一冊。

から。元来、民主主義は余計なものなのです。日本はそもそも平等性が高く民主主義的な国だったのです。日本文化の中心だった禅や武士道もその目的は真の自由の獲得にあります。それが日本人の自由を求める人生修行だったのです。そして、求める自由が許されていた国なのです。日本人の根本的な道徳は、禅に裏打ちされた武士道だったので、民主主義は余計でした。道徳が混乱し、その挙げ句に見失ってしまった。

横田　死ぬために生きるということですね。その中から、真の自由を摑むということですね。

執行　はい、だから三島由紀夫も死ぬために生きていました。これが武士道の根源思想であり、死ぬために生きるのが人生であり、生命の本質だと三島由紀夫は言いたかったのだと思います。いまの時代では変わった思想だと言われますが、全く変わっていない。それが日本の常識なのです。いや人間の常識と言ってもいい。西洋でもそうですが、死後の世界が本体ですから。我々生きている人間の生命は、一瞬の輝きです。一瞬の輝きとは何かというと、仏教的に言うと、生きているということは因縁を解脱《げだつ》していく修行の過程だということなのです。

いい死を迎えるために、生きているときは修行する。そして、死んだ後が永遠の生命という本体に行き着くのです。西洋の言葉で言えばラテン語の「メメント・モリ」（死を想え）です。だから、生きているときに輝こうと思っている人は、だいたいろくでもない（笑）。生きているときに報われようとしたらダメなのです。それが生きることの意味だったのです。キリスト教国でも仏教国でもそれは同じです。

西洋のキリスト教徒も日本の武士も禅僧も死が本体だとわかっていますから、死ぬ前はほとんど何も食べなかった人が多いですね。体をきれいに保つために。そして生命の本体である「死の世界」つまり「永遠の生命」の世界へ美しい体と心で行こうとしたのです。

横田　玄峰老師がそうですね。亡くなる前に自ら食を断ちました。

執行　そうですか。空海のようですね。弘法大師も死ぬ前は食べなかった。身近な例では僕の祖父母もそうだったし、最近では母もそうでした。死後に、汚物が出ないように断食をして沐浴潔斎《もくよくけっさい》して死んでいった。なぜそうしたか。みんな死が本体だとわかっていたからです。何度も言いますが、死が本体で、生きているときは一瞬の輝きに過ぎないのです。

だから、この世では、いかなることがあっても、報いを受けてはダメなんです。ちょっとした報いでも、それを受けようとすると、自分自身もそうですが、生命の本能的弱さが出てきます。報いを求めるのは、この世が中心で重要なものだと思っているからです。本当に重要なのは死後なのです。死後のために、この世は魂の修行として存在している。また、それがわかるとこの世も楽々悠々と生きられます。

三島由紀夫も、そう思って生きていたはずです。だから、偉大な文学を生むことが出来たのです。自由な体当たりが出来たからです。もしも名声を得たいとか、成功したいとか思っていたら、いい文学も書けなかったでしょう。三島由紀夫は自衛隊に体験入隊したり、空手を習ったりと、派手なパフォーマンスを悪く言われたりしましたが、あれは照れ隠しなのです。僕が本人と何度も会って得た確信は、「魂の人」であり本体は死ぬまで「自分を表に出さない人」

でした。だからこそああいう死に方を選んだのだと思っています。

横田　死を見るから、生が輝くという執行先生のお言葉は同感です。死を思わないから生が輝いてこない。玄峰老師が亡くなるときのお言葉が、「旅に出る」です。「旅に出る、着物を用意してくれ」と仰ったと言うんですね。私はいいなと思います。

自分を守ると弱くなる

執行　それは、人生を一言で表わす本質的な言葉だと思います。僕が知る限り、いい人生を送った人は、みんな死が本体だと思っています。たとえば、**松尾芭蕉**もそうです。体当たりの野垂れ死にを覚悟して生き切りました。死ぬ前に詠んだ「旅に病んで　夢は枯れ野を　駆け廻る」は有名です。僕はそこに死への覚悟というものを感じます。一方で、現世を重視している人には魅力がありませんね。そして、みじめで弱いです。人に認められたがり、この世で成功したがる。だから、保身的になります。現世で得をしてしまうと、いい人生にならないのです。思い切って捨てなければダメです。僕はもうなるべくそうしようと思って生きています。もちろん、出来ていない部分もありますが。

報いを受けないと決めると、何でも出来るようになるのです。逆に、報いを受けようと思うと臆病になります。少なくとも僕の場合はそうです。たとえば、つまらない話ですが、僕は二十代の頃、正規の何か一つだけの職業による給料以外は一切もらわないと誓いました。例外は親の遺産だけで、親が死んだときの遺産は相続者の義務としてもらう。それは子の務めの一つですから。この二つ以外は、宝くじに当たろうが、他人からもらおうが、一切捨てると決めて、六十七歳まで生きてきました。そのおかげで、あらゆることにぶつかれる人生を送れています。金銭に関しては、幸運や僥倖はない人生を自分で決断したわけですから、後は気楽なもんですよ（笑）。現世的なものが、生命活動の邪魔になっているのだとつくづくわかります。報いを受けたいとか、何か得をしようと思うと、ものすごく弱くなります。僕なんか特に弱いものを多く持つ人間ですから、瘦せ我慢を貫いてきた。瘦せ我慢といえども、六十七歳まで通してきたから、このまま死ねばそれが本体になります。趙州もそのようなことを書いています。

横田　そうですね、自分を守ると、自分が弱くなるということは確かですね。鍵山秀三郎先生のお言葉にもあります。「自分を守ると弱くなる」と。「反対に、自分以外の人を守ろうとしたとき、見違えるように強くなる」とも。本当にそうですよね。

執行　人だけではなく、自分以外のものでも守ろうとすると強くなります。皆さんも経験があるはずです。だから、とにかく報いは一切受けないと決めるのがいちばんいいのです。ただ、僕も個人ではそう決めていましたが、やはり子どものことになると、どうしても欲が出て

松尾芭蕉（一六四四～九四）　江戸時代前期の俳諧師。「俳聖」とも呼ばれる。京都で北村季吟に師事、その後、江戸深川の芭蕉庵に住み独自の俳諧の境地を開く。各地を旅し発句、紀行文を残す。代表作に『おくのほそ道』等。

しまう。たとえば、学校の受験でも、自分は志望校に落ちても平気だけれども、子どもには受かってほしいと思ってしまうんですよ。不思議ですね（笑）。

横田　あのきれいなお嬢様ですね。ちょっと前に遠州流のお茶会の席で声を掛けてくださって、「あのー、執行の娘です。父がいつもお世話になっております」「エーッ！」と驚きの出会いでした（笑）。でも、それくらいはいいのではないですか。それもダメですか。

執行　これがダメなんですよ。欲が出たときを覚えているのですが、出ると、途端にものすごく弱くなる。いままで言ってきた信念が揺らぐ部分が出てくるのです。

横田　揺らぎも風流でいいなと思うのですけどね。

執行　いや、風流なんてダメです（笑）。子どもで現世の報いを受けたいと思ったとき、途端に弱くなることを実感しました。だから、それからはいっさい切ったら、何でも出来るようになって楽になりました。子どもは子どもで自分の運命を生きるしかないということを再認識したのです。僕は六十七歳だし、いつ死んでもいいし、何が起こってもいいし、自分の信念を曲げるくらいなら牢屋に入ってもいいと思っています（笑）。それなのに、子どもの件ではぐらついたことがある。本当に人間の持つ弱さを自覚しましたね。しかし、子どもの件を乗り越えてからは「天衣無縫の裸足の禅僧」と言われたあの**関大徹**《せきだいてつ》と同じような心境です。

食えなんだら食うな

横田　『**食えなんだら食うな**』ですね。懐かしいですね。私の中学生時代の愛読書の一つでした。

執行　僕も最大の愛読書です。あんな名著は少ない。残念ながら、いまは絶版で手に入れるのが難しいですが。

横田　「食えなくなったら食わなければいい」とか「生きることは死ぬことである」とか、あの本を読んで禅に憧れ、いまこうして生きているようなものです。本当に名著でした。

執行　関大徹は禅僧としていちばん尊敬できる一人です。ちょうど、読んだときに僕は死病を抱えていると同時に、死にもの狂いで自分の道を切り拓くときだったので、実にあの本は「神そのもの」に見えました。全ての出発にあの本があるのです。「病気など死ねば治る」という言葉がぐっときましたね。それを信じて死ぬ覚悟を決めたら、知らないうちに体も回復していました。

横田　関大徹和尚は曹洞宗ですね。

執行　曹洞宗です。道元の直系ですね。大徹和尚が住職をしている寺に、若い修行僧がやってきた。彼の悩みは、貧乏寺の跡取りがゆえ、坊さんだけでは食べられないから兼職をするかどうかということでした。それを聞いた大徹和尚が「食えなければ食わねばよろしい」と一喝

関大徹（一八九三～一九八五）　曹洞宗大教師。福井県の吉峰寺に住し、その後、岩手県の報恩寺住職。天衣無縫の禅僧として多くの人に感化を与えた。『**食えなんだら食うな**』　現実の出来事に対する言葉や応対のエピソードを通じて、一切を超越する禅の教えを関大徹が簡潔かつ明快に述べた、名僧の人生そのものを表わした著作。山手書房等。

します。歴史的な名言です。

その修行僧は、寺を継いだら結婚して、子どもをつくってという前提で先々の生活の心配をしている。ところが、大徹和尚は、我が身一つ、いつ野垂れ死にしても満足という覚悟でなければ、禅僧の修行が全う出来るわけがなく、そもそも禅をやる者には妻子は養えないのだとスパッと言い切る。脇目も振らず自分の選んだ道を歩くのに、余計なことは考えるなということです。

大徹和尚自身、中学校卒業後、師範学校に進んで、教師をしながらお寺を経営するという選択肢もあったし、そういう道を選ぶ門下の子弟もいた。しかし、大徹和尚は莞爾《かんじ》として野垂れ死にする道を選んだ。僕はこの「痩せ我慢」を諒《りょう》としましたね。僕には何度も死線をさまよった経験がありますが、いつでもこのような愛に満ちた厳しい思想によって立ち直ってきました。厳しいものの中には真実が潜んでいるように感ずるのです。宇宙や生命そのものの本質が実に厳しいものですから、人間の人生観も厳しくなければ嘘だと思っているのです。

横田　私が筑波大学に入ってから住み込みでお世話になったのが白山道場（龍雲院）で、小池心叟老師のもとで出家得度したことはすでにお話ししました。実は筑波大学はキャンパスが広大で、場所も不便なこともあり、ほとんどの学生が車の免許を取るんですね。それで私の親からも、いまの世の中、車の免許くらい持っていないとダメだから取るようにと言われたのです。そこで、心叟老師に「免許を取ろうと思います」と話したら、「そんなもの、いらん」と言われたのです。なぜかと不信に思ったら、「修行すれば車が迎えに来る（笑）」と。

執行　本当にその通りです。

横田　そのときは「そんなもんかな」と半信半疑でしたが、二十年経ったら心叟老師のお言葉通りになりました（笑）。法話のときは、ＪＲの電車まで来てくれるというオチまでつけるのですが（編集部注：円覚寺はＪＲ「北鎌倉駅」の目の前にある）。これも大徹和尚が言われた「一つの道に懸けよ」という教えと同じですね。

執行　下世話な話で恐縮ですが、お金を稼ぎたいという欲もダメです。本当に世の中の役に立てば、お金なんか自然と入ってくるのです。世の中とはそういうふうに出来ているのです。文明の型として。だから一生懸命に働けばお金は入ってくる。入ってこないなら本人が怠けているか、何か間違ったことをしているということに過ぎません。

大徹和尚は、坊さんにも手厳しいですね。お布施に「相場」があることがけしからんと言い、お布施の多寡《たか》によって戒名《かいみょう》の「格」が変わり、その格によって生まれる極楽の格も違うというような大嘘をついているのは、背徳というより犯罪だと断定している。本物の禅僧ここにありと思います。

大徹和尚に限らず、明治から大正までの日本人には武士道精神が宿っていた。**福澤諭吉**もそうです。「痩せ我慢の理」が有名ですが、徳川家が薩長に降参して自ら解体するに至ったこと

福澤諭吉（一八三五～一九〇一）　明治期の啓蒙思想家、教育者。慶應義塾大学の創設者。新聞『時事新報』の創刊者。江戸に蘭学塾を開設。独学で英語を学ぶ。幕府の遣外使節に随行し欧米視察。政府の要請で教育・啓蒙活動に従事。

を非難し、維新のときに「痩せ我慢」が損なわれたと言っています。福澤諭吉の指摘通り、明治維新によって最も犠牲になったのが武士道であり、神道や仏教ですね。

横田　その通りです。明治の神仏分離と廃仏毀釈の政策は伝統の破壊でした。

フェノロサと日本文化

執行　明治政府が発布したその「神仏分離令」は神道と仏教の分離撲滅が目的でした。その結果として仏教の排斥運動も広がり、「**廃仏毀釈**《はいぶつきしゃく》」という世紀の愚行を犯してしまいました。有名な話が、奈良の**興福寺**の五重塔です。売りに出されたところ、いまの貨幣価値で数百万円の値段しかつかなかった。それを奈良の豪商が解体して薪《たきぎ》にしようと思って買ったのですが、解体費用のほうが高くつくことがわかって解体を断念した。また、焼こうとしましたが、近所の住民が火事を恐れて反対したので中止したという説もありますが、どちらにしてもどうしようもないくだらない理由で、却って残ったということなのです。

それで奇跡的に残ったのですが、その価値を日本人に教えたのが、お雇い外国人として来日したアメリカ人の**フェノロサ**だったとは情けない話です。フェノロサは全国各地の寺院や仏像が破壊されていることに強い衝撃を受け、日本美術の保護に立ち上がり、自国の仏教文化を低く評価する日本人に対し、世界的に見てもいかにすばらしいかを説いて回ったのです。ちなみに、このフェノロサと**ハーバード大学**の哲学科で親友だった大評論家の**ヘンリー・フィンク**が僕の祖父の執行弘道を尊敬し、日本における「私の守護天使」とまで言っていたんですよ。だからフィンクを通してフェノロサに祖父が働きかけた可能性もあるのです。祖父はその頃、日本文化の擁護に身を削って立ち上がっていた一人だったのです。

横田　そんなことがあるのですか。それにしても、フェノロサは日本文化を守ってくれた大恩人とも言えますよね。しかし、本当に日本人として情けないですね。

執行　初代文部大臣の**森有礼**《ありのり》などは、薩摩出身の武士のくせに西洋かぶれもいいところで、仏教も神道もいらない、キリスト教を国教にして、国語も英語にしようとまで真面目に言っていたのですよ。そのせいもあって、国粋主義者に暗殺されるのですが。あれは、暗殺されなかったら本当になっていたかもしれないのです。いま思っても身震いしますね。

横田　廃仏毀釈の嵐が吹き荒れる中、禅宗は割に強かったのです。お堂などの建物とか仏像

「廃仏毀釈」　仏教を廃し、釈迦の教えを棄却するという意味の神道国教化政策による仏教の排斥運動のこと。仏堂・仏具・仏像の破壊が全国で行なわれた。　**興福寺**　奈良県にある法相宗の大本山。藤原氏の氏寺。藤原鎌足の死後に妻の鏡王女が建てた山階寺が始まり。平安時代には大荘園領主として権力を振るった。世界遺産。　**アーネスト・フェノロサ（一八五三〜一九〇八）**　アメリカの東洋美術史家・哲学者。来日後、東大で哲学を教えながら、日本美術を研究。岡倉天心とともに東京美術学校（現・東京藝術大学）を創設した。ボストン美術館東洋部長。　**ハーバード大学**　アメリカ・マサチューセッツ州にある私立大学。一六三六年に創立されたアメリカ最古の大学。ルーズベルト、ケネディ、ブッシュ、オバマなど歴代大統領、学術界、経済界の大人物を輩出。　**ヘンリー・フィンク（一八五四〜一九二六）**　アメリカの社会・音楽批評家。ハーバード大学で哲学、古典、音楽を学び、社会評論とワーグナーの音楽とその理論を広めた。執行草舟の祖父・執行弘道と深い交流を持った。　**森有礼（一八四七〜八九）**　明治政府の初代文部大臣。一橋大学の創設者。伊藤博文内閣の文相を務め、学校令を交付、学制改革を行なう。国家主義教育を推進するも、刺客に襲われ暗殺される。

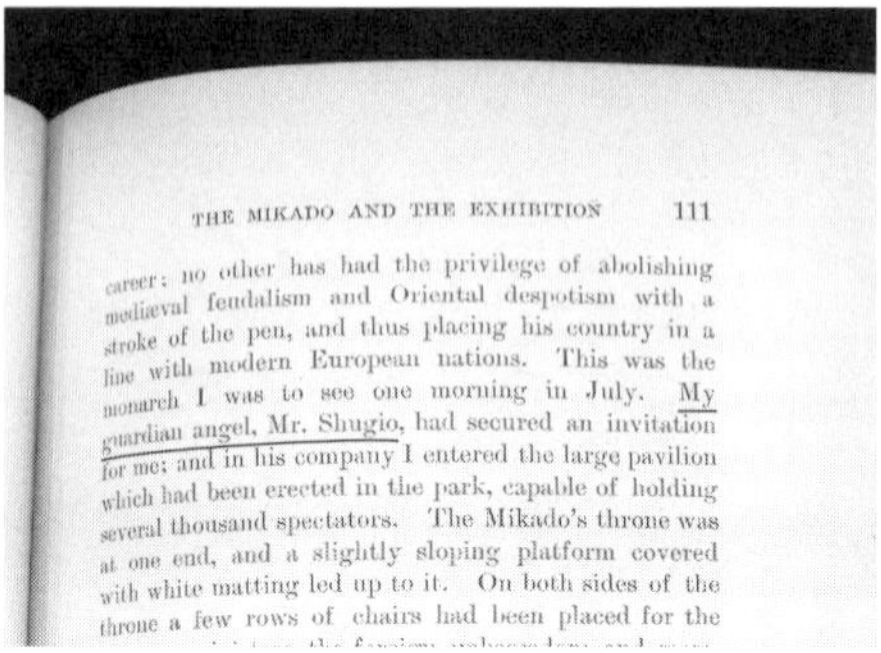
THE MIKADO AND THE EXHIBITION 111

career: no other has had the privilege of abolishing mediæval feudalism and Oriental despotism with a stroke of the pen, and thus placing his country in a line with modern European nations. This was the monarch I was to see one morning in July. My guardian angel, Mr. Shugio, had secured an invitation for me; and in his company I entered the large pavilion which had been erected in the park, capable of holding several thousand spectators. The Mikado's throne was at one end, and a slightly sloping platform covered with white matting led up to it. On both sides of the throne a few rows of chairs had been placed for the

執行弘道のことを「私の守護天使」と述べた頁（“LOTOS-TIME IN JAPAN” ヘンリー・フィンク著より）（執行草舟蔵）

や経典といった形のあるものを拠りどころとせず、「坐禅」を拠りどころとしていますから。

執行　坐れるところがあればいいわけですからね（笑）。

横田　だから、意外と平気でした。それから、先ほど福澤諭吉の話が出たので触れておきたいのですが、福澤諭吉は宗教家をそれほど尊敬していませんでした。

執行　無神論者ですからね。僕も人間としてはあまり好きではありません。あの行き過ぎた合理主義が鼻につきます。ただその人が「痩せ我慢」の効用を言っているから逆に面白いんです。

横田　ただ例外として、釈宗演老師のことは認めており、宗演老師の話だけはちゃんと神妙に聞いていたそうです。

執行　福澤諭吉は釈宗演さんのような禅僧を武士道でとらえていますから、無神論者であっても何人かの禅僧のことは尊敬していますね。釈宗演の書も僕は集めていますよ。禅僧だが神道的で細さの中に男性的で力強いものがあります。僕は円覚寺の禅僧の書には神道的なものを感じる人が多いですね。つまり武士道的でもあるわけです。やはり「電光影裏春風を斬る」

の無学祖元と、武士道の本源を体現する北条時宗の霊魂が貫徹しているとしか思えませんね。

釈宗演老師が放った「逆転の発想」

横田　今年は釈宗演老師が遷化《せんげ》されて百年にあたるため、円覚寺でも百年遠忌《おんき》を行ないます。宗演老師は二十歳のときに円覚寺にて今北洪川老師のもとで修行をするのですが、洪川老師をして「将来龍となるような人物」とまで言わしめるほど頭角を現わし、二十五歳の若さで**嗣法**《しほう》され、老師となられます。そして三十四歳で円覚寺の管長になります。

執行　横田管長も若くして老師になられ、管長就任も早かったと聞いていますが。

横田　いえいえ、私が師家（老師）になったのは三十五歳で、管長になったのが四十六歳ですから、宗演老師の足元にも及びません。

さて、宗演老師は老師になって二年目の明治十八（一八八五）年に福澤諭吉の慶應義塾に学びに行きます。師匠の洪川老師は漢学者ですから、西洋の学問を学ぶことに猛反対するのですが、宗演老師は自らの意志を曲げず、英語をはじめ西洋文化を吸収する。それだけでは満足せずに、二十九歳のときに仏教の原点を見たいと考え、**セイロン**（現・スリランカ）に向かいます。

嗣法　法統を受け継ぐこと、弟子が師の法を引き継ぐこと。特に禅家で言われる。

ところが、仏教国という憧れを抱いていたセイロンはイギリスの植民地になっていた。そこで独立国ではないということがどれだけ悲惨なものであるか、人民が疲弊している様子を目の当たりにします。しかも、セイロンに行く途中、船の中で露骨な人種差別を受ける。お金がないので甲板で寝起きするのですが、東洋人ということで水や食べ物ももらえない。中国（当時は清）は**アヘン戦争**の後で、国家の体をなしていない。このままでは日本もどうなるかわからないという危機意識を持った宗演老師は三十一歳で帰国します。

帰国した宗演老師は、仏教こそ日本が世界の大国に飲み込まれない力になると考えました。ただし、当時は廃仏毀釈もあって日本国自体が仏教を馬鹿にしている。それを宗演老師は逆手に取るのです。三十四歳で円覚寺の管長になったあくる年、シカゴで**万国宗教大会**が開催されます。その会はキリスト教のすばらしさを証明するのが目的ですから、日本の仏教界はそれに参加することに否定的でした。しかし、釈宗演はそれこそ好機だととらえます。欧米の人に仏教の良さを伝えて、仏教の価値を認めさせれば、日本人も忘れていた仏教の価値に目覚めるはずだと、宗演老師は「逆転の発想」をしたのです。

宗演老師の読みは当たり、宗演老師の講演を聴いた**ポール・ケーラス**が感銘を受けます。ケーラスは出版社を経営しており、中国古典を英訳できる優秀な若者を派遣してほしいと宗演老師に頼むのです。

そこで宗演老師が白羽の矢を立てたのがあの仏教学者として有名な**鈴木大拙**《だいせつ》先生です。大拙先生は明治三十（一八九七）年、二十七歳のときに渡米し、ケーラスの出版社で働きます。そして帰国までの十余年のあいだに、『**大乗起信論**』の英訳や『**大乗仏教概論**』など、禅についての著作を何冊も英語で著わし、禅文化ならびに仏教文化を海外に広く知らしめます。

執行　ケーラスは『**悪魔の歴史**』が有名ですね。「悪があるからこそ、善は善なのであり、悪があるがゆえに、神はあるのだ」と言っている。それにしても鈴木大拙の功績は実に大きい。大拙は英語で執筆し、仏教文化を広めたことで有名です。しかし、僕が岩波書店の鈴木大拙全集を読破してさらに驚いたのは、自身が確立した仏教理論そのものも途轍もなくユニークで偉大なものだということでした。

横田　大拙先生の知識は本当に広く深かった。この大拙先生の功績により、欧米に仏教の正

セイロン　スリランカの旧称。インド半島南東、インド洋にある島国。　**アヘン戦争**　一八四〇～四二年に起こった清国とイギリスとの間のアヘン輸入禁止を巡って起きた戦争。清国は敗北し、南京条約によって香港を割譲、広東・上海など五港を開港した。　**万国宗教大会**　一八九三年に開かれたシカゴ万国宗教会議のことで、釈宗演が日本仏教の代表として演説を行なった。これを契機に鈴木大拙の「ZEN」の世界的波及に続いていった。　**ポール・ケーラス（一八五二～一九一九）**　作家、宗教研究者。ストラスブルク大学で哲学博士号を取得。思想的弾圧を受け、ドイツからアメリカに移住し出版社を設立。ラッセル、ポアンカレといった欧米の思想、また仏教思想に傾倒。鈴木大拙がケーラスの出版社から著作を多数出版。　**鈴木大拙（一八七〇～一九六六）**　明治～昭和期の仏教学者。釈宗演のもとで修行、特に禅の思想、研究・普及に努めた。禅についての著作を英語で著わし、日本の禅文化を海外に広く知らしめた。文化勲章受章。『禅と日本文化』『禅思想史』等。　**『大乗起信論』**　五～六世紀に成立した大乗仏教の論書で、大乗仏教の根本教義を理論と実践の両面から要約した書。　**『大乗仏教概論』**　鈴木大拙による英文著作の初作。大乗仏教を形而上学、思索の面と、教えに基づく実践面、また衆生辺土に至る道を説く。はじめて本格的に大乗仏教が西洋に紹介され、欧米に影響を与えた本。　**『悪魔の歴史』**　ポール・ケーラスによる「悪魔学」の古典。船木裕訳で青土社より一九九四年に出版されている。

しい知識が伝わり、日本人が自らの宗教を再評価するのです。先ほどのフェノロサの話ではありませんが、海外から評価を受けてはじめて自国の文化に目覚めるという奇妙な国民なんですね（笑）。いずれにせよ、世界に仏教を広めるきっかけをつくったのが宗演老師です。

明治三十六（一九〇三）年、宗演老師が四十五歳のとき、円覚寺と**建長寺**という二つの本山の管長を兼ねるという珍しいことが起きます。それだけ人望があったということでしょう。

釈宗演 書
「枯木裡龍吟」
（執行草舟蔵）

執行　そう思いますね。書から推察する宗演老師は実に典雅で教養があります。そして何よりも重要な野性がその字の奥に煌めいているのです。

日露戦争以後、何が狂ったのか

横田　翌年に日露戦争が勃発すると、宗演老師は従軍布教に行きます。これは私の持論であり、執行先生も同じお考えだと思いますが、日露までの戦いは自国を守るため、降りかかった火の粉を払うための防衛戦争です。宗演老師が従軍僧として兵隊を慰問されたことに対して、仏教が戦争に加担したと批判されることもあるのですが、私はやむをえないことであったと思います。宗演老師はアジアの国々が欧米列強によって植民地化されている現実を目の当たりにしていますから。

執行　そんな批判をする人間は、ただの馬鹿です。全く気に留める必要などありません。正しい歴史の勉強が足りないだけであり、なおかつ軽薄で傲慢だということですから。あの時代は帝国主義真っ盛りで、日本は自分の国を守るために必死でした。自国だけではありません。朝鮮や満州を西洋の侵略から守った。もちろん、その後に日本人自身が傲慢になったことはわかっていますが、それは後の話です。あの時点では西洋の植民地支配を本当に日本が体当たりで止めたのです。

横田　負けたら植民地になるという強烈な危機意識を持って戦っていた。しかし、運よく勝ってしまったことで驕りが出てきてしまったのは残念ですね。私は、日露までの軍人たちの気質と、日露以後の軍人たちの気質を比較検証すべきだと思います。

執行　日露戦争までの軍の司令官クラスは全部武士階級の出身であり、その教育を受けた人たちでした。江戸時代の武士の教育を受けているし、禅で精神を鍛えていた。

横田　満州軍総参謀長の**児玉源太郎**も第三軍司令官の乃木希典も、南天棒老師（中原鄧州）のもとで参禅しています。

建長寺　鎌倉にある臨済宗建長寺派の本山。山号は巨福山。開基は北条時頼、開山は大覚禅師による。鎌倉五山の一つ。国宝の梵鐘等文化財も所蔵。　**児玉源太郎**（一八五二～一九〇六）　明治期の陸軍軍人（大将）。台湾総督・内務大臣。日露戦争時の満州軍総参謀長。陸軍大学校の校長でもあり、メッケルの弟子としてドイツの軍制を導入した。戦功により子爵となり、没後は伯爵となった。

執行　やはり武士道が失われたから、昭和の陸海軍はおかしくなった。士官学校や兵学校を出ないと偉くなれないという、机上の教育だけで評価する人事システムに頼りきった。日露戦争までの司令官クラスはみんな武士でしたが、日露以降の司令官は勉強が出来るエリート官僚ばかりになってしまった。だから祖国防衛戦争から侵略戦争に向かってしまい、国の舵《かじ》取りを間違えたのです。

横田　そうです。どこで何が狂ったのか、もう一度本当に見直さないといけません。いまは戦争は全て悪いという風潮ですが、日露戦争で負けていたら、いまの日本はないですよね。勝ったのは日本の誇りです。しかし、その後どうして調子に乗ってしまったのかをきちんと検証してほしいのです。

執行　大正デモクラシーの「狂乱」と第一次世界大戦で「漁夫の利」を占めて、苦労せずに大儲けをしたのが特に悪かった。大正期の日本人の精神的堕落は目に余るものがあります。そして背伸びしてしまった。西洋の国と同等か、それ以上になりたいと思ったようです。それもつまらない物質至上主義のコンプレックスからですよ。つまり、比較の発想です。自国の価値をよく見極める眼を持っていなかった。

横田　もっと、もっと、という悪しき思想ですね。そして自分たちの力を過信してしまった。その分析力の甘さと弱さ。先見性もなかったということですね。

執行　そういうことです。自分の中から生まれた思想だけが深い洞察を可能にします。つまり伝統に根差した精神ですね。比較の発想は、考えれば考えるほど、また努力すればするほど馬鹿げた無能力に陥っていくと決まっているのです。これは「人間学」の根本ですね。そんなことも忘れてしまった。その辺は、悲しいですが島国のお山の大将なのだと思います。

横田　日露戦争のとき、日本はすばらしい外交力を発揮していますよね。日露戦争の開戦を決定した御前会議を終えた**伊藤博文**は、官邸に帰ると、腹心の**金子堅太郎**を呼んで、すぐにアメリカへ向かい、金子とハーバード大学の同窓で親友の**セオドア・ルーズベルト**大統領に和平調停をお願いするよう指示します。金子の尽力で、ルーズベルト大統領はポーツマス会議の仲介役としてひと肌脱いでくれ、しかも暗礁に乗り上げた講和条件の落としどころを日本に伝え、何とか日本が勝った状態でロシアとの戦争を終結することが出来ました。

執行　戦う前から戦争の終わらせ方を考えているから、科学的なんです。武士道というのは、長い歴史を持つ思想ですからすごく科学的なのです。その辺をみんな誤解しています。ただ、その科学的なものを最後に乗り越えて、もっと高い価値を志向するところまで来ていた思想なのです。それが、身を捨てることです。そこだけを見るから武士道の思想を間違えてしまうのです。

伊藤博文（一八四一～一九〇九）　明治時代の指導的政治家、初代内閣総理大臣。日露開戦時の枢密院議長。はじめ松下村塾に学び、尊王攘夷運動に参加。明治憲法立案に当たる。　**金子堅太郎**（一八五三～一九四二）　明治政府の司法大臣・農商務大臣。貴族院議員。日本帝国憲法の起草に参画。日露戦争中、アメリカに派遣され講和に貢献した。枢密顧問官も務める。　**セオドア・ルーズベルト**（一八五八～一九一九）　アメリカ合衆国第二六代大統領。共和党。パナマ運河建設、ラテンアメリカ諸国への干渉を積極的に行なった。日露戦争講和を斡旋。ノーベル平和賞受賞。

横田　ところが、日中戦争も**太平洋戦争**も向こう見ずというか。
執行　あれは神がかりです。
横田　神がかりでは困るのです。それは戦争の戦い方ではありません。
執行　日本軍がダメになっていった経緯ははっきりしています。近代化のやり方を間違えただけです。科学を軽視し、欧米の産業力を見誤った。特にアメリカの国力を侮《あなど》った。そして近代化で劣った部分を精神力で補おうとした。そんな負け犬の精神力などダメに決まっています。だから、その精神力も飲まず食わずで、かつ弾がなくても戦うという全く武士道とは関係ない幼稚で馬鹿げた精神力です。昔の武士なら、あんな馬鹿な命令に従う人はいません。たとえば楠木正成の戦法を見てください。全て理にかなっている。先の戦争は、神がかりが破綻しただけです。

特攻とは何だったのか

横田　戦後は、過度な精神主義の反動から、極端な物質主義に走ってしまいました。でも、精神の構造は同じで、同じ過ちを犯しているのではないでしょうか。それを見直さなければ。たとえば、私は元自衛隊の空将だった**美濃部正**という戦時中は海軍少佐だった人を高く評価しています。美濃部さんについて書かれた本をぜひ若い人に読んでほしいと思います。なぜなら、当時の美濃部少佐は、二十九歳という若さでパイロットを育てつつ、部隊を指揮してアメリカ軍と戦うという重責を担っていたからです。

太平洋戦争末期の一九四五年二月、アメリカ軍が沖縄を攻撃すると予測される中で、千葉県の木更津基地で連合艦隊司令部の作戦会議が開かれます。そのとき首席参謀より、「敵沖縄進行の迎撃戦は、全軍特攻」の命令が出ます。これに対して、列席した将官八十余名の誰も異議を申し出ない。そこで、末席に座る美濃部少佐が異議を唱えます。

「いまの若い搭乗員の中に死を恐れる者はおりません。ただ、一命を賭して国に殉ずるには、それだけの成算と意義が要ります。死にがいのある戦果を上げたいのは当然。精神力一点張りの空《から》念仏では心から勇んでたつことはできません。同じ死ぬなら、確算ある手段を立てていただきたい」（美濃部正『復刻版　大正っ子の太平洋戦記』方丈社より）と。

美濃部正

そして、「劣速の練習機が何千機進撃しようとも、**グラマン**にバッタのごとく撃墜される。嘘だと思うなら、ここにいる皆さんが乗って帝都（東京）に進入してみてほしい。私が零戦一機で全部、撃

太平洋戦争　第二次世界大戦の中でも、アジア・太平洋地域で行なわれた、日本と連合国である米・英・蘭・中との戦争。一九四一年の真珠湾攻撃から勃発、広島・長崎への原爆投下とソ連参戦による日本の敗戦で幕を閉じた。　**美濃部正（一九一五〜九七）**　旧日本海軍のパイロット・少佐。芙蓉部隊の創設者。特攻作戦を行なわずして勝つ戦略を最後まで模索した。元航空自衛隊空将。

ち落としてみせる」と啖呵《たんか》を切ったうえで、夜間攻撃こそ合理的な戦闘法だと説いたのです。それは抗命罪に問われ、死罪になることも覚悟のうえでの発言でした。しかし、美濃部少佐の凄まじい熱意に押された司令部は、美濃部少佐率いる部隊を特攻編成から除外し、夜襲専門の部隊にします。その結果、「特攻を行なわない卑怯者」などと揶揄されながらも、部隊は次々と戦果を上げるとともに、損害も軽微だったため、美濃部少佐の作戦が正しかったことが証明されたのです。

その美濃部さんは、戦後かなり経ってから、特攻に命を捧げた若者の尊さと、愚かな作戦を編み出した上層部の責任を一緒にして論じてはいけないと明確に言っています。私もその通りだと思いますね。

執行　僕もそう思いますね。特攻作戦は馬鹿げているが、その作戦に従事した将兵の愛国心と熱誠は最も尊いものです。

横田　何もかもいいとか、何もかもダメとかというのではなくて、どこで間違ったのか、どこで行き違ったのかをきちんと検証することが、いまの日本の課題ではないかと思うのです。

執行　それがいちばん難しいことです。自分の身を捨てる武士道的精神がなければ出来ません。いまの日本にはそれがない。だから出来ないと思います。それが出来ないいちばん大きな理由は、やっぱり損得なんですよ。損得勘定を乗り越えられないと、歴史も正しい見方が出来ません。なぜなら、これは日本だけではないのですが、間違いというのは全て、得をしたくて起きているからです。つまり、間違いを精査するには、逆に損の道に戻っていかなければいけない。正しい道に戻ったら、多分、我々の国はいまよりもずっと貧しい状態になります。それを我々自身が、自己の責任として我慢しなければ出来ないのです。それはわかっている。だから、非常に難しいのです。もちろん、いまの日本人が大好きな「社会保障」もすっぱりとダメになります。

横田　難しいですね。損得で判断すると人間は間違いやすい。

執行　そうです。これは原発問題を考えるときも同じことですね。また個人でも同じです。自分の間違いがわかるということは、たとえばサラリーマンなら地位が下がることを意味していると思ったほうがいい。地位が下がってもいいと思わなければ、自分の間違いを認めてやり直すことは出来ません。みんな精一杯生きているのは確かですが、ある意味で全ての人の人生は「張り子の虎」なんです。だから、本当の自分らしさを取り戻すには、後退しなければいけない。後退してもいいと自分に言い聞かせないと、本当のものは見えないということです。

だから、出世したい、たくさん給料が欲しい、豊かな生活がしたいというのは、実はすごく怖いことなのです。幸福になりたいというのも怖いですよ。だから僕は不幸になっても全くかまわないと思っていたほうがいいと言っているのです。そもそも日本人は勤勉だというのは過去の話で、いまの日本人は勤勉ではありません。いまの日本人はそれも認めません。

グラマン　アメリカの航空機メーカー。第二次世界大戦中は多くの戦闘機を生産した。零戦の好敵手としてのＦ６Ｆヘルキャット戦闘機が有名。

禅は「わからぬがよろしい」

横田　働き方改革も困ったものですね。もっと働かないと日本はどうなってしまうのかと心配です。

執行　日本人はもうすでに能力も道徳心も優秀ではないことを認めないとダメなんです。働いてもいませんし。それに、知能程度も低いですよ。文学だろうが、国語力だろうが、英語力だろうが、全部ひと昔前よりも低いです。現在の生活は過去の勤勉だった日本人の遺産であることは間違いありません。

横田　もっと本を読むべきですね。

執行　本当にそうです。日本人は勤勉で、真面目で、世界的に知能レベルも高いと思っているようですが、いまは違います。それを認めないと先に進まない。たとえば禅の言葉なんかはほとんど難しくて意味がわからない。でもわからないものをいまの人はないものとしてしまうんです。わからないものに食らいついて、一生考え続けるという根気がない。

横田　禅の公案は悩ませるための言葉ですから、考えたくない人間は否定に走るのかもしれません。

執行　そうです。禅は難しければ難しいほど良いのです。僕は小学生のときに覚えた言葉で、いまでも悩み続けているものがいくつもあります。でも、それが僕の人生を創り支えてくれている。たとえば、「**裂古破今**《れっこはこん》」とかね。

横田　「いにしえをさいて　いまをやぶる」ですね。物事の「本質」を見極める眼を持つことの大切さを説いた言葉です。

執行　物事の本質に迫るには、身を捨てなければ出来ません。この言葉によって、僕は歴史の真髄に迫ったと思っているんです。もちろん、その本当の意味をいまでも考え続けています。また先に話題が出た「銀椀裏に雪を盛る」も永遠の課題です。

横田　『碧巌録』第十三則ですね。あるとき、一人の僧が巴陵和尚に問うた。「**如何**《いか》**なるか是れ提婆宗**《だいばしゅう》」。巴陵が答えた、「銀椀裏に雪を盛る」。見分けがつかないが同じものと判断してはいけないという、「裂古破今」と同じく本質を見る眼を持つことを説いています。

執行　たとえばこの二つの言葉は、僕なりに三十代、四十代、五十代と、それぞれ結論を出してきました。そのそれぞれの結論によって僕は生きてこられたと思っています。ただ、四十代の結論だったものは、五十代になると納得がいかない。また変わってくる。だから、答えがあってはいけないのです。そしていま、銀椀裏は僕に核物理学の新しい見方と思考法を授けてくれているのです。核融合の本質が肚に落ちた。禅語がいま、物理学の力を僕に与えてくれているんです。これは六十年近くも考え続けているからなのです。

横田　禅には答えがありません。

「裂古破今」『大川普濟和尚語録』。**「如何なるか是れ提婆宗」**『碧巌録』十三。

執行　だからいいのです。人間の無限成長を促します。そして魂の無限の進化を補助するのです。

横田　私もそうです。いまは『碧巌録』の講義をする立場になりましたが、今年はじめてわかったこととか、今日はじめてわかったことがあるのです。おそらくこれからもずっとあり続けると思うのですね。

山本玄峰老師の言葉で私が好きなのが、「九十を過ぎて何が楽しいかというと、日々心が開けてくることだ」というものです。そういう感動は、答えがあったら終わってしまう。答えがないから、あ、こういうことなのか、こういうことかもしれない、と新鮮なんですね。だから、禅は答えを教えないのです。

執行　だから、横田管長が携わった岩波書店の『禅林句集』が最高なんですよ。言葉だけで解説がない。自分で考えろという禅の本質を表わしています。

人間というのは弱い生き物ですから、禅語の意味や答えが書いてある本を見るとどうしてもそっちを見てしまう。自分で考えずに、意味を読んで答えらしきものを知ってしまう。でも『禅林句集』は答えがないから有難いんですよ。大人になってからは、禅の言葉は必ずこの本から引いて、正式の言葉で覚えるようにしています。

横田　先にも話が出ましたが、それはやはり足立大進老師の信念が岩波書店の編集長に伝わったからです。そこまで仰るのならば解説なしでやりましょうと言ってくれたんですね。

執行　だから僕も含めて、いまでも多くの愛読者を持っている本なのですね。

横田　解説をつけると読んでしまう。そうすると本質が見えない。それ以上、求めようとしなくなるわけです。

執行　どうしても、人間というのはそうなんですね。答えを知るともう考えない。そして、解説を覚えてしまうと、禅が教条主義になるのです。教条主義とは、事実や現実を無視して、原理・原則を杓子《しやくし》定規に適用する態度のことです。自分が理解する前に知識が入ると、その知識は必ず他人を裁く道具に使ってしまうのです。

横田　禅の公案も、歳を取るごとに本当に深まり、変わってきます。むしろ、それが楽しみになってきますね。

執行　特に六十歳を超えると変わってくる。僕も六十歳を超えたからわかったことがたくさんある。だから、還暦というのは意味がありますね。本当に六十年というのは人間の寿命にとって一期《いちご》なんだと思います。

現世で偉くなるのは危ない人生

横田　そう考えると、執行先生に叱られるかもしれませんけれども、三島由紀夫も六十歳まで生きてほしかったという思いがあります。そう思ってはダメなんでしょうか。

執行　思ってはダメなんです。あれはあれです。

横田　あれはあれですか。でも、玄峰老師は九十六歳まで生きられたのですが、「七十より

八十、八十より九十、九十より百、百より死んでから」と仰いました。事実、玄峰老師はいまでは高い評価を受けていますが、私の田舎では生前は誰もそんな偉い人だとは思っていなかったというのです。亡くなってから偉い人だとわかったというんですね。これが私はいいなと思うのですがね。

執行　それはもちろん最高です。その人生はうらやましいことは確かです。しかし、それは玄峰老師の人生だと僕は思うのです。三島由紀夫は四十五年の人生でまた最高だったのです。僕はどうなるのかわかりません。しかし、誰とも比較しません。僕の運命を生きるだけです。それが体当たりです。体当たりを最後まで続けられれば、僕の人生も最高です。そして、どちらにしても人間は死んでからが本体ですから、現世で偉くなるのは、基本的に危ない人生なのです。現世で報いを受けたら元々ダメなんです。僕も受けたくないけれども、受けてしまったものも少しあるので、悩んでいます（笑）。現世で受けてしまうと、死んでからマイナス要因になると僕は思っています。

キリスト教では「現世で報いを受けた人間は天国には入れない」と聖書にはっきり書いてあります。僕は別に強力なキリスト教徒ではありませんが、この言葉はその通りだと思っています。それは極端な表現ですが、言わんとしていることの意味は理解できます。やはり現世では報われないけれども、真実の人生を送った人が最も尊いのです。もちろん、現世で怠けていて報われない人は、さらにダメです（笑）。

僕は六十歳を超えてから、自分の安定とか安全を考えたり、自分の安楽や保身を図ったり、偉くなりたいとか報いを受けたいとか思う人間はダメだということが、はっきりわかるようになりました。二十代からそうでしたが、六十代になって確信になったということです。これは僕が思っているだけではなくて、ある意味で科学的なのです。報いは受けないほうがいい人生になるのは確かです。僕も会社を経営していてうまくいってしまっているので、ある程度の地位やお金を得たのですが、自分自身の人生観からすれば受け取り過ぎです。だから、これからどうやって捨てていこうかと考えています（笑）。

慈善事業は贖罪意識の偽善

横田　執行先生の考え方は、いま現役でバリバリ働いていらっしゃる方にはちょっと理解しづらいかもしれませんね（笑）。

執行　いや、現役で働いている方ほど理解しなければダメなんです。いま会社を経営されている方も、会社勤めの方も、公的な仕事をされている方も、そしてこの対談を読まれている読者も、みんなそうです。現世で報われようと思わず、とにかく目の前の仕事に体当たりでぶつかれば、いい人生になるのです。自分の生命力で自分の運命を切り拓くんですよ。

わかりづらいかもしれないので、いちばん正しいビジネス社会とは何かを説明しましょう。元々、日本やヨーロッパなどの古い文化圏では、商売をやっている人間が引退後に社会奉仕をしたり、慈善事業に尽くしたりする慣習はなかったのです。少なくとも十九世紀までは、ベニスや**リューベックの商人**とか五百年以上商人をやっている人を全部調べましたけれども、一人もいません。

なぜかというと、商売そのものが、地域とか人々のためにすでに尽くしているからなんです。これが重要なのです。元々、自分だけ儲けるのではなく、周りの人とか町に尽くすためにやるのが商売の本義でした。そのやり方が体当たりなのです。

ところが、アメリカが二十世紀に入ってから大量生産・大量消費という思想を確立して、アメリカ大陸をどんどん開拓していった。開拓にいちばん必要なのは大量輸送システムです。すなわち鉄道であり船であり自動車ですね。その原料は鉄です。それで一九〇一年に**USスティール**という製鉄会社が誕生する。これがアメリカで生まれた現代を生み出す初の「大企業」で、鉄の大量生産でボロ儲けします。

同じ頃、**フレデリック・テイラー**という技術者が「**科学的管理法**」という手法を考案し、これが生産現場に近代化をもたらすとともに、マネジメントの概念を確立するのです。「科学的管理法」とは、簡単に言えば、一日のノルマとなる仕事量を設定し、そのための作業を標準化し、その作業を管理するための最適な組織形態をつくることです。人間を部品にするということですね。これによりアメリカの製造業の生産性が飛躍的に向上したわけです。それで生まれたのが、世界一の守銭奴国家アメリカです。その結果、従来の世界とは、桁《けた》違いの金儲けをするようになった。

横田　なるほど（笑）。

執行　大規模な慈善事業は**ロックフェラー**や**カーネギー**が始めたアメリカ発のものです。事業が当たってさんざん儲けた後、死ぬ前に地獄に行くのが怖いから、貧しい人に施しを与えるなんて、アメリカ独自の思想なのです。なぜそんなことをするのか。悪いことをしたからです。

たとえば、ロックフェラーが**スタンダード・オイル社**をつくる過程で、自殺に追い込まれた経営者は二〇人もいると言われています。潰したライバル会社はその一〇倍と言われています。弱肉強食と言えばそれまでですが、そこまで非道なことをやって彼は大富豪に上りつめた。ロックフェ

対談後の二人（於　龍雲院）

リューベックの商人　バルト海に面する北ドイツの代表都市で、ハンザ同盟の盟主として繁栄を誇る。商人たちは、北海の特産品（ニシン、タラ、岩塩など）の交易を独占し、莫大な富を得た。**USスティール**　アメリカで最初の「大企業」。アメリカ最大の一大鉄鋼トラストで大企業時代を切り拓いた。**フレデリック・テイラー（一八五六〜一九一五）**　アメリカの技術者・経営学者。「科学的管理法の父」と呼ばれる。**「科学的管理法」**　フレデリック・テイラーが二十世紀初頭に提唱した労働管理の方法論。現代の経営学、経営管理論や生産管理論の基礎。**ジョン・D・ロックフェラー（一八三九〜一九三七）**　アメリカの実業家。スタンダード・オイル社を創業、石油市場を独占し、大富豪となる。慈善事業としてシカゴ大学やロックフェラー財団等を創設。**アンドリュー・カーネギー（一八三五〜一九一九）**　アメリカの実業家。カーネギー鉄鋼会社（後のUSスティール）を創業、大富豪となる。慈善事業としてカーネギーホールやカーネギー財団等を創設。**スタンダード・オイル社**　アメリカ合衆国の独占石油会社。ロックフェラー帝国の基盤であり、石油精製を独占する会社。

ラーに次ぐ大富豪がカーネギーですが、彼も弱肉強食の世界を戦い抜いて「鉄鋼王」と呼ばれるまでになったのです。
だから、彼らは自らの贖罪《しょくざい》のために慈善事業を始めたわけで、いまの人はその経緯を知らないから誤解しているだけです。そもそも慈善事業をやろうという気になること自体がダメなんです。日本の商人も明治までは慈善事業をした人はいません。三井、三菱、住友の財閥を見ても、そんな人はいない。基本的に商売は国や社会に尽くすもので、その見返りとして適正なお金が儲かる。歳を取ったら、お茶とかやりながら、死ぬまでのんびり暮らす。元々社会にさんざん尽くしてきているからです。
だから、経営者たるものは、国民とか地域とか関係者の幸福のために全精力を使えば、会社が発展するし、自分が身を引いたとしても、慈善事業をしようなどという気にならないような、本当に有意義な人生になるんですよ。

横田　それはいい話ですね。

執行　逆に言えば、国や社会に尽くすことが商売にならなければダメだということです。その思想が**石田梅岩**《ばいがん》の「**石門心学**《せきもんしんがく》」です。これは商売の武士道ですね。これはこの対談を企画したPHPの社員にも言いたい（笑）。それが僕の言う、「現世の報いを求めるな、死が本体だから」「現世は尽くせばいい、尽くすことが体当たりだ」という意味です。**松下幸之助**さんも同じことを言っていますよ。「従業員も資金も、すべて社会からの預かりもの」だってね。松下幸之助さんも「石門心学」です。

こんなことを言っては申し訳ないとは思いますが、松下幸之助さんの生きざまは僕に非常に近いと思います。「石門心学」ですからね。もちろん成功の桁が違いますが、考え方は近いです。幸之助さんの功績は、戦後日本の女性解放です。一日中家に縛られて家事や育児に追われていた主婦たちを、その重労働から解放するために、アイロンをはじめ洗濯機や炊飯器や冷蔵庫といった家電製品を次々と世に送り出した人です。本当に人々の役に立ったのです。その結果、成功者になっただけです。そして、それを確固たる思想を持ってやり遂げた。だから、幸之助さんはアメリカ的な慈善事業なんてやっていません。元々人の役に立つことをしようとして生きているのですから、何も晩年にまとめてやる必要はないわけです。「**松下政経塾**」は未来の日本を憂える憂国の思いからつくったわけで、贖罪なんて発想はありません。政経塾は、未来への希望なのです。生き切った人は、晩年に必ず未来への希望を持ちます。ただ、僕に言わせれば、成功がもっと小さければ松下幸之助さんの人生はもっと力強くすばらしく美しいものになったと思っています。いや、これは贅沢を言えばですが。

石田梅岩（一六八五〜一七四四）　江戸中期の思想家。石門心学の祖。商業活動の社会的意義を肯定し、尊厳性を究明するのに、武士道を基盤に置き、神・儒・仏教を用い封建制度を守りながらも、町人層にとって自由、清新な商業観を築き上げた。**「石門心学」**　石田梅岩の始めた心学で、日本的な武士道に基づいた商道を切り拓いた学問。**松下幸之助（一八九四〜一九八九）**　パナソニック、ＰＨＰ研究所、松下政経塾の創設者。家庭用の電気機器製作所から現在のパナソニックという大メーカーを築き上げた大実業家。代表作に『道をひらく』『商売心得帖』『人間を考える』等。**「松下政経塾」**　松下幸之助が指導者育成を目的として、一九七九年に設立した私塾。国会議員、企業経営者など政財界に多数の人材を輩出している。神奈川県にある全寮制の本部で、塾生たちが研究と実践を通して政治・経済の理念を学んでいる。

横田　うん、いいお話です。何か執行先生の思想がわかるような気がします。あっ、もう時間ですか。いや話に夢中になり過ぎました。今日は本当に有難うございました。非常に楽しかったです。

執行　それはこちらの言うことです。本当にどうも有難うございました。

第四部

絶点を目指せ

対談の行なわれた靖國神社について

明治２（1869）年６月29日、明治天皇の思し召しによって建てられた**東京招魂《しょうこん》社**が始まりで、明治12（1879）年に「靖國神社」と改称されて今日に至る。

明治７（1874）年１月27日、明治天皇がはじめて招魂社に参拝された折にお詠みになった「我國の為をつくせる人々の名もむさし野にとむる玉かき」の御製からも知ることが出来るように、国家のために尊い命を捧げられた人々の御霊を慰め、その事績を永く後世に伝えることを目的に創建された。「靖國」という社号も明治天皇の命名によるもので、「祖国を平安にする」「平和な国家を建設する」という願いが込められている。

現在、幕末の嘉永６（1853）年以降、明治維新、**戊辰《ぼしん》の役**、**西南の役**、**日清戦争**、**日露戦争**、**満州事変**、**支那事変**、**大東亜戦争**などの国難に際して、ひたすら「国安かれ」の一念のもと、国を守るために尊い生命を捧げられた二百四十六万六千余柱の方々の神霊が、身分や勲功、男女の別なく、全て祖国に殉じられた尊い神霊（靖國の大神）として斉《ひと》しく祀られている。

境内にある「**遊就館《ゆうしゅうかん》**」は、英霊たちの遺徳に触れ、学んでほしいとの願いを込めて明治15（1882）年に開館。また「靖國会館」には無料休憩所や会議等が出来るホールのほか、靖國神社の御祭神等、神道に関する資料や日本近代軍事史関係資料等、後世の研究のための資料約十三万余冊を収蔵する図書館「靖國偕行《かいこう》文庫」がある。

（編集部記載）対談日：2018年３月25日

東京招魂社　現在の靖國神社の旧称で、一八六九年創建時の名前。一八七九年に靖國神社と改称。**戊辰の役**　戊辰戦争のこと。一八六八年に勃発した、維新政府軍と旧幕府派とのあいだで行なわれた内戦。鳥羽・伏見の戦い、彰義隊の戦い、会津戦争、箱館戦争等も含む。**西南の役**　西南戦争のこと。一八七七年の明治維新政府に対する不平士族の最後の反乱。西郷隆盛が征韓論に敗れ官職を辞し帰郷した後に、鹿児島に設立した私学校の生徒が中心となり挙兵。政府軍に鎮圧され、西郷は郷里の城山で自刃した。**日清戦争**　一八九四年、朝鮮の支配権を巡って日本と清のあいだに起こった戦争。朝鮮の農民戦争に清が出兵したことを機に日本も出兵。平壌や黄海海戦で勝利を収めた日本は、翌年下関で講和条約を結んだ。**日露戦争**　一九〇四年に勃発した日本とロシアの戦争。満州・朝鮮の支配権を争った。旅順攻撃作戦、奉天会戦、日本海海戦で勝利を収めた日本は、アメリカの介在によりポーツマス講和条約をロシアと結んだ。**満州事変**　一九三一年、奉天郊外での柳条湖事件を契機に始まった、日本の中国東北部への侵略戦争のことをいう。翌年、満州国独立を宣言し熱河省を占領した。**支那事変**　日中戦争のことで、日本側が支那事変と呼んだ。一九三七年、盧溝橋事件を契機に日本が中国を侵略した。同年、日本は主な都市、鉄道の沿線を攻略するも、中国が重慶に遷都して戦いが長期戦化。太平洋戦争へ発展した。**大東亜戦争**　太平洋戦争の日本側の呼称。詳しくは、「太平洋戦争」注釈（二二五頁）参照のこと。**「遊就館」**　靖國神社境内に併設された同社祭神に関連する資料を集めた宝物遺品館。「御祭神の遺徳を尊び、また古来の武具などを展示する施設」として構想されたのがその始まり。

会場の様子（於 靖國会館）

この第四回の対談は、対談そのものが白熱化し、四回目を計画するに至って「鍵山教師塾」のリーダーとして活躍されている大谷育弘先生の強い希望により、靖國神社内の靖國会館で、「鍵山教師塾」をはじめ全国から集まられた方々のうち有志約一〇〇人を聴衆として、「公開対談」を行なったものである。従って、一〇〇人を前にしての大谷先生による司会挨拶から始まった。また対談後、本書発刊までに大谷先生はその立て役者となられた。（編集部記載）

――それでは、司会をさせて頂きます大谷です。よろしくお願いします。

今日は奇跡的な対談が、この靖國で実現しました。まず執行先生ですが、鍵山相談役が『**すぐに結果を求めない生き方**』（ＰＨＰ研究所）という本のまえがきで、執行先生の『「憧れ」の思想』を褒めちぎっています。膨大な読書をされている鍵山相談役が、いままで読んだ全ての本を合わせてもかなわない、その一冊が『「憧れ」の思想』だと、それほど中身の濃い内容だと絶賛されました。その執行先生です。拍手をお願いします。

執行　ご紹介に与《あずか》りました執行草舟です。元々たくさんの方の前でしゃべるのは苦手なので、いろいろと不調法《ぶちょうほう》もあると思いますけれども、僕の人生観として、とにかく死ぬまで全てのことに体当たりし、結果を考えることなく、それだけで生きるということを決めている人間なので、今日もそれでやりたいと思います。いろいろある、失礼なことに関しては見ないように聞かないようにしてください（笑）。良かったことだけを覚えて帰ってください。よろしくお願いします。

――次に、横田南嶺老師です。円覚寺の管長です。鍵山相談役がいまの仏教界において、横田管長の右に出る人はいないと言い切られています。鍵山相談役が最も仏教界で尊敬されている横田管長です。よろしくお願いします。

横田　皆さん、こんにちは。過分な紹介で恐縮しております。本人はもういたってその辺を歩いているただのお坊さんでございます。どうぞよろしくお願いいたします。

――今日、鍵山相談役が朝に来られて、体調が悪い中二十分も命を削ってお話をしてくださいました。その鍵山相談役がお二方を引き寄せられたと思うんですね。そこで最初は、お二方から鍵山相談役の印象というか、鍵山相談役に対してどういう思いであられるのかをうかがいたいと思います。

横田　先ほど、鍵山先生から私に対する過大なお言葉を頂きましたが、私自身は別段大したことはないんです。私がいつも公言してはばからないのは、私がいま現存している人にさまざ

『すぐに結果を求めない生き方』　二〇一七年、ＰＨＰ研究所より出版された、鍵山秀三郎氏の生き方、人生指南書。真の幸福を思索した一冊。

まお会いしてきた中で、最も尊敬しているのは鍵山秀三郎先生であると、こっちのほうは真実でございます。私はいつもそう思っているんでございます。その辺については、今日お集まりの皆様方のほうが、先生のすばらしさを十二分にご存知だと思います。

有難いことに、一昨年の暮れからＰＨＰさんの出版の企画で、鍵山先生との対談を本にしたいということで、五回にわたりましてお話をさせて頂きました。「魂を震わす三十六時間の対論」なんて謳い文句で、三十六時間ってＰＨＰさんがサバを読んでいるんじゃないかなと思ったのですが（笑）、いや、本当にそれぐらい話をさせて頂いたのでございます。

あの本を読んだ方が私に言いました。

「鍵山先生の言葉は体験から来ていてすばらしい。お前はちょっとしゃべり過ぎる。もう少しお前は聞き役に徹するべきだ」と。そんな厳しいお言葉を頂いたこともあるぐらいでございます。

その対談では、鍵山先生からさまざまな教えを聞かせて頂いて、私の人生においてすばらしいご褒美を頂いたなと、こう思っているんであります。

今日も不合理の話が多分出てくるでしょう。不合理を受け入れるという話があるんですね。私も、大きいというほどでもありませんが、一つの組織を預かっている立場です。いままでは自分が坐禅をすればよかったんですが、この頃はある程度の組織を預かっていますから、実に不合理なことは山ほどあります。もうやってられるかいなと思うようなことはいっぱいあるんです。

でも、人間はそんな嫌な思い、辛い思いをすると、必ずその後に何かいいご褒美が与えられると、私はそう思いました。鍵山先生との対談の相手に選んで頂いて、皆さんもうらやましいと思うでしょう。鍵山先生と一対一で三十六時間もお話を聞けるんですよ。しかも、本を出すためにやりますから、授業料を払わなくていいわけなんで（笑）、こんな有難いことはない。自分の一生涯を振り返るにはまだ早いんですけれども、おそらく人生の中で大きなご褒美を頂いたなと思っているんであります。

本当は、今日も午前中から皆さんと一緒にお掃除をして、鍵山先生にお目にかかりたいと思っていたんですけれども、いかんせん、こういう日曜日で、本職をおろそかにしては生活が出来ませんので（笑）、午前中は一つの法要を務めて、ようやく先ほど参ったところでございます。

鍵山先生との次に有難いのは執行先生との出会いでありまして、これもここ三回ほどＰＨＰさんのおかげで、さまざまな話を聞かせて頂いております。あらかじめ言っておきます。覚悟して聞いてください（笑）。あっと驚くようなことを執行先生は平気で言われますから。「毒」なんですね、「毒の思想」でございます。どうぞ「毒」に当たらないようにしてください（笑）。いや、当たったほうがいいですかね。当たったほうがいいのかもしれませんが、注意をして頂きたいと思います。

執行　いやぁ、そのように褒められると何だか嬉しいです。少し照れちゃいますね（笑）。鍵山先生のことを話したいと思います。僕は鍵山先生を何冊かの著書を通じて元々知っており、人間として最も尊敬していたお一人なんです。僕はまだお会いしたことがないのですけれども、顔写真を見たとき、すばらしい顔だと思った。**バートン・ホームズ**というアメリカ人の写真家が、日露戦争の乃木第三軍の従軍地で、日本軍の兵士の顔をたくさん撮っているんですけれども、当時の日本軍の兵士の顔は、現代の日本人の顔とは違います、もうすばらしい顔ですよ。あの顔を見ているだけで涙が出ます。純粋で精悍《せいかん》です。僕が鍵山先生の顔写真を見たときに思ったのは、あの日露戦争の日本軍の、国に命を捧げようとしている兵士たちの顔、それもバートン・ホームズが撮ったその写真そのものだと思ったのです。それと同じものを鍵山先生に感じました。顔がそうなんだから精神もそういう方だろうとずっと思っていましたね。何か日本人の原点を示すような顔です。古い誠《まこと》が体内に渦巻いている人です。とにかく男らしい顔です。

バートン・ホームズ撮影による日露戦争時の日本兵

そうしましたら、鍵山先生が僕の著作をいたく気に入ってくださり、過分なまでに褒めてくださったので、これはもう感動なんてものじゃないですね。やっぱり自分が元々尊敬していた人が自分の書いたものに目を留めてくれたということは、書いた人間としては最大の喜びですからね。まさに書き甲斐を強く感じますよ。

本を書く人間はみんな同じだと思いますけれ

ども、願いや思いをともにする人間が共感してくれることと、後に続く人間たちに何か精神的ないい影響を少しでも与えることが出来たらいいということ、そういう思いだけで書いていると思います。その意味でも鍵山先生があそこまで僕の本に共感してくださったというのは、もう本当に嬉しいですね。そこからまた新しいご縁が出来て、横田管長と知り合ったのも鍵山先生とのご縁ですからね。

横田管長の本もそれから読ませて頂いて、僕は元々禅は大好きなんですが、禅匠としてものすごく尊敬できる方で、その方と鍵山先生とのご縁で対談が出来るということに、本当に喜びを感じています。

僕はキリスト教の学校である立教で小学校から大学までの一貫教育を受けたので、キリスト教に非常に親しいんですけれども、仏教の中では禅が群を抜いて好きなんですね。禅の中に原始キリスト教的な野蛮性を感じているんです。歴史的に尊敬している禅匠はたくさんいますが、現代ではやはり横田南嶺老師がいちばんです。そういう方と今日も対談できるということに何よりも喜びを感じています。これも全部、鍵山先生のおかげだと思って、その恩にこれからどう報いるか、そこのところが僕も弱いんで、何かこれから考えてやろうと思っていますから、皆さんもそこはぜひ応援してください。よろしくお願いします。

バートン・ホームズ（一八七〇〜一九五八）　アメリカの写真家・映像作家・旅行ドキュメンタリー制作者。インド、日本、ロシア、エチオピアなど世界各地を旅し、その記録を写真、映像、随筆などに残した。

――有難うございました。やはり鍵山相談役が今回の公開対談をいちばん喜んでおられるのではないかなと思います。

では、本題に入りたいと思います。

進化思想とは何か

執行　先ほど対談前に、控え室で横田管長と話をさせて頂いていたのですが、管長が「進化思想」というものに大変な興味を持たれていることがわかりました。進化思想は、現代を究明するためにも大変重要な思想になると私も思っていましたので、その人類の近代思想とは何なのかというようなところから話を始めさせて頂きます。

いま現代社会で起きている多くの問題は、進化思想をとらえ間違えたことによって起きていると僕は思っています。その根本は、誰もがご存知の**ダーウィン**が『**種の起源**』で唱えた進化論、人間はサルから進化してきたのではないかという説です。それがいま世界を覆っており、その勘違いによって現代の紛争問題や環境問題そして核の問題までが、終末論的な袋小路に追い込まれているように見えます。そして僕は、それらの全てに進化思想が関わっていると考えているのです。

もちろんダーウィン以前も、人間の進化の思想はあったのですが、進化というものは魂だけの問題だったのです。だから人間の進化の問題を扱ってきたのは、それまでは世界の精神的な指導者であった偉大な宗教家たちだった。宗教家ももちろん間違う場合がありますが、宗教家が唱えた進化思想では人類の破滅につながるものはありませんでした。宗教家が説いた進化思想は、人間は宇宙の本質である神から創られたというものだからです。だから人間は神を目指して、魂の無限成長をしていかなければならないというものだったのです。ところが、ルネサンス以来、科学が発達するにつれ、生命はアメーバから生まれ、アメーバがサルになって、サルから類人猿になってだんだんと人間になってきたという説が出てきた。これを信じたことで人間の本当の価値が失われてしまったのです。

そもそも、我々人間の真の価値は精神にあります。精神の根源すなわち魂が人間の本質であって、肉体は魂が仮に住まう場所に過ぎない。ですから、肉体に関しては元々人間もチンパンジーも変わらない。しかし、チンパンジーには精神を生み出す魂は入らなかった。人間になった動物にだけ「崇高を目指す魂」が入ることによって、人間が生まれた。ところが、ダーウィンの進化思想によって、肉体が変化してきた過程が人類の進化だと勘違いしてしまったのです。

進化を物質や肉体だけととらえると、人間そのものが神の代わりになってしまう恐れがあります。物質的に人間は何をしてもいいという思い上がりが生まれるのです。つまり物質的にも

チャールズ・ダーウィン（一八〇九〜八二）　イギリスの自然科学者・地質学者・生物学者。進化論を提唱。世界一周航海に加わり、動植物や地質を調査して、生物進化に対し確信を持つに至った。代表作『種の起源』。　**『種の起源』**　ダーウィンの記した進化論の最も重要な古典。自然淘汰によって適者が生存し、それが繰り返されて生物が進化すると唱えた。

我々は神に近づいていると勝手に自分たちで思い込んでしまう考え方なのです。それが現代です。一方、魂こそ人間だとすれば、その根源はあくまでも神であり、神に向かってその魂は無限に進化していかなければいけないのです。しかし、肉体は永遠に神になれないことは誰にでもわかります。その進化は循環思想といって、宇宙すなわち神の一部だったのです。つまり、我々人類はあくまでも神から創られた存在であることが根源にあります。それがわかっている限りは、どこまで進化してもいい。魂の進化とは何かと言えば、人間が宇宙の故郷（神）を求めていくことです。その過程は苦悩やあがきが伴う。それが人間の真実だと思っています。魂の進化のために苦しみ続けるのが真の人間の姿なのです。そして、我々が人間であることの生命的な使命であると僕は考えているのです。

横田　確かに、いまは進化思想の影響が強くて物質的により大きく、より強く、どこまでも成長していくという時代になっていますね。たとえば、アメリカなどはそうでありましょう。日本人も明治のはじめ頃までは執行先生の言われる循環思想の考えを持っていたと思いますが、西洋列強の強さを目の当たりにしたことで、最初は自衛のために戦わざるを得なかったのが、だんだん力をつけるうちに、より強く、より広く、より大きくという考えに走っていったような気がします。進化思想に影響され過ぎたというか。

そこで、執行先生の本に出てくる鼻の高さの話を思い出したのです。これがやはり近代思想の大きな特徴なのでしょうね。

執行　アメーバから小動物に、それからサルになって人間になったという肉体の変化が進化というならば、鼻が高いほどサルから離れるという理屈が成り立つ。西洋人は鼻が高いから、人類の中で最も進化した存在というわけです。確かにサルが先祖だとすれば、その理屈にも一理あります。全くアジア・アフリカを植民地化していく帝国主義時代のヨーロッパ人にはこんなに都合のいい思想はなかった。自分たちは遅れた東洋人社会を教え導くのであって収奪ではないということになってしまった。しかし、人間の祖先は神なのです。神とは、宇宙の根源的エネルギーです。我々の魂は宇宙の根源のエネルギーから直接に生まれたということがわかると、本当の人間の価値がわかります。

そもそも肉体は、ただの地球の物質であり環境によってどんどん変化していきます。太陽光線が強いところに何十万年も住めば肌が黒くなるし、モンゴル高原に住んでいれば、我々のような砂と寒風に強いモンゴロイドの顔になってくる。鼻が低いのはモンゴルの環境に適応してきたがためであって、魂や能力とは全く関係ないのです。

横田　しかし、先ほど先生が仰ったように鼻の高い白人は、鼻の低い遅れた黄色人種や肌の黒い有色人種からいくら搾取しても当然だという考えになってしまった。それが進化思想の根底というか、行き着いたところでありましょうか。また、日本もいまだに強いもの、大きいものの、丈夫なものがいいのだと、アメリカの後を追い続けている。その果てが、原子力にまで頼ることになってしまった。原子力は人間の力で収束できません。循環することも出来ないのに、それが最も強きものになってしまった。

執行　人間の持つ物質的なものや肉体が進化思想の対象ならば、人間のやることは発展していけば神になるということになります。いまや、間違った進化思想によってすでに自分たちを神と勘違いするところまで人間の物質文明は来てしまったのです。そして神であるなら何をしてもいいことになる。特に西洋では十四世紀にルネサンスが始まり、文明の無限発展こそが善となり、その思想の行き着いた先が原子力や生命の操作です。原子爆弾なんて、人間こそ神だと思わなければ絶対に生まれません。人間には生命保存本能がありますから、自分を抹殺してしまう武器は本来なら作らない。なぜ作ったかというと、我々自身が神に等しいと錯覚したからです。だから、我々の文明は間違うことはないと思ったのです。そこにダーウィン的進化思想の間違いがあるのです。

「怨親平等」と日本文明

執行　そういう西洋的文明に比して、我々は古くから循環思想を大切にしていた。その最たる考え方の一つに「**怨親平等**《おんしんびょうどう》」があります。怨《うら》みと親しみが平等、同じだということです。これが東洋、特に日本人の最も重大な考えで、西洋との最大の違いです。

怨むことと親しむことが同じ価値なんてすばらしいじゃないですか。これが進化思想になると、魂の問題ではなく我々人間の物質的存在が、レベルの低い段階からだんだん神に近づいていくと思っています。だから怨親平等のような考え方に対しても、物質主義を適用して怨みがだんだん進化して親しみになると考えてしまう。その結果親しみのほうが程度が高いと位置づけるようになってしまうのです。この二つの価値が還元的に無限循環しているという宇宙的・生命的意味を忘れてしまうのです。そして同じように、人を憎むより愛するほうが程度が高いと考えるから、人間の最終形は全ての人を愛するレベルになれると信じている。西洋文明の影響を受けたいまの日本人もそう思っています。

しかし、人を愛するには怨みもなければ出来ません。人間が人間である限り、怨みと親しみは一つのものの裏表なんですね。そこがわからないとダメなんです。この二つは交互に、「禍福はあざなえる縄のごとし」という諺の通りに、入れ代わり立ち代わりやってくる。永遠にそれが循環するのが人生であり、我々が人を愛せるのも人を憎むのも同じエネルギーによって行なわれているということなのです。したがって、怨みの強い人は親しみも強い。人を嫌う人は、愛する力も強いのです。そのほんのちょっとした違いが人生を大きく変えていく。そのことを本当の意味で体感させることが真のしつけや教育だと僕は思っています。だから、昔よく言われたように子どもの頃は悪いこともさんざんさせなければダメなんです。要は自分でその塩梅《あんばい》を会得させなければならない。これが重要な考えで、進化思想でとらえると理解できません。

横田　同感ですね。怨親平等は仏教の最も深い考え方の一つでもあります。それが東洋では生活に滲《し》み込んでいる。

「怨親平等」　仏教用語。敵を憎まず、味方をひいきせず両者を平等に扱うこと。「昨日の敵は今日の友」の思想。

執行　そうです。いま一つ、進化思想の間違いの例を挙げると、いまの日本の教育は、いじめを完全になくそうとしています。いじめが起きるのは、さっきの一つのものの裏表ということに関して子どものバランス感覚の程度がまだ低いからであって、たくさん失敗してたくさん自分も痛い目に遭わなければその感覚は会得できないのです。そして自分自身でバランスを会得して大人になり、いじめをすることのない自分となっていくことが大切なんです。いじめを完全になくそうとする考え方が進化思想の毒であり、間違ったいじめ対策しか出てこない原因になっている。

もちろん、いじめは良くないですよ。良くないことがなぜ起こるのか。親や教師が子どもを叱らなくなったからです。昔は、悪いことをすれば親や教師から怒られた。怒られるどころか殴られた。それが大切なんです。怒られて殴られた経験を持つ子どもが、人を助けることも出来るようになる。それが「怨親平等」で、人生の真理なのです。

「怨親平等」は日本文明の根本です。仏教を支えている基礎であり、本当はキリスト教にもこの思想があるのですが、ルネサンスの頃から間違えてしまった。日本ではルネサンスが起こらなかったから程度が低いと西洋人はとらえていますが、とんでもないことです。ルネサンスがなかったから、いまでも古い考えのまま、人間には悪いところもいいところもあって、悪いところがあるからいいところも出てくるという真理がわかっている。善と悪は別のものであって対立するという西洋的な二元論ではなく、善と悪は入り混じっていることを知っているのが日本文明なのです。

僕は、親から怒られ続け、先生からも怒られ殴られ続けて育った人間です。だいたい先生からは毎日殴られていました。でも大人になって、ほんの少し人の役に立つとか、人から褒められたり、人から愛されたり親しまれたりすることが僕にもあるのですけれども、その項目は親から怒られ、先生から殴られた理由にもなったものなのです。つまり同じものの裏表だということなんです。僕が先生から殴られ、親から怒られ続けたことは、人から愛される事柄となんら変わらない。多分見方の違いなのです。僕のことを好きな人はいるはずですが、僕のことを殺したいほど嫌いな人もいるはずです。これは人間だから仕方がない。それよりも、悪いところを取ろうとすると、いいところも取れてしまうのです。その人間性の重層的な裏表をもっと知らなければなりません。

人生は苦悩である

横田　毒は薬で、薬は毒です。というふうに置き換えると、いじめの問題も理解しやすいでしょう。毒を全部なくしてしまったら、薬なんて決して効かない。ただの粉です。ある場合には毒になるし、ある場合には薬にもなるので、本質は同じなのです。副作用のない薬などありませんから。それが、わかっていなければならないということですね。そして強い毒は強い薬にもなるということを。またその反対も真なりです。本当はそういう真理を踏まえないと特に人間教育を間違えてしまうことになります。元気な子どもは時に悪いこともするというのは昔からよくありました。

執行　薬の例で言うと、副作用を副作用として一つに括《くく》ってしまう考え方が西洋的な二元論なのです。薬の副作用の考え方も、実は進化思想なんです。昔の漢方の考えでは、体にいいものは体に悪いから、それをどう調合するかが医者の技量でした。飲む人の体質と症状によって調合し独立した副作用というものがない形にもって行った。体質とそこから出てくる症状の融合体のことを漢方では「証《しょう》」と言いますが、いろいろな証に合わせて薬をその都度作っていた。

ところが、西洋は善悪が対立しているので、良いものは絶対良い、悪いものは絶対悪いです。副作用問題でも間違いを犯している。副作用がないのは薬でもないのに、そのようなものをつくろうと必死になっている。昔、水銀はいろいろな病気を一撃で治す最大の薬でした。もちろんいまは使いません、体に悪いということで。だから、体に良いものは全部体に悪いということです。これがわからないと薬の思想もわからない。研究しなければならないのは、ちょうどいい、その調合と解毒の研究なのです。

副作用は実は副作用ではなく、それがあるのは当たり前で、人間もそうだし、国家もそうなのです。正しい国は、間違ったこともしているから良いことも出来ているのです。また美しい国は、汚い場所もあるから美しいのです。仏教界でも、価値のあることをされた方は、鑑真和尚をはじめいろいろいますけれども、みんな大きな欠点もあった。たとえば、臨済は、弟子が変な質問をしたら、**鉄扇**で額を叩き割ったという逸話が伝わっています。これ、いまなら大変な問題です。でも、そういう激しい方だから、臨済宗が中国禅の頂点を極めたことも確かなんです。

人間にはそういう両面があるということがわからなければダメです。良い面悪い面が混ざっているから人間は一生苦しむ。苦しみ続けて死ぬのが人間です。それなのに、苦しまないところに行こうとするからどちらもダメで無気力になる。僕はこの苦しまない幸福志向こそが進化論の行き着いた結果だと思っています。幸福だけの状態になりたいと思っていることが、進化思想の結果なのです。絶対的な「幸福」というものがこの世にあると思っていること自体が、進化思想に脳が洗脳されているんですよ。そもそも人間は絶対に幸福だけにはなれません。なった場合は、幸福も含めて全てのものを捨てたときだけです。希望とか価値観とか夢とか、あらゆるものを捨てなければ、人間は幸福にはなれないのです。幸福願望も含めてです。

幸福とは、たとえ苦しみの人生だったとしても、本当に生命が燃焼した場合、それを他人が見て、あの人は幸福だと評価するのであって、本人が自分で評価することではない。実は歴史の中では、最も苦しい人生を送った人が最も幸福な人生を送ったと、後世の人たちは言っています。幸福な人生を送った人の人生は苦しみの人生です。でも、少しも悪いことではないです。人生というのは、苦しむほど価値が高いのです。

鉄扇　鉄で出来た扇子。昔は身分のある人が護身用に携帯した。

「怨親平等」と円覚寺

横田　「怨親平等」は、私ども円覚寺開創の根底にある精神で、円覚寺を開いた仏光国師（無学祖元）の語録を集めた『**佛光録**』巻四に収められています。

「此軍および他軍、戦死と溺水と、萬衆《ばんしゅう》無帰《むき》の魂、唯願わくば速《すみや》かに救抜《きゅうばつ》して、皆苦海を超ゆることを得、法界了《つい》に差無く、怨親悉《ことごと》く平等ならんことを」。

最近は「国難」という言葉がよく使われるようになりましたが、日本の歴史において最初の国難、国がなくなるのではないかという危機は、鎌倉時代の元寇であったと思います。

そのとき日本の武士たちの、自分たちが暮らしている国を守るために戦うという心意気と覚悟には相当強いものがありました。いまなら情報が発達していますから、敵の兵力がどれくらいの規模で、いつ頃攻めてくるかはだいたい予測がつくでしょうが、当時は元（モンゴル帝国）がどんな武器を持っているのか、どんな力を持っているのか、はたして何人で攻めてくるのかもわからない中で立ち向かわなければならなかったわけで、本当に決死の思いで戦ったのです。

昔の教科書には、神風（暴風雨）が吹いて元の船の多くが沈んで助かったというような記述がありましたが、そんな単純なものではありません。何万という数の元軍が博多に上陸し、最前線で戦った九州の武士たちにも多くの犠牲者が出ました。

即是一一多無罣礙多一非相雜變現河沙界湧現
無窮億光明照十方成就波羅蜜唯願大寳王祐助
我日本國令我地堅固猶如妙高山令我軍勇健猶
如那羅延令我歳豊稔民無飢餒者令我民安樂疫
疾皆消滅令我國長久百劫無傾動願我奉菩薩福
壽一倶勝願悟最上乗速證菩提果前歳及往古此
軍及他軍戰死與溺水萬衆無歸魂唯願速救拔皆
得超苦海法界了無差冤親悉平等

『佛光録』巻四「怨親平等」

しかし、命がけで戦ったから、元軍は容易に進軍できなかった。そして船で休んでいるときに、たまたま暴風雨に見舞われたり（文永の役）、台風が来たり（弘安の役）したため、多くの船が沈んでしまい、結果的に勝つことが出来たわけで、何もしないで助かったわけでも神風が吹いて勝ったわけでもありません。

祈りの力も大きかったと思います。時の上皇、天皇をはじめ、日本中の神社仏閣が勝利祈願や国土安穏の祈禱を行なっています。私ども禅宗も、それまで坐禅をするだけで祈禱のようなことはやっておらず、元寇のときからお経を読むようになったたくらいです。それほどみんなで心を一つにして祈った。これもやはり計り知れない力があったんだろうと思います。

執行　それは大きな力になったと思います。祈る心は、次には現実の力を生み出すものです。それにしても、怨親平等の淵源が円覚寺にあったとは驚きました。

『佛光録』　『勅諡佛光國圓満常照國師三會語録』。

北条時宗の武士道

横田　元寇のときの日本のリーダーは鎌倉幕府第八代執権の北条時宗公です。彼は十八歳の若さで執権に就き、文永の役が起きたときは二十四歳でした。確かに若いのですが、日頃から質素倹約の暮らしをしながら自分を厳しく律して鍛錬をしていたほか、禅宗にも帰依し、信心深く、南宋から渡来した**大覚禅師**から教えを受けていました。しかし、大覚禅師が一二七八年に亡くなったため、中国に使者を送り、仏光国師を招聘《しょうへい》します。この方こそが時宗公の精神的な支えとなり、後に円覚寺を開山するのです。

時宗公をはじめ、当時の鎌倉武士の多くが禅に帰依したのは、やはり元軍に対する恐れや不安も大きかったでしょうね。日本が滅ぶかもしれないという恐怖で自分の心を収めることが出来ない。その得体の知れない重圧というか、ストレスに立ち向かうために坐禅をして、自分の心と向き合う鍛錬をする。この修行をしていたから、時宗公は毅然として全国の武士たちに元軍と戦うぞという決断を示すことが出来たと思うのです。

国のトップに立つ者は、決断を下すということがいちばん大きな務めですね。たとえば、幕末に黒船がやってきたとき、幕府は決断が出来ませんでした。時のトップは徳川の将軍ですが、長いあいだ太平の世に慣れてしまって、決断が出来なかった。いちばん上に立つ者が決断をしなかったならば、下の者は右往左往するだけです。ただ、幕府が決断できなかったために明治維新が起きて近代国家が誕生するわけで、結果論としては日本が西洋列強の植民地にならずにすんだのですが、国のトップに立つ者が決断できないという状況に比べると、時宗公は毅然として決断をくだしています。

そして戦いが終わった後は、「怨親平等」の精神を発揚された。自国の兵士だけを弔《とむら》うのではなく、元軍の兵士も同じように弔う。敵も攻めざるをえなかった、味方も戦わざるをえなかった。それはどちらも不幸なことで、戦没者という意味では同じだという考えです。それらを全部包み込んでいるのが仏教の世界です。仏教の世界は、自分たちの都合のいいものだけを集めて、都合の悪いものを切り捨てるという世界ではありません。

二度の元寇は、日本に甚大な損害をもたらしました。特に元軍の通り道だった**壱岐**《いき》や**対馬**《つしま》では多数の住民が虐殺されました。一方で、弘安の役のときの元軍の軍勢は一四万人と記録にありますが、そのうち四万人が**蒙古**と**高麗**の兵士で、残りの一〇万人は蒙古に滅ぼされた南宋の兵士でした。彼らは日本には何の恨みもないのに、不幸にして前線に立たされて死なざるをえなかった。そういう人たちも平等に供養して、御霊を鎮めるために時宗公が建てたのが円覚寺

大覚禅師（一二一三〜七八）　蘭溪道隆。南宋から渡来した禅僧。大覚派の祖。建長寺を開山。　**壱岐**　旧国名で、現在の長崎県壱岐全島にあたり、玄界灘にある朝鮮半島や中国との交通の要所。　**対馬**　旧国名で、現在の長崎県対馬全島にあたり、壱岐と同様交通の要所、漁業が主産業。　**蒙古**　中国北辺、シベリアの南に位置する高原地帯とその民族。十三世紀にはチンギス・ハンが出て大帝国を築いた。その孫フビライ・ハンが中国を平定後、元と名前を定め日本にも出兵した。　**高麗**　朝鮮王朝の一つで、王建が九一八年に王位に就き建国。九三六年に半島を統一した。開城が都で、仏教建築、美術が栄えた。

です。
円覚寺が出来たのは弘安の役から一年後の弘安五（一二八二）年で、時宗公は二年後の弘安七（一二八四）年に数え三十四歳で亡くなり、仏光国師は四年後の弘安九（一二八六）年に六十一歳で亡くなります。

執行　円覚寺にはじめてうかがったときに感じた清冽さは、人間の魂を鎮めるために建てたものだからだと思います。鎮魂の杜の静けさがあります。特に国家のために身を捧げた人たちの鎮魂ですから、円覚寺は単なるお寺の域を越えて、本来は国家としてやるべき鎮魂のための祭事を執り行なうことで、国家に代わって最大の義務を果たしている大切な存在です。それも敵味方の区別なく。そこがいちばんいい。まさに「怨親平等」の出発であり、それをいまの時代にまで守っているということですね。

その意味では北条時宗は武士の鑑だし、日本の歴史上、最大の指導者と言ってもいいでしょう。それがわからなくなっているのが現代の日本です。時宗の武士道的価値は現代では全く忘れられています。

死を命ずる国家

執行　国家とは、国民に死に場所を与える機関だと僕は思っています。死に場所がないと、人間は本当の生きがいを見出せないのです。もちろん、国民の誰もが喜んで命を捨てるだけの価値がある国家でなければなりません。国家とは、**孔子**の教えで言えば「義」を体現するものです。正義の義です。ギリシャ・ローマ以来、歴史上すぐれた国は、国民に死を命令することが出来ました。その命令に国民が喜んで従うというのが、国家のあり方として歴史的にいちばんの理想なのです。

一方、人間に生きるいわれを与えるのが、「仁」です。もちろん「仁」がいちばん重要で、現代風に言えば、生命の根源であり、愛です。この愛を与えるのが、家庭であり、友人であり、愛する人であり、仲間だということになります。これがないと人間は生きる場所を見出せない。この両輪がうまくかみ合っているときが、歴史的には我々もうらやむ良い時代なのでしょう。

ところで、国のために命を捨てるというのは、人間に苦しみを与えるとともに家庭の平和を壊すことも事実です。鎌倉時代の日本人は、元寇があったがために途轍もない不幸に陥りました。元寇は日本に対する侵略戦争ですから、日本が勝っても何ら得るものはない。幕府の命を受けて必死に戦った武士たちへの恩賞はなきに等しかったため、武士たちは多大な戦費を負担したに過ぎず、幕府への不満が高まっていく。結果的に元寇が引き金になって鎌倉幕府は滅びたと言ってもいいでしょう。しかし、その鎌倉時代がいまに至る日本のあらゆる日本的文化を

孔子（前五五一～前四七九）　中国・春秋時代の思想家。儒教の開祖。早くから文才で知られ、壮年になって魯に仕えた後、諸国を遍歴し礼の道を説いて周った。『論語』は弟子たちがまとめた孔子の言行録。

創り上げた最初の力になったのです。不幸が日本人の魂の真の躍動をもたらしたということです。

その中でも特に「怨親平等」の思想が生まれ世の中に定着したことには大きな意義がある。良いことは悪いことから生まれてくる。善は悪から生まれてくる。真実は虚偽から生まれる。嘘が真実になる人生もある。最初は軽い嘘でも、やがて引っ込みがつかなくなり、実行せざるをえなくなる。そうすると真実になる。それが人生ではないか。だから、嘘も必要、悪も必要、混沌も必要。これが真の「怨親平等」ではないかと思います。

その思想を体現しているのが円覚寺です。鎌倉には有名なお寺がいくつもありますが、円覚寺は全く違います。魂の奥深くにものすごく清いものが吹いてきます。魂の奥に吹く清い風こそ真実の風……これが「仁」と「義」です。「仁」と「義」があざなえる縄のように交互に入り混じった結果、真実の風が吹いているのではないか。

横田　時宗公には**宗政**という聡明な弟がおり、文永の役後の建治三（一二七七）年、再度の蒙古襲来に備えて筑後守護に任じます。しかし、弘安の役で負傷して、鎌倉に帰ってきてすぐに亡くなってしまう。二十八歳の若さでした。時宗公は弟を弔うために、弘安四（一二八一）年に**浄智寺**《じょうちじ》を創建し、翌弘安五（一二八二）年に円覚寺を建てた二年後、三十四歳の若さで亡くなります。元寇という最大の国難に立ち向かうために生まれて、全ての力を注ぎ尽くした生涯と言えましょう。

時宗公の三回忌の際に、仏光国師は「時宗公は四十年未満の生涯ながらその功績は七十歳を超えて生きた人にも勝る。感情的になることなく、驕ることもない立派な人物だ」と、賛辞の言葉を連ねた長い漢文を遺しています。長命が尊くて短命がかわいそうだというのも進化思想なんですね。

執行　そうです。健康礼賛、長生き礼賛も進化思想です。

横田　時宗公はまさしく命を使い切ったんですね。ただ長生きがいいとか、健康に価値があるとかではなく、何に自分の人生を使い切るかという価値観こそ大切だと思います。その意味で、私は本当の日本の精神、後に武士道と言われるものの根本を時宗公に感じています。

でも、残念ながら、執行先生のように時宗公のことを高く評価してくださる方は少ないのです。実は時宗公の官位は長いあいだ「従五位」でした。元寇の後「正五位」になっています。時宗公をはじめて歴史のうえで評価したのは明治天皇です。明治天皇もまた国難に立ち向かったリーダーで、日清・日露という二度の戦争を経験されています。朝比奈宗源老師の『**覚悟はよいか**』（PHP研究所）によれば、明治天皇も日露戦争の開戦の詔書に署名をするときには手が震えて書けなかったそうです。自分がこの決断を下したがために国が消えてなくなるかもしれない。そして多くの人が不幸に陥り多くの人が死ぬ。その同じ思いをした人間を歴史上に探したら、北条時宗がいた。それが「正五位」という官位とはあまりにも評価が低過ぎるという

北条宗政（一二五三～八一）　鎌倉幕府第五代執権・北条時頼の三男。兄の時宗が最も信頼を寄せていた人物で幕政にも参加。

浄智寺　鎌倉市山ノ内にある禅宗の寺院。臨済宗円覚寺派。鎌倉五山第四位。寺域は全山が国の史跡に指定。『**覚悟はよいか**』一九七八年、PHP研究所から出版された、朝比奈宗源の仏法を基本にした人間の生き方、心持ちを説いた著作。

ことで、「従一位」を追贈されたのです。

戦争自体に善悪はない

執行　元寇も、日清・日露戦争も、国土防衛戦争という意味では同じですね。日本侵略を企む大国から日本民族を守るという信念に基づいて戦った。だから、国も嘘をつかず、国民もわがままを言わず、人々は喜んで国に命を捧げ、国は国民に死ねと命ずることが出来た。ところが、元寇の勝利によって鎌倉幕府が滅んだように、日清・日露戦争に勝つことによって却って大日本帝国も滅びてしまった。これもまた歴史の真実です。

戦争は全て悪いという人がいますが、戦争は一概に悪いとは言えない。それは人類の必然だということです。弱い者をいじめる戦争がその部分で悪いのであって、強い者に立ち向かう戦争は少しも悪くない。これは人類の根源的な問題で、悪人や強い者に立ち向かう精神を失ったら却って人類は終わりです。強きをくじき、弱きを助ける、それが人類の魂の根源なのです。

日清・日露のときは、力関係としては日本が劣勢なのは明らかで、間違いなく強い国に立ち向かい、自国の主権を守ろうとしたわけです。ところが、勝利した後がダメだった。明治が終わって大正になると、一九一八年の**シベリア出兵**の頃から、だんだん自分の国は大したものだと思うようになって、今度は自分より弱い国をいじめて国の利益にしようとし、西洋列強と同じような立場を取るようになった。つまり日本人が傲慢になってしまったのです。

ただし、何度も言うように、戦争自体に善悪はないのです。強い者に立ち向かえば、そのときは正義になり、弱い者に立ち向かえば極悪非道になるだけです。

これは、国民も本能的にはわかっています。私も若い頃、日清・日露戦争に行って負傷した人や、戦死した人の遺族に随分会いましたが、誰も後悔していませんでしたね。特に乃木大将の第三軍は旅順攻略戦で多大な損害を出しました。旅順でおじいさんが死んだ、お父さんが死んだという人はたくさんいましたが、全員誇りにしていた。腕や脚を失ったからといって国を恨んでいる人も、乃木大将を恨んでいる人もいなかった。国家存亡の危難に立ち向かえば、腕や脚を失ったことは誇りになるのです。

一方、太平洋戦争は誇りになっていません。みんなが軍を恨み、国を恨んだ。戦争をしたこと自体が悪いという見方になっている。それがまた戦後の間違いです。戦争が悪いのではなく、弱い者をいじめたのが悪かっただけです。戦争は悪くない。ここのところがわからないとダメです。

人間は、自分が何者であるかをわからなければ、すぐ傲慢になります。そうならないためには、仏教的な修行や、怨親平等の考えや、自分が何者であるか、自分の実力がいまどの程度なのかを客観視することが重要なのです。自己卑下もダメだし、増長もダメ。

シベリア出兵　大正六（一九一七）年に起きたロシア革命に武力干渉しチェコスロバキアを援軍する目的で、仏、英、日、米がシベリアに共同出兵したこと。日本は列国が撤兵した後も駐兵を継続したことによる批判を浴び、数千人の死傷者と多額の戦費を費やした。

たとえば、大人が幼児を殴ったら大問題ですが、子どもが大人をぶっても問題にはなりません。また女性が男を殴っても何の問題も起きません。力が弱いからです。それらは、却って笑いのネタになっています。旦那が奥さんや子どもから殴られるのはよし。逆はダメ。殴って相手が傷つければ、ただではすまない。その辺の機微が人生の機微をつくっているのです。そこがわからないと解決法も見つからない。

日露戦争が正しくて、太平洋戦争が悪かったと単純に見るのも間違いです。太平洋戦争は、自分の国の力とか、誰を相手にして、強い者に立ち向かっているのか、弱い者をいじめているのか、それらの相関関係を科学的にわかろうとしていなかった。いわば日本人が傲慢になって悟れなかっただけのことです。

ただし、どちらの場合でも国のために命を捧げた戦死者や、戦病死者を祀るのはいちばん尊いことで、どこの国でもしていることです。これは国家にとっても国民にとってもいちばん重要な行事です。

横田　その通りだと思います。それが怨親平等に基づけば、なおすばらしいですね。

靖國問題の本質

執行　ちょうど、この対談が行なわれているのが靖國神社の中だからというわけではありませんが、いま靖國問題と言われているのは実は戦犯の合祀《ごうし》の問題なのです。決して鎮魂の問題ではない。そこを知ってほしいですね。アメリカが、敗戦国の日本は犯罪国家だということで、その代表の犯罪者を引き渡せと言った。そこで日本は**A級戦犯**とかB・C級戦犯と言われる人たちを差し出して、特にA級戦犯が全部悪いことにして、その他の日本人は無罪放免になった。それが**東京裁判**です。

これはアメリカという人工国家の思想だから仕方がないのです。アメリカという国は、自分の敵は全て犯罪者とみなします。ところが、独立した「主権国家」には**交戦権**と言って戦争をする権利があって、戦争は決して犯罪ではありません。勝ったか負けたかは別問題です。日本は負けたらアメリカによって「犯罪者にされ」て、それを「日本が認めた」ということです。東京裁判の判決を受け入れたわけですから。認めることによってアメリカに助けてもらい、その結果、戦後の高度成長につながり、いまこうなっているんです。日本は道理を売り払って、得をする道を選んだのです。

東京裁判を受け入れたということは、日本人があの戦争を犯罪だと認めたことです。自分た

A級戦犯　一九四六年五月から開かれた東京裁判において、「平和に対する罪」を問われ裁かれた重大戦争犯罪人のこと。侵略戦争の計画、遂行、共同謀議の罪により、東条英機以下二八名がA級戦犯として起訴され、絞首刑、終身禁錮刑等、重刑に処された。　**東京裁判**　一九四六～四八年にかけて東京で行なわれた極東国際軍事裁判の通称。戦争に関わったとされる日本の指導者二八名を「平和に対する罪（A級犯罪）」「人道に対する罪（C級犯罪）」および通常の「戦争犯罪（B級犯罪）」容疑で裁いたもの。　**交戦権**　主権国家が国際法で認められている戦争をする権利。日本国憲法九条二項は「国の交戦権はこれを認めない」とあるが、自衛権の発動としての交戦権の行使の可否については意見が分かれている。

東京裁判で東条英機はA級戦犯となる

ちは犯罪者です、特に**東条英機**や**広田弘毅**《こうき》などをA級戦犯ですと差し出した結果、七人が犯罪者として絞首刑になりました。もちろん「人道上の罪」ということで裁かれたのですが、それはアメリカがつくり上げた茶番であることは当時から誰でもわかっていました。その一方で、海外で裁かれた軍人を除くと、国内の日本人は全員、無罪放免になった。これが、いまに引き継ぐ靖國問題の根源だと思っています。戦死者、戦病死者を鎮魂することは悪いことではない。ところが、日本人は、自分たちが犯罪者として差し出した人も靖國に祀った。これが靖國の霊魂的に言えば間違いです。

だから、東京裁判を認めず、「戦争は犯罪ではない」と日本人が堂々と言えば、犯罪者はおらず靖國問題など起こらない。東条英機たち七人も皆、国のために戦ったのですから、何ら悪いことはない。ところが、日本人はアメリカの理不尽な言い分、自分の国に対する敵対者は犯罪者だという言い分を「受け入れた」のです。それがそもそもの間違いです。受け入れたことによって後の靖國問題が出てきたわけです。

この辺の仕分けをピシッとしないとダメです。中国や韓国の人も戦犯を祀っていることがおかしいと言っているだけで、靖國神社自体が悪いとは言っていない。要するに、日本がやった侵略戦争は過ちで犯罪でしたと日本人が自分で言っているのに、なぜ主犯たちを祀っているのか、ということです。ですから、中国や韓国を逆恨みするのはお門違いだし、靖國イコール悪という戦争反対論もピント外れであることをきちんと理解すべきです。

いまさら東京裁判をやり直すことは出来ませんが、あの判決は間違いだったということを、国を挙げてもう一回考え直す必要はあります。そうすれば日本もやり直せると思います。一方で、日本人が自分の国を犯罪者だと認めたなら、犯罪者だと思わなきゃダメです。いまの日本人は日本がやった戦争を犯罪だとは思っていません。僕もちろん思っていませんが。だから僕は東京裁判も認めていない。あれは、アメリカという人工によって出来上がった民主主義の単細胞の国が、自分の国に敵対した人間を犯罪者に仕立て上げただけですから。

ところが、当時の日本人は、アメリカの言い分を受け入れることで自分たちがいい思いをした。この「いい思い」が許せない。戦後の高度成長もそうです。アメリカに阿《おもね》り助けてもらって、日本は豊かになった。それは、とんでもない話です。僕は、日本が戦ったこと自体、悪いと思っていないです。ただし、中国やアジアを侵略したのは悪い。でも、戦争そのものは悪くない。たまたまアメリカに負けただけです。その辺の問題をきちんと整理して考え直さないと、靖國問題は一歩も前に進みませんし、怨親平等の北条時宗の価値や円覚寺の価値もわから

東条英機（一八八四〜一九四八） 軍人・政治家。陸軍大将。一九四一年、太平洋戦争開戦時の首相（内相・陸相を兼任）。戦況不利となった一九四四年に総辞職。戦後、A級戦犯として起訴され死刑。**広田弘毅（一八七八〜一九四八）** 外交官・政治家。一九三六年、首相として日独防共協定に調印。一九三七年、近衛内閣の外相として対中国強硬政策を推進。戦後、A級戦犯として起訴され、文官中ただ一人死刑。

ないということです。

逆に言えば、戦争の本質とか靖國問題がわかると、北条時宗が円覚寺をつくった真意もわかるということです。

横田　円覚寺に、陸軍士官学校を出た元軍人で、朝比奈宗源老師について坐禅の修行を何十年も続けてきた方がいます。私の代になっても坐禅に通ってこられ、禅問答もずっとやってきました。もうかなり高齢で九十歳を超えています。禅問答のときは私がご指導する立場なのですが、終わった後にいつもお茶を差し上げていろいろな話をうかがってきました。

あるとき、私が口を滑らせたんです。「戦争をしたのは仕方ないけれども、もう少し早くやめるべきではなかったんですか」と。ご承知のように、昭和十九年半ばから昭和二十年の終戦にかけての一年足らずに全体の戦死者の大半が亡くなっているわけですから。「もう少し早くやめる判断がなぜ出来なかったんですか」と言ったら、その方は、「いや、陛下のご聖断のおかげで、ああして早くやめることが出来たんです」と仰ったもんですから、「いや、それならばもう少し早くやめれば……」と言ったら、ピシャッと言われた。「そのときにいた者でないとわからないのだ！」と。

それを聞いて、私はぐうの音《ね》も出ませんでした。我々は平和な時代に生きているものですから、早く戦争をやめていれば、死ななくてもいい多くの命が救われたのではないかと簡単に言ってしまうのですが、でも、その渦中に生きていた人は懸命にやった結果、ああなったわけです。ですから、なるほど、当事者でないのに、**傍目《おかめ》八目《はちもく》**であんまりよくないなと身に沁みた経験があります。

執行　それはいい話ですね。物事の本質をついた言葉です。つまり宇宙と生命の本源にも触れている言葉だと僕は思いますね。僕は却って早くやめ過ぎたと思っているぐらいです。もっと悲惨を味わえば、戦後の嘘の繁栄社会は出来なかったように思っています。

パール判事のこと

横田　もう一つ、感動したのは、その方が暗唱している**パール判決書**の一節です。
「時が熱狂と偏見をやわらげたあかつきには、また理性が虚偽からその仮面を剝ぎ取ったあかつきには、そのときこそ、正義の女神はその秤を平衡に保ちながら過去の賞罰の多くのところを変えることを要求するであろう」。

インドの**パール判事**は、法律家の立場としてきわめて緻密に、きわめて冷静に分析した結果、A級戦犯は皆、無罪だと言いました。だからといって日本の戦争を認めたわけではありま

傍目八目　「他人の囲碁をそばで見ていると、対局者よりも冷静に見ることが出来るので、八手も先の手まで読める意」から、第三者のほうが、物事の是非得失を当事者以上に判断できるということ。　**パール判決書**　一九四八年に下った東京裁判の判決に対し、一一人の判事の一人であるインド代表のラダ・ビノード・パール判事が提出した反対意見書。国際法の専門家として、東京裁判の違法性と起訴の非合理性を明らかにし、被告の無罪を主張したが、少数派の意見として葬られた。　**パール判事（一八八六〜一九六七）**　インドの法学者・裁判官。カルカッタ（現・コルカタ）大学教授。国際連合国際法委員会委員長。

せん。やはり侵略した事実については罪として認めざるをえないときちんと言っています。その意味で、パール判事は偏らない見方をしている。仏教だとついつい仏教の教えだけに偏ってしまう。これは大事な点で、本質を見失ってしまう危険があります。パール判事を勉強してみると、どこまでも冷静で、公平で、そして緻密に法律の理論で説いている。こういう見方を我々は見習うべきだと思っています。

執行　それが真の科学的思考法ですね。日清・日露の頃は日本の指導者層にはそういう人が多かった。それにしてもパール判事は僕も好きです。パール判事は「怨親平等」の思想が深く内に浸み込んでいる方だと思っています。その思想から現代的な法律分析をしている。だから西洋の法律家には理解できない。彼らは善か悪か、白か黒かしかないですから、パール判事とはどこまでも平行線になってしまう。

あの当時、東京裁判に出た国の人間の中で、「怨親平等」の思想はインド人のパール判事にしかわからなかった。中国人もわかるはずですが、中国は正面切って日本と戦争をしていましたから、敵とみなしているわけで、当時は無理です。日本が中国を侵略していなければ、中国が戦争の当事国になっていなければ、多分、当時の中国人は同じ考えだったと思います。

ただ、パール判事は日本を擁護してくれた聖人君子だというとらえ方には反対です。これは右翼的なとらえ方で、国粋主義者がよく言う話です。僕も右翼には親しい人がたくさんいるの

靖國神社境内のパール判事顕彰碑

マッカーサー

ですが、何でもかんでも自分の国が正しいとしか考えないのは間違いです。本当の愛国心とは何かということです。たとえば、戦前ならば「戦争反対」と唱えたリベラルな人たち。彼らは皆、**特高警察**に捕まっている。一方で、戦争を賛美し、「皇軍の行くところ敵なし」などと権力への阿りを書いていた「朝日新聞」などには愛国心のかけらも感じません。そして、戦後は掌《てのひら》を返したように日本政府のやることは全部悪いと主権在民で権力を持った国民にすり寄る記事を書いている。そして「戦争絶対反対」などと言っているのですから、つける薬がありません。これが、連合国軍最高司令官の**マッカーサー**が言った**「日本人は十二歳」**の本質なのです。「朝日新聞」はちゃんと自分の頭で考えなきゃダメです。何でも賛成、何でも反対はあまりにも幼い。

僕は戦前に生まれていれば、間違いなく特高警察に捕まっています。そして、それは名誉なことだと思います。戦前の「リベラル」と呼ばれる人たちと、思想が非常に近いです。戦後の

特高警察　明治末期から太平洋戦争終結まで、反体制活動の取り締まりのために設置された警察の一部門（特別高等警察。通称「特高」）。共産主義運動をはじめ国民の思想・言論・政治活動を弾圧した。**ダグラス・マッカーサー（一八八〇～一九六四）**アメリカの軍人。太平洋戦争後、連合国軍最高司令官として日本に進駐。以後、一九五〇年まで日本占領の最高権力者として多くの民主化、占領政策を施行。**「日本人は十二歳」**　一九五一年、アメリカ上院軍事委員会と外交関係委員会の合同公聴会にて、マッカーサーが日本人について表わした言葉。アングロ・サクソンが近代文明の尺度で計ると四十五歳であるのに対し、日本人はまだまだ勉強中の十二歳であるとした。アメリカ的傲慢さを表わす代表的な言葉。

「リベラル」ではないですよ。戦後のリベラルは文句屋のことです。だから、僕はよく誤解されて変わり者に思われるのですが、全く思想は揺らいでいません。いちばん平衡を取っていると思っています。靖國問題だって、いま騒いでいる人たちのほうが、平衡が取れていません。何が良くて何が悪いかという分析が出来ていない。

だから、パール判事も日本の味方ではないのです。「怨親平等」によって、人間がやった戦争は悪いところもあるけれども、道理で考えれば致し方ないところもあり、いいところもあったのだという見方をしただけです。

日本を救ったジャヤワルダナ

横田　私がいちばん問題だと思うのは、こういう歴史の真実を若い世代の人たちがほとんど知らないことです。執行先生が仰ったように、一部の特別な思想の人たちが、パール判事のことを褒め称えるだけで、パール判事がどのような価値判断で東京裁判の判決を下したかについては何も正確なことを知らないのですね。やはり公正な目で歴史の分析をして、何が正しくて、何が悪かったのかを若い世代に伝えていく必要があります。

私は、不勉強こそが同じ過ちを繰り返しかねないと思っています。だから、タブーにするのではなく、公正な立場で分析をして、善悪入り混じったものが歴史であるということを把握する、そういう勉強が大事ではないかと強く感じています。

パール判事と同じく、私はやはりインドの法律家で第二代スリランカ大統領をしていた**ジャヤワルダナ**さんも大切な方だと思っています。一九五一年の**サンフランシスコ講和会議**のときは、まだ大統領ではなく蔵相でしたが、セイロン（現・スリランカ）の全権代表で参加しています。ジャヤワルダナさんは立場的に親日家でした。もちろん仏教国ですし、ご自分も仏教の信者であるし、たびたび訪日し、鈴木大拙とも会っています。昭和天皇に対する深い尊敬の思いも元々ありましたね。

サンフランシスコ講和条約とは、第二次世界大戦における日本と連合国とのあいだの戦争状態を終結させるための平和条約で、それまで日本は連合国の占領下にあり、主権がありませんでした。しかもソ連による北海道占領計画やアメリカによる分割統治案など、日本という国が消滅してしまう危機もあったのです。実際、講和会議に参加した五一カ国の代表たちは、自国の利益を優先し、日本の分断、主権の制限、高額な賠償金などを要求しました。

議論が紛糾する中、ジャヤワルダナさんは演説で何と言ったか。あの戦争の中にあった一つの真実である「日本の掲げた理想に、独立を望むアジアの人々が共感を覚えたことを忘れない

ジャヤワルダナ（一九〇六～九六）　スリランカの法律家・政治家。一九五一年、蔵相時代にサンフランシスコ講和会議にセイロン（現・スリランカ）代表として出席。一九七七年、スリランカ建国に貢献、首相時代を経て第二代大統領となった。昭和天皇の大喪の礼に本人の希望により参列。

サンフランシスコ講和会議　一九五一年アメリカのサンフランシスコで開催された、第二次世界大戦の連合国の対日講和会議。日本以外に連合国五一カ国が参加。日本代表は吉田茂首相。サンフランシスコ講和条約に各国が署名したが、ソ連・チェコスロバキア・ポーランド三国は署名せず。また、中国およびインド・ビルマ（現・ミャンマー）は会議に参加せず、日本との講和が遅れる。

でほしい」と述べた後、「**憎悪は憎悪によってやむことはなく、慈愛によってやむ**」という『**法句経**《ほっく》』の一節を引用し、「セイロンは日本に対する賠償請求を放棄する」と言ったのです。

演説が終わると、万雷の拍手が沸き起こったそうで、参加したアジア諸国のみならず欧米諸国の賛同も呼び、日本が国際社会に復帰できる大きなきっかけとなりました。

『法句経』は仏陀の言葉を集めたもので、詠まれたのは『法句経』の五番ですね。報復は良くないということを仏陀の言葉を引用して説かれた。その博愛と寛容の精神が各国の代表の心を打ったのです。

そして日本はソ連、ポーランド、チェコスロバキアの三カ国を除く四八カ国と平和条約を締結することが出来、主権を回復しました。ただ、発効は一九五二年四月二十八日で、この日こそ日本が占領下から解かれ、独立した日になります。

その後、ジャヤワルダナさんはスリランカ建国に尽力され、大統領になられました。昭和天皇の大喪の礼（一九八九年）にも、スリランカ代表として参列されます。鎌倉でも大仏様をお祀りしている**高徳院**の中に、ジャヤワルダナさんの顕彰碑が建っています。「人はただ愛によってのみ憎しみを越えられる　人は憎しみによっては憎しみを越えられない」という仏陀の言葉を仏教学者の**中村元**《はじめ》先生が日本語と原語で書いてくださった石碑です。

特攻隊員の子弟

執行　本当にジャヤワルダナさんは日本人が深く記憶すべき人物です。僕の記憶では、確か特攻隊の若者たちへの追悼の気持ちも話されていたと聞いています。太平洋戦争は政治がらみや戦争論的には恨みや憎しみしか残らなかったと申し上げましたが、宇宙論的・生命論的に見た場合、その**神風特攻隊**で散った若者たちについては最も幸福な人たちだと思っています。それは、国の命令によって若いときに国のためだと信じて死ぬことが出来たからです。

太平洋戦争における日本軍、特に陸軍の戦いと言えば、多くの人たちが補給路を断たれた戦地で、食糧もなく、武器弾薬もなく、薬もなく、いわば乞食同然、餓死寸前の状態で戦わされた。戦闘で死ぬならまだいいのです。大半は飢えに苦しみ、マラリアに冒され、戦わずして自害したり、無意味な万歳突撃で殺されたりした。だから、国家に対する恨み骨髄となり、徹底した戦争嫌いになったのです。

ところが、特攻隊は、強制があろうとなかろうと、自分は国のために死ぬんだと思って最後は自分の意志で死ねた。だからそれは最も尊い生命であり、日本人がいちばん尊敬しなければ

「憎悪は憎悪によってやむことはなく、慈愛によってやむ」　『法句経』。**『法句経』**（ダンマパダ）　仏教の教えを短い詩節の形で伝えた古い経典の一つで、全二六章からなるパーリ語版『ダンマパダ』が原典。日本には漢訳仏典『法句経』として伝来。

高徳院　鎌倉市長谷にある浄土宗の寺院。本尊は「鎌倉大仏」「長谷の大仏」として有名な阿弥陀如来像（国宝）。開基と開山不詳。境内一帯が「鎌倉大仏殿跡」の名称で国の史跡に指定。**中村元（一九一二〜九九）**　インド哲学者、仏教学者。東洋思想の研究の第一人者。研究機関である東方学院を創立。文化勲章受章。『初期ヴェーダーンタ哲学史』により学士院恩賜賞受賞。日印文化協会会長。**神風特攻隊**　第二次世界大戦で、日本陸海軍が特別につくった部隊で、航空機や人間魚雷などを使って、自らの命を犠牲にして、体当たりで敵の艦船を爆砕した。

神風特攻隊

ならない人たちなのです。

僕はいま六十七歳ですが、まだ幼い頃、近所に父親が特攻隊だったという子どもが何人かいました。もちろん僕より年上で中学生ぐらいだったでしょうか。僕がどうして国のために死んだ特攻隊がすばらしいかというと、その中学生のお兄さんたちがみんな品行方正、かつ運動も勉強も出来て、カッコ良かったからです。彼らは父親の顔を見たことがありません。でも、国のために父親が命を捧げたという事実が、子どもに大変な名誉と誇りを与えていたのです。

これこそ真の教育であり、人間の生命にとっていちばん大切なことです。親なんて生きている必要はないのです。子孫に名誉と誇りを与えることが、生命を活かし切った最大の証なのです。

僕がじかに知っている特攻隊員の子弟は五〇人ぐらいですが、例外なく全員がすばらしい人たちです。これは、親は必要がないことの証明であり、いいか悪いかの問題ではなくて、親は子どもに何を与えられるかの命題を我々に突きつけるのです。国のために死んだ人の子どもはすばらしい。これが人間の真実です。特攻隊はあくまでも国のために死んだという自覚があったのです。太平洋戦争で親を失った子どもはたくさんいますが、特攻隊の子ども以外は、みんな一様に国家を怨んでいます。父親や家族の死に方が悪過ぎたからです。遺骨さえないのですから。犬死にのような死に方をさせたのは国の責任です。殺されたという思いが強い。
だから、戦後は、戦争嫌いが高じて、戦争で死ぬことが悪いことだとみんな思ってしまった。でも、誰でもわかることですが、人間は全員死ぬわけで、死が本体なのです。問題は死に方だけなのです。だって死が生きることの本質なのですからね。だから、昔の人は誰でもわかっていましたが、自分がどう死ぬかを決められなかったら、どう生きるかも決められないのです。

たとえば、家族に囲まれて畳の上で死にたいという日本人は多いようです。それはそれでいい。もしも若いときにそういう死に方を決めたら、家族を大切にして、危ないこともせず、真面目に働いて、という人生観が自動的に決まるのです。それがいい悪いの問題ではなく、そういうふうに死にたいと思わなかったら、生き方も決まらないのです、だからまず、死に方を決めなければ何も始まらない。なぜなら、生命の根源が死だからです。死が我々の故郷なのです。

我々の生命とは、混沌の中から生まれた火花のようなものです。要するに一瞬の「煌めき」ですね。だから、煌めかなければ生命ではない。ただ、煌めいてもすぐに混沌の中に吸い込まれていく。混沌とは宇宙の真実です。だから、宇宙が本体で、生命は本体ではない。人間の生命は宇宙から生まれた煌めきであり、死が中心だということです。

荘子という古代中国の有名な思想家が『**荘子**』という書を遺しています。僕の愛読書の一冊ですが、その「内篇」に、現代人にとっていちばん手痛い言葉があるのです。「生を殺すものは死せず、生を生かすものは生きず」（殺生者不死、生生者不生）と書かれています。人間は生きよう生きようとすると、本当の命を生きることが出来ない。死ぬことを厭わなければ、本当の命を生きることが出来るという意味です。荘子は「**人間の迷いのうち最大のものは、生に対する執着である**」と言っています。現代人はこの言葉を真剣に考える必要があります。現代は進化思想によって、生の礼賛と自己の幸福の追求が行き過ぎました。

荘子に限らず、古代からいい人生を送った人はみんな同じようなことを言っています。フランスの哲学者だったモンテーニュという人生の達人に『随想録』という有名なエッセイがあります。そこにも人間として思索をする、つまり「**哲学をするとは、死ぬことを学ぶことである**」と書かれている。絶えず死を思いながら生きることが、本当の人生を送ることだと。

僕の好きな武士道もそうです。『葉隠』に「**毎朝毎夕、改めては死に改めては死ぬ**」という言葉があります。毎日毎日、死の訓練をすることが、自分の人生を全うすることになるのです。僕自身も毎日死ぬ気で生きてきて、いつまで生きるか全くわかりませんが、六十七歳の今日までは自分の運命らしい人生は送れたと思っています。それは生きようと思っていないからだったのです。いつ死んでもいいと思って僕は生きてきました。

先ほど横田管長が、いまの人は勉強が足りないと言いましたが、最近それを痛感しますね。僕が良かったと思うことは、読書だけは死ぬ気で取り組んできたことです。これ以上読んだら、多分死ぬだろうと思ったことが何度もあるくらい本を読んできましたが、それが本当に良かった。本というのは死ぬ気で読まなければなりません。知識や教養を得ようという程度の気持ちで読むと、本は却って害毒にしかならない。本当に信じて、死ぬ気で読まないと意味がないのが読書です。そして僕が読書から得たことは、自分の健康を心配したり、長生きしたりしようなどと考えないと、却って自己固有の運命に基づいた人生を生きられるという経験です。それを歴史的に学べるのです。

末期の一呼吸

横田　執行先生の言葉を聞いて、私も好きな言葉を思い出しました。詩人で童話作家の**茨木《いばらぎ》のり子**さんの「さくら」という詩の最後に出てくる「死こそ常態　生はいとしき蜃気楼」（編集部注：全文は巻末資料三三〇、三三一頁に掲載）という言葉です。この詩を思い浮かべるエピソードが一つあるんです。

あるお寺に行ったとき、そのお寺のご老僧が、檀家の人たちに法話をしているのを耳にしました。何を話しているかと言うと、いやあ、お互いに、数十年前には何もなかったんだ、生き

『**荘子**』　中国、戦国時代の思想書。荘子の著とされるが、成立年は不詳。道家の根本思想を寓話を用いて描いた書物。「**人間の迷いのうち最大のものは、生に対する執着である**」『荘子』大宗師篇。「**哲学をするとは、死ぬことを学ぶことである**」『随想録』（エセー）第二十章。「**毎朝毎夕、改めては死に改めては死ぬ**」『葉隠』「聞書一」。**茨木のり子（一九二六〜二〇〇六）**　詩人、童話作家。戦時下の混乱を生き抜き、戦後、劇作や童話の創作を続ける。また詩の投稿や同人誌制作を勢力的に行ない、谷川俊太郎らの戦後を代表する詩人らとともに活動。

ているのは一時なんだ、死んだ後もまた何もないところに帰っていくんだ、何もないところから生まれてきて、何もないところに帰っていくんだ、生きているっていうのは一時のことだ……こんな話でした。私もそのとき自分でいろいろと思い悩むことがあったので、ああ、そうか、一時のことなんだなと思ったら、何かホッとした気がしたのです。ずっと生き続けると思うから大変だと悩んでしまう。

また、朝比奈宗源老師から聞いた話ですが、ある和尚が博打ばかりやっていた。昔はそういうどうしようもない和尚もいたのです（笑）。博打は**胴元**が必ず勝つゲームですから、その和尚もさんざん負けて帰ってくる。で、帰ってきて、「ええい、どうせあいつも死ぬ奴じゃ」と思って寝るそうです。朝比奈老師は、「これは悟りに通じる」と言われた。ずっと生きていると思うから腹が立つけど、どうせあいつも死ぬやっちゃ、と思えば腹も立たない。

禅でも、「死を見つめる」ことは仏教の全ての教えを学ぶことよりも優れていると言われています。仏教のたくさんのお経を全部読んで、たくさん覚えているよりも、死の一字を見つめたほうが修行としては優れているということです。

先代管長の足立大進老師からいつも言われていたのは、「いいか、坐禅をするときには、後ろに日本刀を構えた首斬り役人が立っていると思え。そうして、自分の息を一息吐け。この一息が吐き終わったときに、後ろからスパッと首を斬られる。それでも悔いがないように坐れ」ということです。なかなか難しいのですが、これを繰り返し仰いました。

「いまの呼吸を末期の一呼吸と思って坐れ。時間ではない。何時間坐禅をしたとか、何年間坐禅をしたとか、そんなことは何の自慢にもならない。それよりも、いまの一呼吸が末期の一呼吸であると思って、自分はこれで悔いがないなと息を吐け。そういう覚悟で坐れ」と。その一呼吸の坐禅のほうが尊いんだという教育をずっと受けておりました。

執行　それは武士道の思想に通じますね。胆力とは、末期の一呼吸だという思いは僕も生きるうえで何度経験したかわかりません。人生で最初の経験は七歳で入院していたときでした。大きな小児科病棟で、僕の近くに白血病の中学生でみんなが「高須君」と言っていた人がいた。僕も大変かわいがってもらった人でした。その人が、断末魔の苦しみにあえぎながら、全身から血を噴き出して死んでいったのですが、それを脇で僕も見ていた。最期の最期に、全ての苦しみから解放された瞬間、大きく息を吸い込み、そして永遠に近いほどの時間をかけて息を吐いた。そして死にました。そのときに、僕は人間の生命の真の尊厳を見たといまでも思っています。息する者の尊厳です。それ以来、僕もその末期の一呼吸というものの意味を考え続ける人生でしたね。朝比奈宗源老師には書を通じていつも会い、先代管長には『禅林句集』を通していつでも会っているのですが、今日は横田管長を通じて、その書と書物の深淵の秘密をかいま見させて頂いたように思います。

胴元　博打の親、また博打の場所貸しのこと。元締め。

長生き志向の不幸

横田　私と執行先生が共通しているところは、お互い死を見つめてきたという点です。先生は三歳のときに大やけどを負って、お母様の献身的な看病で九死に一生を得る。さらに小学校に入る直前に膿胸《のうきょう》の石化現象という難病にかかり、二〇〇〇分の一という確率で生き返る。そして七歳のときにお父様の書斎にあった『葉隠』を読んで、**「武士道とは死ぬことと見つけたり」**こそ自分の生き方だと決める。

私も小学生の頃から、死の問題を解決するのは坐禅しかないと思って、今日までやってきました。でも、周りを見ると、死を考えることを隠そうとしている。これが大変な問題だと思っております。いまからますます死ねなくなる時代がやってくるのも問題だと思うのです。

たとえば**iPS細胞**の技術はすばらしいです。でも医学がどんどん進歩すると、自分の臓器が悪くなれば、新しい臓器をつくって入れ替えることが出来るかもしれません。そうすると、人間は死ねなくなる。どこかで「自分はもうこれでいいんだ」という判断をしないと、とんでもない社会になる。人間、死ねなくなったら、これほど不幸なことはないと思っています。本当に死なない社会がきたら、私たちは人を愛することも出来なくなります。だから、死は尊いのです。死によってこそ生は輝くというのは、そういう意味です。これからは、自分で死を受け入れる、死を覚悟することが否応なしに求められる時代になる。ですから、歴史を学ぶことも大事ですが、死を学ぶこともますます必要でしょうね。

執行　進化論の誤用によって、無条件の長生きがすばらしい価値になってしまった。しかし、とにかく生きろ生きろと言うのは、全ての人を不幸に陥れる考え方だと思っています。そして死そのものを、悪徳にしてしまった。いまの人たちはみんな長生き待望論者ですが、長生きしたいと思うこと自体が不幸な人生だと気づいていない。たとえば、本当の愛を知れば人間はその愛の中で、いまここで死んでも悔いはないのです。それがわからなくなってしまった。

僕が子どもの頃のおじいちゃん、おばあちゃんは、みんな早く死にたいと言っていました。これ、嘘じゃありません。当時は、だいたい六十〜七十歳を過ぎると、死んだ親や家族、親しかった友だちにあの世で早く会いたいという気持ちになった。ところが、いまはそういう人は少なくなって、とにかく生きたいと考えている。自分の人生が薄っぺらでつまらなかった証拠です。燃焼していない人だと思いますね。

歴史的にみると、人間はやることをやらないと死ねないのは確かです。だから、長生きしたいと思っている人は、多分やることをやっていない。これは、いい悪いじゃなくて、そう思ったほうがいいです。僕はやることはやっているつもりなので、いつまでも生きたいとは思わない。もちろん早く死にたいわけではなく、いつ死んでもいいという意味です。

「武士道とは死ぬことと見つけたり」　『葉隠』「聞書一」。

iPS細胞　「人工多能性幹細胞」と呼ばれる、ごく少数の因子を導入・培養し、さまざまな組織・臓器細胞に分化する、無限増殖能力を持った多能性幹細胞のこと。

僕が尊敬している人も、書物で感銘を受けた人も、みんなそうやって生きていました。これは体当たりで生きていればそうなるのです。いまは国そのものが、国民に体当たりで生きるという思いをさせないように体制的に出来ているので、自分の人生を自分で切り拓かないと、ただ漫然と長生きしたいだけの人生で終わってしまう。進化思想に侵されて、長生きほどいい、健康なほどいい、おいしいものを食べるほどいい、それが幸せな人生だと勘違いしている。これこそ仏教で言う**「餓鬼道」**です。本来は仏教者が「餓鬼道に堕ちるな」と言うべきですが、当の仏教者たちがおいしいものを食べ、楽をして長生きしようとしていますから、もう世も末です（笑）。

逆に、人間には痩せ我慢の思想が大切です。お腹が空いていても空いていないとか、贅沢したくてもしたくないという。それは、はじめは嘘ですが、貫けば真実を生み出します。そういう人となるのです。たとえば、臆病な人間が臆病じゃないと言い続ければ、必ず国や人のために命を投げ出せるような人間になります。そして、それは本当に勇気のある人なのです。勇気のある人は、臆病であることを自覚したうえで、臆病を恥じて生きている。そして、それを乗り越える。前にも言いましたが、「武士は食わねど高楊枝」が大事です。それが、人間の気概を生み出すのです。

武士道でいちばん重要なのは、「死に狂い」と言って、自分の命はいつ投げ出してもかまわないという生き方です。もう一つは「忍ぶ恋」です。「忍ぶ恋」とは永遠に手に入らない憧れです。すぐに打ち明けるような恋はダメです。そして、人生の憧れも恋と同じものなのです。

恋愛感情を気楽に打ち明けるような人は、憧れに向かう人生は絶対に築けません。それは軽薄な人生を招き入れるだけです。

僕はドイツの**ヘルマン・ヘッセ**の作品を中学生の頃から愛読しています。青春の悩みと恋が描かれているからです。それでいて、高校生のときの初恋の女性は、電車の中で毎日会っていたのに、三年間全く声を掛けられなかった。でも、その経験が、不可能に挑戦する価値というものを教えてくれた。『憧れ』の思想』にも書きましたが、「憧れ」という到達不可能なものに向かわなければ、自分の命の価値はわかりません。

死を恐れない人生

横田　以前にもお話ししましたが、私の親父はもと鍛冶屋で、いわゆる叩き上げの職人です。私が子どもの頃、テレビで「牛乳を飲むと長生きする」というニュースを親父が聞いた途端、「俺はもう明日から牛乳を飲まない。俺は長生きしなくていい」と言った。

そう言いながら、まだ生きていますが（笑）。最近お袋から電話があって、「いや、もう大変だ、大変だ」と言うので、「どうしたんだ」と聞いたら、「お父さんに大きな動脈瘤《どうみゃくりゅう》が出来

「餓鬼道」　決して渇きと飢えを満たすことの出来ない亡者として苦しむ世界。仏教思想。**ヘルマン・ヘッセ（一八七七〜一九六二）**　ドイツの詩人・小説家。スイスに帰化。牧師の子として生まれるが、神学を諦め職を転々とする。短編『車輪の下』が有名。ノーベル文学賞受賞。『デミアン』『シッタルタ』等。

て、非常に危ないらしい。ところが、お父さんは、病院にも行かないし、手術もしないと言う。もうこれでいいんだと言って、言うことを聞かない。あんた、何とか説得してくれ」と言うんです。しかし、私は説得しても仕方がないと思いました。

案の定《じょう》、親父は、「自分は務めを果たしたんだ。子どもたちはみんな独立して一人前になっている。これは自分の寿命なんだ。これ以上自分が病院に行って長生きする必要はないんだ」というわけです。自分はこれで死を賜ったんだ、だから何もする必要はないという心境です。ところが、周りはそれが理解できなくて、何とか病院に行くように説得しろ、説得しろと言うのですが、私は務めを果たしたことで死を頂けるんだと言う親父の考えを尊重したいし、そういう親父を尊敬します。

執行　いやぁ、僕が最も憧れる人物です。やることをやった人は、自分の人生に責任と誇りを持っているから、訪れてくる死を恐れません。恐れる人は、やることをやっていないんです。横田管長のお父さんは、鍛冶職人としてすばらしい人生を送られた。牛乳も健康にいいと聞いたら飲まなくなったというのは男の道ですよ。良いことならしないというのが昔の男です。良いことをしたいのは昔は女性と子どもでした。これは生命観の違いだから仕方がないのです。

先ほども申し上げたように、国家というのは死を与える存在で、家庭というのは友愛の社会です。昔から、家庭を司っているのが女性で、国家とか組織の中で仕事をするのが男です。仕事の美学とは、やはり「義」なんですね。明治・大正期の歌人の**与謝野鉄幹**も「**義のため恥を**

忍ぶとや」と歌っています。「妻子《つまこ》をわすれ家をすて　義のため恥をしのぶとや　遠くのがれて腕を摩す　**ガリバルヂイ**や今いかん」（「**人を恋ふる歌**」）です。

そう言えば、この歌のちょっと前にある詩句が恋の本質も歌っています。「恋のいのちをたづぬれば　名を惜しむかな男ゆえ　友の情けをたづぬれば　義のあるところ火をも踏む」と。

要は、どんな恥も、男は「義」のためなら受け入れられる。そして、恋心も「義」のためならば、腹の奥深くに忍び隠すことが出来るという意味です。女性が悪いという意味ではなくて、役目が違うということです。

横田管長のお父さんは自分の仕事に命をかけていたことがよくわかります。お父さんが真っ正直に生きたから、いまの管長がいるのです。だから、子どものために生きなければとか、家族のために働かなければという考えではダメです。自分の信念に向かって生きれば、子どもなんてどうにでもなります。これだけは確かです。子どものために長生きする必要もないし、子どものために財産を遺す必要もない。それは不幸を招くだけであり、子どものためにはならない。先の戦争で言えば、戦地で卑怯なことまでして生きて帰ってきた人もいますが、そんなこ

与謝野鉄幹（一八七三〜一九三五）　明治・大正期の歌人、詩人。落合直文に師事、雑誌「明星」を創刊し、革新的な短歌と詩歌による浪漫主義運動の指導者。妻は与謝野晶子で同じく歌人。**「義のため恥を忍ぶとや」**「人を恋ふる歌」の中に出てくる句。　**ジュゼッペ・ガリバルディ（一八〇七〜八二）**　イタリア統一運動の指揮者。政治結社青年イタリアに入り、ブラジルの独立運動に参加。赤シャツ隊を率いてシチリアを解放した英雄として名を馳せた。　**「人を恋ふる歌」**　ロマン主義的な詩で知られる与謝野鉄幹の歌で、一八九五年に漢城（現・ソウル）の日本語学校に教師として赴任した期間につくられた。日本の青春を謳った。

なければいけないのです。

とをした人の子どもはクズになります。親というのは、子どもにとっては夢であり、理想でなければいけないのです。

横田　いつでも朝起きたら、親父はもう働いていました。職人は仕事着が常であり、背広を着たら終わりだという信念を持っていました。歳を取ると、PTAや町内会、あるいは鉄工所の組合や業界団体の役職を頼まれるのですが、そういう役に就いて、職人が背広を着るようになったら終わりだと。私は四人兄弟なんですが、親父はあれこれ説教するような教育はしませんでした。とにかく働いている姿しか見ていないものですから、一所懸命生きなければということだけは教わったと思います。

幸福論の本流

執行　うちの親父は三井物産に勤めていました。しょっちゅう外国を行き来していました。多分、日曜日は休みだったはずですが、朝から晩まで英文の書類を見たり書いたりしていましたね。親父が仕事をしていない姿を見たことがありません。しかも、とにかく怖かった。子どもの頃は、一メートル圏内に近づけない。だから、抱っこされたこともないし、手をつないだこともない。でも、父親とはそういうものだと思います。

一方、お袋はど甘でした。うちのお袋ぐらい甘かった人はいないでしょう。お袋に怒られたことは一度もないし、勉強しろと言われたこともない。まさに言いたい放題、やりたい放題でした。いま思えば、お袋から与えられた愛情が全てを乗り越える原動力になりましたね。

それで家庭の中でちゃんと「義」と「仁」になっているのです。国家と国民みたいな関係が家庭の中での父親と母親です。いまは父親の威厳がなくなって、「義」がない家庭ばかりになってしまったようですが、家庭における「義」と「仁」のバランスは人間形成において大切です。

「仁」とは「愛」です。「愛」はキリスト教の言葉で、仏教では「慈愛」です。孔子の『論語』では「**恕**《じょ》」と言いますが、「恕」は愛の根源です。

これが文明の根本だと思います。宇宙は物理学的にも愛で出来上がっていますから。我々は地球に住んで、文明をつくったけれども、その文明は宇宙を模してつくったということを忘れてはなりません。宇宙の真似ですから、文明の本質も愛なのです。この原理をわかりやすく説いたのがイエス・キリストや釈迦です。

いまはかなり物理学が発達して、**ダークマター**や**ダークエネルギー**、それから**ブラックホール**の存在まで確認されて、それらが証明しているのですが、宇宙における全ての存在は他の存在を活かすために存在しているのです。たとえば、いちばん簡単な、星の出来るメカニズムで

「恕」　相手を思いやる心、許すこと。『論語』より。　**ダークマター**　宇宙の質量の八〇％を占めると考えられており、暗黒物質と呼ばれる未解明の物質。質量はあっても光学的には観測できない。　**ダークエネルギー**　宇宙の拡張を加速している斥力と呼ばれるエネルギー。物質の引力と拮抗する。　**ブラックホール**　強力な引力と重力を持つ高密度かつ大質量のエネルギーを持ち、光も物質も脱出できない天体。

説明しますと、小さな星が出来て成長して、やがて爆発して星雲になる。星雲になって、その粉が引力で引き寄せられて次の星を生む。この無限回転のエネルギーを釈迦は**因縁**、**因果**と言いました。

そして、その回転そのものが愛の回転なのです。つまり、全てのものが自己の存在を主張するのではなくて、他のもののために生き、他のもののために死に、死んだ後に他のものが生まれるための原料になるということです。このシステムが愛のシステムであり、宇宙創成とその生成発展のメカニズムそのものなのです。

つまり、キリストが説いている愛も、釈迦が説いている慈愛も、全て宇宙のメカニズムについて説明している。だから真実だということです。そして、そのメカニズムによれば、人間にとっていちばん正しい生命的生き方は犠牲的精神によって生きることであり、他人のために自分の命を捧げることであり、国家のためにも、会社のためにも、何かに命を捧げることだと言っているのです。愛するもののために命を捧げるのがいちばん尊い行為だということです。それは、我々が宇宙から生まれてきたからです。だから、宇宙の真実を我々は魂的に感じているのです。それが本当の真実です。その真実を悟って、その精髄を民衆にわかりやすく説明したのが偉大な宗教家たちです。

だから、元をたどれば、仏教もキリスト教も同じです。みんな愛が根源ですから。愛とは何かというと、自己犠牲です。自分が幸福になりたいというのは愛の反対で、エゴイズムです。それがわからない人が多過ぎる。他人を幸福にしたいという思想以外は幸福論ではない。誰かに幸福になってもらいたいというのが幸福の根源的な考え方であり、この本質がわからないと、本当の幸福は決して手に入りません。

元々宗教家が言うことを信じるか信じないかという程度の問題ではないのです。単純に言えば、生命も宇宙も文明社会も、釈迦の言う通り、キリストの言う通りで、その中身は全て自己犠牲です。自己主張するものは何もない。自分が他のものの犠牲になって次が生まれるというのが宇宙の法則です。

人生で大切なことは、自分が命を捧げるものを見出すことにあるのです。そのための勉強だし、読書だし、修行だと思います。自分が出世したい、金持ちになりたい、幸せになりたいと

会場風景（於 靖國会館）

いうのはエゴイズムで、愛の反対です。

横田　その通りだと思います。幸福について本当にいまは間違っているように思います。自分が幸福になりたいなどという考えは恥ずかしいものでした。幸福とは結果論であり、自分で考えるものではなかった。人様が結果を見て言うことです。幸福は確かに愛するものや人に対

因縁　物事が生じる直接の力である因と、それを助ける間接条件の縁。全ての物事はこの二つの働きによって起こるとする。また前世から決まった運命なども言う。　**因果**　前世の善悪の行為が、それに対応した結果となって現われるとする考え。原因と結果、またその関係。

して願うものですね。

執行　では、自分は何に命を捧げるか。たとえば、本当に人を愛するなら、その人のために自分の生命、人生、全てを捧げなければダメです。それは会社のためでも、国家のためでもいい。ただし、愛の対象は個人個人でみんな違いますから、人から教えてもらうことは出来ません。自分で見出さなければならない。それを見出すのが勉強であり、僕が死ぬほど読書をしてきたのも、命を捧げるものを見出し感ずるためです。

いちばん簡単なのは親孝行です。いまの親孝行は親を自己利用しているだけですから、本当の親孝行ではありません。親のために死ぬことが親孝行です。死んでもいいくらいの気持ちで親に尽くしたり、親の手伝いをしたりするのが愛の始まりです。その愛の繰り返しと、その形こそが宇宙の形の模倣なのです。

宇宙の形の模倣とは何かというと、神の御姿です。宇宙は神ですから、我々が愛を実行できれば、宇宙的な真実を自分が生きていることになります。ひとたび人間に生まれたら、人間とは神の御姿ですから、この宇宙的真実を遂行しなければ人間的には生きられないのです。

愛の対象は人それぞれ違いますから、他人には理解されない。逆に言えば、人に愛をわかってもらおうと思ったら、絶対に実行できません。人知れずやるから人のためになるのです。宇宙の星が成長して爆発して、星雲になって、次の星の材料になるとき、なったことを誰かにわかってほしいなんて思っていない。誰かのためにいいことをした、それをわかってもらいたいと思った瞬間に、エゴイズムに傾いてしまうのです。僕自身は、自分の生命を完全に使い切る、燃やし切ることだけが親孝行だと思っていますから、その意味では、親に充分に伝わっているように自分では感じているんです。

愛は伝える必要もないし、わかってもらう必要もない、愛は宇宙的真実であり、実行に価値があるということです。他の犠牲になる対象を見つけるのが人生の勉強です。この文明社会では勉強しないと見つからない。たとえば、禅は絶対的自己否定です。エゴイズムのほうに偏る自己を取ることによって愛が浮かび上がってくる。その意味で禅は有効な修行だととらえています。

『文七元結』を演じられるか

横田　他人が幸せになることがいちばんの幸せであるということを、昔の日本人はおそらく、わかっていたと思うのです。**小泉八雲**（ラフカディオ・ハーン）が『**日本の面影**』という本の中で、「日本人のように、幸せに生きていくための秘訣を充分に心得ている人々は、他の文明国にはいない。人生の喜びは、周囲の人たちの幸福にかかっており、そうであるからこそ、無私と忍耐を、我々のうちに培う必要があるということを、日本人ほど広く一般に理解し

小泉八雲（一八五〇〜一九〇四）　明治の小説家・英文学者。ギリシャ出身。松江中学の英語教師となり、また東京大学で教授となる。親日家として随筆・研究・創作文などを書いた。『心』『怪談』等。

『日本の面影』　小泉八雲による英語の著作で、欧米諸国で知られていなかった日本の一般庶民の姿や、独特の文化を論じた作品。

ている国民は、他にあるまい」と言っています。他人が幸せになることが、唯一幸せになる道だということを、この国の民はよくわかっていると、小泉八雲は驚きをもって書いている。

小泉八雲が見た日本は明治二十年代から三十年代ですが、当時の日本には進化思想がなかったんでしょうね。相手が幸せになることこそが幸せである。相手が不幸になって、こちらが幸せになることはありえないという考え方が根本にあったのでしょう。

執行　それは知りませんでした。その本、すぐに読みます。

横田　それで思い出したのが、先日、落語の師匠からうかがった話です。その師匠が言うには、最近の若い噺家は『文七元結《ぶんしちもっとい》』がうまく演じられないそうです。『文七元結』というのは江戸っ子気質をうまく描いた人情噺です。

主人公は、長屋に住む左官の長兵衛。腕はいいけれど、博打が大好きで、積もり積もった借金が五〇両になった。ある日、博打で負けて家に帰ると、十七歳になる娘がいない。そこに吉原から使いがきて、娘を預かっているという。なんと娘は自分の身を売ってお金を稼ぎ、父親の博打狂いをやめさせたいと自ら女郎を志願してきたという。その心意気に打たれた女将が、長兵衛をこう諭《さと》す。五〇両を貸すから、これで借金を帳消しにしなさい。返済は一年待ってあげる。そのあいだは娘に客を取らせない。ただし、期限が過ぎたら客を取らせるよと。

長兵衛は必ず一所懸命働いて迎えにくると娘に約束して、五〇両の包みを懐に入れて吉原を出る。そして吾妻橋にさしかかったとき、若い男（文七）が橋から身投げをしようとしている。「ちょっと待て、どうしたんだ」と聞くと、文七は鼈甲《べっこう》問屋の手代で、「得意先から集金した五〇両を盗られてしまった。もう店には帰れませんから、ここで身を投げます」という。それを聞いた長兵衛は、一瞬迷ったが、自分の懐に手をやって、「この金は、娘が吉原に身売りした代わりに受け取った大事な金だが、命には代えられない。この金を持って行け」と文七に渡す。文七は受け取りを断るが、長兵衛は包みを文七に投げつけ、タターッと走り去る。

ところが、文七が盗られたと思った五〇両は、得意先に置き忘れてきただけで、すでにお店に届けられていた。それなのに、なぜか文七は五〇両を持っている。詳しい事情を聞いた問屋の主人は、長兵衛の行ないに感心し、吉原に出向いて娘の借金を帳消しにして請け出す。そして長兵衛の家に行ってみると、五〇両の件で昨晩から夫婦喧嘩が収まらないという。そこで主人が礼をいって五〇両を返したところに娘も帰ってくる。さらに主人は、文七に身寄りがないため長兵衛に親代わりになってほしいと、文七と娘との結婚をお願いする。二人は無事夫婦になり、やがて元結《もとゆい》の店を開く。

さて、若い噺家がこの落語が出来ない理由は何か。自分の娘が身売りをしてまでつくった五〇両をなぜ見ず知らずの赤の他人にあげてしまうのか、それが理解できないからだというのです。江戸時代の人は目の前の不幸を見捨てて自分だけが幸せになることはありえないということを、博打好きの左官でもわかっていたんでしょうね。それで、「持って行け」と言ったので

『文七元結』　三遊亭圓朝の創作落語で人情物。江戸っ子気質が描写され、情の中に隠されたユーモアが面白味となっている。
元結　髪を結い束ねる紐や糸。

すが、その気持ちがわからないから、セリフに心がこもらないんだと師匠が言うのです。ここにも進化思想が影響しているのではないでしょうか。相手が幸せになってこそ、自分も幸せに生きられる。それが江戸の人たちには当たり前の思想だったのが、いつの間にか自分の幸せしか考えられないようになってしまった。

執行　進化思想に侵されたからです。その話は本当にすごい話ですが、近い話なら僕が子どもの頃まで近所でもうちの知り合い関係でも、それこそ僕の両親や祖父母にいたるまで、いくつも知っています。自然にそうだった。昔の日本人は本当にそうだったんです。そうでない人は、その人が人情のわからない悪人だというだけでした。だから人生は誰でも人知れず悲哀をかみしめていた。それが多分、人間の人生の厚みをつくっていたと思います。人間は皆それぞれの人生の不幸と悲哀を自然の形で共有していたんだと思います。

自分の人生を生きる

横田　そこで、もう一つ思い出したのが、エルトゥールル号遭難事件です。これは私の故郷・和歌山県で起きた事件で、地元では誇りになっています。明治二十三（一八九〇）年、トルコ（当時はオスマン帝国）の親善訪日使節団が軍艦エルトゥールル号に乗ってやってきます。しかし、帰途、台風に遭い、和歌山県串本町沖で沈没、乗組員六五六名のうち生存者はわずか六九名で、五八七名が死亡または行方不明となる大惨事でした。

当時の日本人はトルコなんてどこにある国かも知らないでしょう。ましてや言葉も通じない。しかし、命からがら海から生還した乗組員たちを、串本の住民たちは献身的に看護したのです。自分たちも貧しく、食糧も乏しい中で、卵やサツマイモを与えたり、いざというときのために取っておいたニワトリも絞めて食べさせたりした。たとえ見ず知らずの他人でも、目の前で困っているのを見捨てて、自分たちだけご飯を食べるなんて出来ないということを、明治の人たちは常識として身につけていたのでしょうね。

執行　それは映画にもなりましたね。すごくいい映画でした。全くそうでしたね。日露戦争のときもそうです。日本の連合艦隊が圧勝した日本海海戦では、ロシアのバルチック艦隊は新鋭戦艦六隻を含む二一隻もの軍艦が沈没し、兵員四八〇〇余名が戦死、六〇〇〇余名が捕虜になりました。捕虜のうち、日本軍が海から救出した者もいますが、対馬や日本海沿岸に流れ着いた者も多数いました。敵である彼らを保護し、治療や食事を与えたのは地元の住民たちです。敵の戦死や水死した遺骸も海岸に多数打ち寄せられた。それを地元の人たちがきちんと埋葬して、お寺に供養塔を建てて祀った。島根県も山口県も福岡県も佐賀県も、どこの県でも祀っています。

明治時代の漁民や農民のほとんどは裸足で生

トルコ軍艦エルトゥールル号遭難慰霊碑

活していました。ワラジさえ買えない人たちが、知らない敵国兵の死体を埋葬して供養塔まで建てている。それが別に偉いことではなくて、当たり前の行動だったのです。「流れ着いたのも、何かの縁があるからに違いない」と言って大切に葬った。

僕たちの祖父母に出来たことが、なぜいま出来ないのか。それは自分のほうが幸福になりたいからです。それを人生の目標にしている。それが進化思想なんです、そもそも幸・不幸なんて絶対値があるわけではないですから、不幸になってもかまわないと思えばいい。人生はそう思っていると、却ってうまくいくのです。自分が不幸になっても、それは運命だから仕方がないと思うと、愛の実践は出来るのです。

昔の日本人には、どこかにそういう思いというか、**諦念**があったのではないか。いまの人たちは諦念を否定的にとらえがちですが、仏教的に言うと、諦念は非常に価値が高い思想です。昔の人は、自分が生きているあいだに、成功したいとか、金持ちになりたいとか、幸福になりたいとか、あまり思っていません。いい意味で諦めている。そうすると、人間の本当の温かさが出てくるのです。多分その気持ちは、「**武士は相身互《あいみたが》い**」ということではないでしょうか。自分も不幸だけれども、他に不幸な人がいれば、手を差し伸べられる限り差し伸べるという精神です。

いまは差し伸べませんね。自分が幸福になりたいから。差し伸べたとしても、自分のためでしかありません。いちばんの問題は、自分が幸福になりたいことを悪いことだと思っていないことです。健康であることはいいことだ。金持ちになることはいいことだ。そういう無限の成長みたいなエゴイスティックな考えをちょっと横に置いてみてほしい。そうすると「相身互い」という人に対する考えが自然に出てくるのです。

釈迦も言っていますが、元々人間の心は仏です。キリストも、全ての人は神の子だと言っている。もしそうではない人がいれば、そうではない状況にされているだけなんです。そのされている原因こそが文明を否定するエゴイズム、自我なんです。自我に侵されると、他人を踏みつけ押しのけて、自分だけがいい思いをしたいという考えに取りつかれ、人に分け与える発想がなくなるわけです。

いまの人たちは、根底に自己の幸福を追求するエゴがあるから、餓鬼道に陥ってしまっている。エゴイズム丸出しの我利我利亡者がどんどん増殖している。もちろん、人間には欲があります。みんなある。でも、悪いことだとわかっていれば、度を超さないのも人間の分別です。わきまえですね。ところが、いまは度を超しても悪いというわきまえが社会にないから、やりたい放題になっている。

いま人間がやっていることが悪いことだと自覚した瞬間から、自分の中から違う自己が出てくるのです。ところが、その違う自己こそが、実は本当の自己なのです。いま、自分だと思っている自分は多分違います。無限の成長思想に侵されていますから、いまの日本人はみな違う

諦念　道理を悟り、真理を直視する心、良い意味で欲を離れる気持ち。　**「武士は相身互い」**　武士同士は同じ立場にあるのだから、互いに助け合って協力しなければならない。転じて、同じ境遇や身分にある者は、互いに思いやり助け合わなければいけないという意。

自分の人生を生きている。

僕は進化思想にはあまり侵されていません。変人だったからです。小学生のとき『葉隠』に感動して以来、現代文明を利用して生きているような人間とは付き合っていないですから。仕事上の付き合いは仕方がないけれども、それ以外は人と話をしません。僕が話をしているのは、過去に偉大だった人間とだけです。過去に偉大だった人たちの魂と書物を通じて対話をしているだけです。

だから、僕の口から出てくることは、全て過去の人間の魂が言っていることと思って結構です。むしろそう思ってほしいです。

徹底的な自己否定とは

横田　私と執行先生が共通しているのは「変人」ということですね（笑）。私も小学生の頃から「死」だけを考えて坐禅をやっていたので、あの子は変わった奴だ、変人だ、と言われ続けていました。それが、最近ではこんな田舎から円覚寺の管長が出たって自慢しているようです。まあ世間の評価なんてそんなものですね。私は何も変わっていないのですが。

執行　僕も悪い評価ばかりでした。でも、先生から怒られ続けた項目だけが、いまの自分を支えているから不思議です。多分横田管長もそうだと思います。管長も小学生で『無門関』や『十八史略』を読んで感動したわけですから、変人と言われて当然ですよ。

横田　執行先生も『葉隠』を読んでいますから、変人同士ですね。「怨親平等」について少し別の視点から申し上げますと、私ども禅の修行では、師匠と弟子は敵同士でなければならないという関係です。師匠を有難がるようなのは下の下なのです。敵同士のようにやり合うぐらいでなければならない。

執行　その通りですね。でも、昔は親子もそうですよ。だから、鬱陶《うっとう》しくない親っていなかった。親子は、愛し合っているが、対立もしているのです。それが正しい姿、怨親平等なのです。いまのように、一方的に子どものことが好きとか、親が好きとか、あれは嘘の関係です。または、そう思い込んでいるだけ。思い込んでしまうと、真実が摑めないですから。だから禅の師匠は、真実を摑むために最初は自己否定から教えるのだと思います。

横田　最近の学校の先生は生徒を叱っちゃいけなくて、褒めなければいけないらしい。親も子どもを褒めっぱなしですね。私は褒められたことなんて一回もありません。

執行　僕も当然ありませんよ（笑）。僕はそれどころか、毎日殴られていました。とにかく、お前は生意気だと毎日言われていましたね。本を読んでも言われるんですから信じられませんよ（笑）。

横田　最近こういうことがありました。私の修行時代の仲間で、師匠から特に良い意味で目をかけられた男がいました。というのも、師匠はそこまでやるかと思うぐらい、彼のやることなすこと全てを否定する。もう完膚なきまでに、徹底的に苛烈なまでの否定です。これこそ禅の修行ですが、なぜ師匠はあそこまで彼を鍛えなければいけないのかという疑問が残ったまま、ついにわからなかったのです。

彼は私と同年代で、ある寺の住職をしているのですが、実は住職になってから何度も難局に見舞われたのです。お寺の問題はもとより、私生活においてもさまざまな問題が起こり、傍から見てもこんなに不幸が続くものかと思うような苛烈な状況でした。でも、彼はそれにめげずに、一所懸命頑張って努力をしてきた。最近久しぶりに彼に会って、「あなた偉いね、よくそんな状況で辛抱してきたね」と言ったら、「いや、修行時代を思えば耐えられるんだよ」と言うのです。

私はそこではじめて、我が師匠の慈愛がわかったのです。もし、修行時代に優しく育てていたら、彼は人生のどん底に落とされたとき、壊れてしまったかもしれません。もちろん師匠がそこまで先を見通していたかはわかりませんが、彼にとっては幸運でした。やはり世の中は不合理だらけです。なぜ震災に遭うのかと言われても、なぜうちの子が交通事故に遭うのかと言われても、誰か理論で説明が出来ますか。なぜ不治の病になるのかだって、誰も説明できない。そういう理論で説明が出来ないことに人間は立ち向かっていかなければならない。それを受け入れて生きていくしかない。

ならば、徹底的に叩きつけられて、否定されることに平気になって、それでも自分は生きていけるんだという精神を身につけさせるのが禅の教育です。ですから、私も彼の話を聞いてから、よし、やっぱり厳しく教えるのが慈悲だと思いました（笑）。

いま臨済宗の修行道場はたくさんありますが、多分、円覚寺にいちばん人が集まってきてくれています。ただ、難しいのは、いまの二十代の青年を見ていると、禅の自己否定をいじめやパワハラのように感じてしまうケースがあることです。厳しく指導しているうちに自信をなくしてしょげてしまう人もいます。そのまま芽が出ないという例も経験するようになりました。禅は自己否定ですが、決していじめているわけではない。その裏には本当にその人がたくましく生きてほしいという慈愛があります。それが尊いことだと思うのですが、育て方も難しい問題になってきました。

南天棒と禅

執行　それはよくわかります。僕は父から嫌なことをいつでもさせられましたから、社会に出てからは全く人間関係の苦労も嫌なことに遭ったこともありません。全く、子どもだった頃のことを考えれば楽なことばかりなのです。大人になって、本当に親の愛を感じていますね。

横田管長が言われる通り、昔から愛情とは人の将来のためを考えるところにあるのです。子どもなら子どもを鍛えることが愛情でした。でも、いまはもう出来ないですよね。それは民主主義社会の弊害です。人から好かれた人が偉い人や優れた人になれる時代ですから。人気がある人が政治家に選ばれて、その人たちが決めた法律や政策で国家が運営されている。いわば人気で決まる政治社会構造が民主主義です。だから、芸能人になりたい人がたくさん出てくる。いまの政治家もあれは根本が芸能人です。

僕は全く考え方が違います。民主主義ではなかった頃の、昔の人の書物を読んで、それを丸ごと信じて実践しています。それをいまの社会で実践すると、人から嫌われ、蔑《さげす》まれ、運が悪ければ手錠がかかります。でも、僕はそれを全て覚悟して生きています。覚悟しなかったら何も出来ません。

たとえば、僕は会社を経営していますけれども、僕の会社は昔ながらの仕事観であり、そこから生ずる厳しさがあります。その代わり、社員には嫌ならいつでも辞めろ、訴えたければどんどん訴えろ、と言ってあります。もしも僕の言動がビデオに撮られたり録音されたりしたら、即刻手錠がかかると言われています（笑）。でも、それを覚悟して経営しているということです。これはもう仕方がないのです。この日本で、きちんとした仕事をして、きちんとした人間として生きようと思えばそうするしかない。いま言われている正義などは嘘しかないのですから、自分を曲げずにやるしかない。

禅寺も同じです。今流を受け入れたら、もう禅寺ではなくて、「観光スポット」になってしまう。僕は小学校から大学まで立教というキリスト教の学校でしたが、キリスト教会も現代ではどうしようもありません。大衆に合わせているだけで、とにかく多くの人の人気を得ようとしています。昔はたくさんいた厳格な牧師や神父はもうほとんどいません。キリスト教会も全て芸能界になっている。芸能教ですね。つまり、人気取りです。

だから、僕の言うキリスト教とは、まだキリスト教が本当に信じられていた時代の人が書いたキリスト教です。そういう書物しか読みません。その時代まで遡ると、キリスト教もすばらしいし、仏教もすばらしいのです。

先ほど臨済が弟子が変な質問をしたら鉄扇で額をぶち割るという話をしましたが、南天棒も僕は大好きです。南天棒は異名で、中原鄧州というのですが、なぜ南天棒かというと、いつも南天の棒を持っているからなんです。しかも、誰に会っても挨拶代わりにまずその棒で殴る(笑)。そして、正しいことを言った場合は、正しいことを言いやがったと言って殴る。間違っていたら、お前は馬鹿かと言って殴る。とにかく殴る。それでも、山岡鉄舟をはじめ、乃木希典や児玉源太郎など明治の軍人たちも南天棒に参禅したのです。それがどういうことかを理解しなければダメだと思います。

いま南天棒が生きていたら、間違いなく刑務所で服役していたでしょうね(笑)。でも、本当の禅とは南天棒そのものです。とにかく生き方がカッコいいんですよ。人生そのものが面白い。南天棒の本はなかなか手に入らないのですが**『南天棒――禅に生きる傑僧』**(春見文勝編著、春秋社)、**『南天棒行脚録』**(中原鄧州著、平河出版社)等、機会があればぜひ読んでほしいですね。

横田　南天棒は本当にすばらしい禅僧です。禅が躍動していますよね。

執行　ついでに言うと、本を読むとき気をつけてほしいのは、情けないものは全部ダメだと

『南天棒――禅に生きる傑僧』　一九六三年、春秋社より出版された南天棒の伝記。数々のエピソードを収録した南天棒を知ることの出来る一冊。**『南天棒行脚録』**　一九八四年、平河出版社より出版された南天棒が自ら晩年に語った自伝の筆録。乃木希典や山岡鉄舟との関係も語られ、幕末から生きた僧の激動の人生を知ることの出来る一冊。

南天棒 書
「萬里一條鉄」
（執行草舟蔵）

いうことです。カッコいいものだけを読んでください。僕が全ての本を理解できたのは、カッコいいものにしびれる性格を持っているからです。だから、『葉隠』も小学生で読めたのは、武士道の言葉にしびれたから好きになっただけで、内容までわかっていたわけではありません。横田管長の愛読書だった『無門関』も読んでいます。『十八史略』も、カッコいい言葉がたくさん出てくるので、全部覚えています。もちろん、全部漢文ですよ。「血湧き肉躍る」と言いますが、そういう本を読み込むのです。いまは、仕事に役立つとか、知識を得るとか、教養の高い人になろうと思って本を読むから生命に響かない。本とは、僕流の表現で言えば、正しく死ぬために読むだけなのです。どうせ死ぬなら、華々しく、カッコいいことをして死にたいに決まっています。だから、そういう本を読んで頂きたい。

僕は、よく社員にも笑われるのですが、外国語がすごく好きなのに、ほとんどしゃべれません。特に挨拶言葉が苦手です。たとえば、いまスペイン関係の仕事もしているのですが、スペイン語で「ブエナスタルデス（Buenas tardes.）」（こんにちは）という挨拶言葉があります。この「ブエナスタルデス」を覚えるのに一年かかりました（笑）。それぐらい、興味のないことは覚えられない。ところが、哲学用語とか、カッコいい言葉については、スペイン語だろうと、イタリア語だろうと、フランス語、ドイツ語、もちろん英語でも、全部覚えてしまいます。すぐに原文が出てきます。とにかく一度読んだら覚えてしまうので仕方ありません、カッコいいものは。好きなものはそうなんです。

武士道も禅も、カッコいいから好きなんです。カッコいいとは、ある意味で痩せ我慢を強いるのです。この痩せ我慢が重要で、痩せ我慢がわからなかったら、禅も武士道もわかりません。

現代人は、自分が情けないことを平気で認めてしまいますが、昔の人は認めなかった。うちの親父も死ぬまで弱音を吐かなかった。もちろん母もね。おじも九十八歳で死ぬまで病院が嫌いだった。おばが困っていました。おじが家でのたうち回って苦しんでいるから、おばが無理に病院に連れて行く。医者が「どこか痛いところありますか」と聞いても、「わしはどこも痛くない。全く元気だ！」と言って帰ってくる。まあ強がりなんですが、その痩せ我慢こそ本当の人間の人生だと思うんです。おじは日本でいちばん若くして京都帝大の理学博士になった人で、昔の急降下爆撃機の燃料を発明した人でした。そういう意味では、おじがいたからあの「**真珠湾攻撃**」が可能になったのです。横田管長のお父さんも同じですね。そういう人が日本をつくったということです。

イエス・キリストの弟子は、たったの一二人です。でも、その一二人がイエスを死ぬほど尊

「真珠湾攻撃」　一九四一年十二月八日、アメリカのオアフ島真珠湾にあったアメリカ海軍の太平洋艦隊基地を襲った日本海軍機動部隊による奇襲攻撃のこと。これがきっかけで太平洋戦争が勃発した。

真珠湾攻撃

敬していたからキリスト教が生まれた。いまの政治家にその一二人にあたる人がいますか。僕は一二人もいませんが、三、四人はいます（笑）。本当は身の回りにいる少数の人間に信用を得れば、それだけで立派なのです。本当に自分を信頼してくれる友だちが一人いたら、立派な人生です。でも、いまは数の多さなんです、何でも。友だちが何人いるかとか。僕はそういうことを思ったことがありません。

横田　カッコいいというのは、私も大事だと思います。カッコいいという言葉に抵抗があるかもしれませんが、姿勢と言ってもいいでしょう。私の尊敬するお坊さんが、このあいだ百三歳で亡くなられたのですが、口癖が「声、顔、姿」でした。私も、これが人間にとって大事だと思います。

執行先生がいつもすばらしいなと思うのは、やっぱり声良し、顔良し、姿良しです。人間が本当に変わるのはこういうところから変わるということを、私の尊敬するお坊さんは言っていたのだなと思うのです。話の内容は結構ごまかしが利きますが、声や顔や姿はごまかせません。私は執行先生の魅力をそういうところに感じています。

執行　そこまで言われると、ちょっと照れちゃいますよ。やりにくくなるから、やめてください（笑）。

「経営しない経営」

横田　でも、いまだに私が謎なのは、執行先生は何をしている人なのかということですね（笑）。見た目からは、全くわかりません。執行先生の仕事は菌の研究・製造・販売でしたね。菌を食品材料や健康食品として販売している。しかも、健康になるためや長生きするための健康食品ではなくて、正しく死ぬための健康食品と自ら言っている。それで事業が成り立っているというのですから、不思議で仕方がありません。執行先生がなぜ成功するのか、普通の人はわからないと思いますよ（笑）。

執行　自分でもわかりません（笑）。僕が研究してきたのは菌の中でも**酵素菌**と**担子菌類菌糸体**です。酵素菌や担子菌類菌糸体を培養して、それを食品に採り入れる開発をして、商売をしているわけですが、なぜ菌なのか。前にも少し触れましたが、実は菌は生命の中でいちばん目立たない存在でありながら、全てのものを支えているというものだからなのです。生命体の根源こそ菌だということに若い頃に気づいたのです。人間に限らず、動物も植物も、地球上の全ての生き物は菌の力によって生かされている。それに気づいたから、僕は、目には見えない

酵素菌　細胞内で作られる、生体内の化学反応の触媒の働きをする菌のこと。**担子菌類菌糸体**　真菌類の一群で菌糸が集まったもの。傘状の子実体を成し、傘の裏面などに担子胞子を作るもの、キノコ類等。

けれども、我々を生かしている菌を自分の生涯の仕事にしようと思いました。見えないが、全てを支えている。武士道的でいい感じがします。

最近は科学が発達して、菌に注目する科学者も増えてきましたが、極端なことを言えば、我々の細胞は菌に冒されて、菌が入り込むことによって出来上がった。菌がなければ細胞は生まれない。つまり生命体も生まれない。地球上の生命体の八〇%以上が菌です。ところが、みんなそう思っていない。自分が何に支えられているかがわからないのです。

菌は地中にも棲《す》んでいます。火山の中にも棲んでいます。**放射性物質**の中にもいます。その菌たちによって、地球の活動も、我々の生命も、植物も、何もかもが生かされている。それでいて、菌は現代の科学的・進化論的価値観としては死んでいるのです。だから、その死んでいる菌を自分の研究の対象かつ商売の対象にしようと決めていままで生きてきたということです。

横田　お仕事でもやはり武士道なんですね。

執行　当然です。逆に、菌が華々しく成功している存在だったら研究していません。僕が生きている人間にはほとんど興味がないのと同じ理屈です。生きている人間を生かしているものが好きだということです。そうすると、どうしても死んだ存在になってしまう。

それで会社を経営もし、商売もなぜか知らないけれども順調に伸びている。この世の中には菌のことをわかってくれる人がいるのです。社員も結構長く勤めている人が多い。僕は社長でありながら、社員の面倒を見る気などさらさらないし、いてほしいとも考えていない。いつでも辞めろと言っているのに、なかなか辞めない（笑）。

たとえ事業がうまくいったとしても、それが人生の成功とは思っていないし、もちろん金持ちになりたいとも思っていない。うちの取締役経理部長がよく知っていますが、僕は会社を経営して三十五年が経ちますが、三十五年間、給料袋を見たこともないし、給料の額も聞いたことがありません。経理部長が事業の進展具合を見て、勝手に金額を決めて僕の口座に振り込んでいる。その振込額も確認はしたことはない。自分が必要な生活費を口座から引き下ろしているだけです。これは何の自慢にもなりませんが、僕は三十五年間、会社を経営してきて、会社の財務諸表も決算書も見たことがないのです。そんな経営者は見たことがないと言われますが、本当のことなので嘘をついても仕方がありません。放漫経営と言われたら、それで終わりです（笑）。

しかし、これを僕は「絶対負の経営」と呼んでいるのです。「経営しない経営」です。もちろん、世間で通るとは思っていません。でも、僕はそれしか出来ないからそうしている。元々経営をしようと思うから失敗もし地獄にはまったりするのです。経営なんて、しないのがいちばんいいんです。目の前のお客さんに体当たりをしていれば、必ず商売は儲かります。だから考える必要はないんです。体当たりとは、死にもの狂いで製品を作り、全てをかけてお客さんのために生きるということです。そして、言っていることとやっていることが同じ、言行一致

放射性物質　放射線を出す物質。放射能を持つ原子核を含む物質を指し、核燃料や放射線治療などに用いられる。

ということです。これを僕がつくった哲学用語で言うと「絶対負」になるのです。絶対負とは、負そのものにこの上ない価値を見出すということです。正に対する負ではないということ。経営なら上手な経営に対する下手な経営ということではなく、「経営しない経営」ということなのです。そして、そのまま突進するということです。武士道精神そのものが絶対負なのです。「死ぬことが、生きることである」ということの人生における実践実行です。僕の人生そのものが「絶対負」なんです。絶対負の人生を貫くためには「絶対負の経営哲学」を持って、「絶対負の商売」をやるだけなのです。

横田　それが不思議でなりません（笑）。これだけ聞いても理解できません。しかも、儲かったか儲からなかったかは結果論ですから、それを知る必要はない。自分が人生に体当たりしていれば、自分の健康も調べる必要はないというのが持論です。僕は、社長になってから三十五年間、一回も健康診断を受けたことがありません。死ぬときは、死ぬだけです。

「病は気から」は本当か

執行　武士道も禅も本当は「絶対負」の思想です。だから通じるところがあるのだと思うのですが「絶対負」とは、「正」でなく「負」です。しかし、それは勝ち負けの「負」ではありません。「負」であることそのものに本当の価値がある、ということがわかるのが「絶対負」

です。負、つまり死ぬことそのものを生きることの「上」に置くのです。そして、それが本当の生命だと思う思想です。その思想を信念にする人生です。

禅の何が好きかと言うと、何もしないからすばらしいのです。一般的に見れば、働きもせず坐ってばかりいるんですから（笑）。よく**「静中の動」**と言うじゃないですか。あれは本当にそうです。この世の中は、生きているときは活動ですから、禅は活動しないことを選んだ。僕はそこが禅と武士道のいちばん好きなところです。武士道は、死ぬための訓練です。ヨーロッパの騎士道も好きです。騎士道を生み出したのはキリスト教で、これも「絶対負」です。その「絶対負」という思想のもとに生命を研究していたら、菌もまた「絶対負」だと気づいたのです。だから、人間が正しく死ぬために「絶対負」の食品を開発して商売にしたというわけです。

宗教の中では、「絶対負」にいちばん近い宗教が禅とキリスト教です。同じ仏教でも、禅ではない仏教は**「ご利益信仰」**が強いです。最近は禅も変わってきて、出世するための禅とか、健康になるための禅とか、良い人間になるための禅とか流行っているそうですが、これらは全て欲望ですから、「絶対負」の対極です。自分がいい人間になろうなんて思ったら、地獄に堕《お》ちます。現代人のほとんどがそれです。みんな真面目ですから（笑）。僕はいい人間になる気

「静中の動」　動きは静止していても、次の変化にすぐ対応することが出来、即、動に転ずることが出来るという意味で、武道や能で使われる言葉。　**「ご利益信仰」**　信仰することによって現世の利益がもたらされるという考え方。良いことが起きることを前提にする信仰。

もないし、なりたいとも思っていない。ただただ、宇宙の真実と生命の神秘と人類の築き上げた文明の深淵を理解したいと思って生きているだけです。もちろん、そのためなら地獄に行くことも全く厭いません。あの**ダンテ**は、その『**神曲**』において「地獄には地獄の名誉がある」と言っていますからね。地獄を恐れることも全くないですね。

僕が大好きな臨済禅の僧に趙州がいます。その言行を綴った『趙州録』の中に「**絶点**《ぜってん》」という言葉があります。「**澄澄**《ちょうちょう》**たる絶点**」という言葉で、あの当時の禅の一つの境地を表わしているように思います。そして、この禅の境地が武士道の淵源のように感じているのです。僕はこれが人間の目標だと思っています。それを目指すのが人生だと考えている。「絶点」というのは「無」ではありません。「**禍福はあざなえる縄のごとし**」のように、苦しんで苦しんで、苦しんだ結果、全てのものに耐え抜いた地点が「絶点」です。死の淵から浮かび上がる、真の憧れであり、人類の希望です。絶望から生まれる生命の真の輝きです。僕は、その「絶点」を求めて生きている。それは、いわば文明の果てにあるものです。本当の自由、命よりも大切な自由の本源とも言えるものだと思っています。文明というのは苦悩ですから、苦悩の果てに何があるか、それを目指すのが人生だと思っています。そして、人間にはそこが天国なのか地獄なのかを知ることなど出来るわけがないのです。人間は、そこに向かって突進するだけしかないのです。

横田　食べ物は私も大事だと思っています。執行先生の考えの逆の発想が除菌という考えですが、とんでもないことです。この頃発酵食品も見直されつつありますが、甘酒が体にいいという理由がわかりません。私のところにも甘酒を送ってくれる方がいますが、砂糖の塊みたいに思えてしまう（笑）。本当の発酵ではないのではないか。

執行　僕は「絶対負」の思想から食品の世界に入ったのですが、現代人は健康という欲望から入らないと思想を受けつけません。すでにたくさんの食品添加物で体が傷んでいるので、多分、真の生命観という思想を受けつけられないのです。だから、体も弱るだけです。そもそも人間の体は、「**気概**」が老廃物を出すようになっているのです。しかし、その気概がなくなっている。気概はきれいな体からしか生まれてきませんから、つまりは悪循環に陥っていると僕は思っています。

横田　気概ですか。

執行　そうです。気概が老廃物を出すというのは科学的にわかっています。気概を持っていると、体の中の菌が活性化する。その活動によって、新陳代謝が円滑に働くのです。それによって老廃物が出て、健康になるのです。だから、「病は気から」というのは本当です。ところが、その病を治すだけの気概を生み出す菌の働きがすでに体内で弱ってしまっている。そこが

ダンテ・アリギエリ（一二六五～一三二一）　イタリアの詩人。ルネサンス文学の先駆者。政治家としても活躍するも、政変により放浪を余儀なくされる。叙事詩『神曲』、叙情詩『新生』で知られる。　**『神曲』**　ダンテの長篇叙事詩。地獄・煉獄・天国篇の三部からなり、ダンテ自身が主人公となり、その宗教・人生観の至高至福の境地を描いた最高傑作。　**「絶点」（「澄澄たる絶点」）**　『趙州録』第二百三項。　**「禍福はあざなえる縄のごとし」**　『史記』南越伝賛、日本では諺となっている。　**「気概」**　艱難苦難にくじけない強い意志・気性、気骨のこと。

現代の最大の問題です。そのような状態を生み出してしまったのが、最初に話した進化思想です。

菌の働きも、菌食の健康的重要さも進化思想によって歪められていたのです。進化思想では量と栄養が健康のバロメーターになってしまいます。進化思想の健康は、美と筋肉と若さしかありません。いちばん大切な真の「人間らしさ」が失われてしまっているのです。

横田 やっぱり進化思想がずっと影響しているのですね。人間の気力や体力までが進化思想の悪影響を受けているというのはやはりショックですね。

執行 進化思想は、もう終末論的な様相を呈してきました。もう人類自体が、自殺直前の状態に近づいていているように僕には見えますね。公害、ごみ問題、原子力、食品問題、大気汚染など全てが行き止まりの崩壊寸前です。

僕はこのような時代を生きるにあたって自分の出来ることだけを体当たりでしようと思っているだけです。僕は人間の底力をつくっている「気概」を人類が取り戻す手助けが出来ると思っています。それは自分が「気概」の代表的文化である武士道によって生きてきたからです。その武士道で出来ることを、いま、本として出版したり、その気概を取り戻す体をつくるための菌食の事業をしているということだと思っています。僕は、これからでも菌食を増やして、菌食によって気概を持てば、いまの進化思想を乗り越えられる心と体も出来ると考えているのです。

横田 菌食が気概ですか。

靖國神社　靖國会館内での対談後の二人

執行　そうです。菌とその酵素をたくさん摂ることによって気概が生まれる。そういう体になるのです。現代のように、豊かになると、菌食が減ってしまう。菌食はつくるのに手間がかかりますから。たとえば、ぬかみそです。いま、ぬかみそを毎日手入れしている主婦なんてほとんどいません。スーパーで売っているようなぬか漬けとか味噌は、全て「菌食もどき」です。匂いと味が菌食に近いだけで、充分な熟成期間をかけていません。だから、本当の発酵はしていません。発酵したら店頭には並べられないのです。

横田　本当に発酵させたらすぐに傷みますよね。

執行　すぐ腐る食べ物が本物なのですが、それを現代で食べるのは限りなく難しい。だから人間の劣化は止まらないのです。僕は、自分の出来る範囲で、肉体と精神の躍動を取り戻す手助けをしたいと思っているのです。僕の事業はそれであり、僕の著書はそういうことで書いているのです。

横田　なるほど。少しわかってきたように思います（笑）。いや、随分と時間をオーバーしてしまいました。本当に楽しい対談でした。また周りの人たちも実によく協力してくださいました。心から感謝いたします。有難うございました。

執行　ついに終わりですか。いや、本当に楽しかったですね。最後に自分の話が長くなってしまって申し訳ありませんでした。本当に有難うございました。周りの皆さんもよくこんな長時間、黙って聴いていてくださいました。有難うございます。

あとがき

執行草舟先生は、不思議な方であります。不思議といっても、悪い意味ではありません。不可思議とも申しますが、思い計り知ることができないのであります。

そもそものご縁は、本書にも述べられている通り、鍵山秀三郎先生から『「憧れ」の思想』を送って頂いたことで、そのときに初めて執行先生のお名前を知ったのでした。

書物から受けた印象は、随分と厳しい方だというものでした。とても、お目にかかって話をしてみようなどとは、思いも寄らなかったのでした。

それが、PHP研究所の櫛原吉男さんからのご依頼で、『衆知』誌上で対談することになったのです。初めてお目にかかるときは、とても緊張していました。どんな方なのか、怖い方のように思っていたからでした。

しかしながら、お目にかかってみると、実に意気投合したのでありました。不思議な体験でした。お歳も私より随分上でいらっしゃるし、考えも決して同じではありません。それがどういう訳でありましょうか、私の書物を読んでくださっていて、とりわけ拙著『禅の名僧に学ぶ生き方の知恵』を高く評価してくださいました。

この本には漢文の引用が多くあります。それらを分かり易く意訳しているのですが、この漢文の読解力を認めてくれたのでした。漢文を意訳することは難しいことであります。どこまで読み込んでいるのか、訳者の力量が試されるところでもあります。それらを踏まえて拙著を深く読み込んでくださったことを嬉しく思いました。

また私が編集した『はなをさかせよ　よいみをむすべ　坂村真民詩集百選』も読んでくださって、それまで真民詩をお好きではなかったらしいのですが、なんと真民詩を好きになったと仰せになったのでした。これには驚いたことでした。苦労して編集した甲斐があったと思いました。

執行先生が関心を持たれている分野は、実に広範囲で、私などにはとてもついていけるものではありません。計りがたいところがほとんどであります。不思議という所以《ゆえん》であります。そんな中で唯一の接点が、禅と武士道というところであります。この一点については、お互いに認め合うところが多々ございました。

しかしながら、全てが同じ考えでは決してありません。それは当然のことでもあります。とりわけ、最後の部で語られた、国家が死を与えるという考えや、靖國問題、特攻隊についての考えなどは、首肯しかねる部分もございます。靖國会館で公開の対談でしたので、集った多勢の方々にご自身の考えを披瀝《ひれき》されたものでした。それら全てを受け入れることはしかねるのであります。しかし、人にはいろんな考えがあるのですから、同じでなくていいと思っています。

本書を読まれる皆さまにも、違和感を持たれるところがきっと多くあると思われます。受け入れられないところがあって、当然であります。世の中にはいろんな考えの人もいるのだなと思って頂ければ、私は充分だと思っています。

ともあれ、私にとって執行先生との対談は、実に楽しいものでありました。私のことをこんなに理解してくださる方にお目にかかれたことは、大きな喜びでありました。

尊いご縁をつくっていただいた鍵山秀三郎先生、その御門弟の大谷育弘先生、そしてPHP研究所の安藤卓様、櫛原吉男様には心より感謝申し上げます。

平成三十年十一月

横田南嶺

巻末資料

摩訶般若波羅蜜多心 経《まかはんにゃはらみったしんぎょう》

観自在菩薩《かんじざいぼさつ》
行《ぎょう》 深般若波羅蜜多時《じんはんにゃはらみたじ》
照《しょう》 見五蘊皆空《けんごうんかいくう》
度一切苦厄《どいっさいくやく》
舎利子《しゃりし》
色不異空《しきふいくう》
空不異色《くうふいしき》
色即是空《しきそくぜくう》
空即是色《くうそくぜしき》
受想行《じゅそうぎょう》 識《しき》
亦復如是《やくぶにょぜ》
舎利子《しゃりし》

人の心をよく観察できる観自在菩薩が
真実の大いなる智慧を、深く静かに働かせていたとき
世の中の全ての存在・現象は五つの構成要素で成り立ち、全ては実体がなく
永久不変ではないと見抜き
あらゆる苦しみや災いから抜け出した
シャーリプトラよ、よく聞きなさい
世の中の全ての存在・現象の形（色）あるものは空であって実体がない
実体がないから、一時的な形（色）として存在し、現象として現われる
形（色）あるものは、すなわち実体なきものであり
実体なきものが、つまりは形（色）あるものである
感覚（受）も、概念（想）も、意志（行）も、意識（識）も
同様に空であり実体がない
シャーリプトラよ、よく聞きなさい

是《ぜ》諸《しょ》法《ほう》空《くう》相《そう》
不《ふ》生《しょう》不《ふ》滅《めつ》
不《ふ》垢《く》不《ふ》浄《じょう》
不《ふ》増《ぞう》不《ふ》減《げん》
是《ぜ》故《こ》空《くう》中《ちゅう》
無《む》色《しき》無《む》受《じゅ》想《そう》行《ぎょう》識《しき》
無《む》眼《げん》耳《に》鼻《び》舌《ぜっ》身《しん》意《に》
無《む》色《しき》声《しょう》香《こう》味《み》触《そく》法《ほう》
無《む》眼《げん》界《かい》
乃《ない》至《し》無《む》意《い》識《しき》界《かい》
無《む》無《む》明《みょう》
亦《やく》無《む》無《む》明《みょう》尽《じん》
乃《ない》至《し》無《む》老《ろう》死《し》
亦《やく》無《む》老《ろう》死《し》尽《じん》
無《む》苦《く》集《しゅう》滅《めつ》道《どう》
無《む》智《ち》亦《やく》無《む》得《とく》
以《い》無《む》所《しょ》得《とく》故《こ》
菩《ぼ》提《だい》薩《さっ》埵《た》

全てのものは実体がなく、変化する性質がある
（空であり実体がないから）生ずることもなく、滅することもなく
汚れたものでもなく、清らかなものでもない
増えることもなく、減ることもない
従って、実体がないという空の中においては
形（色）はない、感覚（受）も、概念（想）も、意志（行）も、意識（識）もない
眼、耳、鼻、舌、身体、意識といった感覚もない
形、音、香り、味、触覚、心の器官もない
眼に映る世界もなく
それらを受けとめる心の世界（意識）もない
迷いもなく
悟りもない
老いることや死ぬこともなく
老いや死がなくなることもない
苦しみも、苦しみの原因も、苦しみがなくなることも、悟りへの方法もない
知ることもなく、何かを得て達成することもない
何も得るものがないからこそ
悟りを求める者は

依《え》般若波羅蜜多《はんにゃはらみった》故《こ》
心《しん》無《む》罣礙《けいげ》
無《む》罣礙《けいげ》故《こ》
無《む》有《う》恐怖《くふ》
遠離《おんり》一切《いっさい》顛倒《てんどう》夢想《むそう》
究竟《くうぎょう》涅槃《ねはん》
三世《さんぜ》諸仏《しょぶつ》
依《え》般若波羅蜜多《はんにゃはらみった》故《こ》
得《とく》阿耨多羅三藐三菩提《あのくたらさんみゃくさんぼだい》
故《こ》知《ち》般若波羅蜜多《はんにゃはらみった》
是《ぜ》大神呪《だいじんしゅ》
是《ぜ》大明呪《だいみょうしゅ》
是《ぜ》無上呪《むじょうしゅ》
是《ぜ》無等等呪《むとうどうしゅ》
能除《のうじょ》一切苦《いっさいく》
真実《しんじつ》不虚《ふこ》故《こ》
説《せつ》般若波羅蜜多《はんにゃはらみった》呪《しゅ》
即説《そくせつ》呪曰《しゅわつ》

因われなき（空としての）大いなる智慧を拠り所とする
心に因われるものがない
心に因われるものがないから
恐怖や不安がない
あらゆる間違った思考や妄想から解き放たれているので
因われのない静かな悟りの境地に入ることが出来る
過去、現在、未来の仏（悟りの境地に至る人）も
因われなき（空としての）大いなる智慧を拠り所として
このうえもなく、正しい悟りの境地に至った
従って知るがよい、因われなき（空としての）大いなる智慧の完成こそが
偉大な言葉であり
偉大な悟りの言葉でもあり
このうえなく尊い言葉でもあり
比較するものがない言葉なのである
それ故に、全ての苦しみと災いを取り除く
偽りなき真実である
その言葉は、因われなき（空としての）大いなる智慧の完成の境地こそが
すなわち、次の言葉である

羯諦《ぎゃてい》羯諦《ぎゃてい》
波羅《はら》羯諦《ぎゃてい》
波羅《はら》僧《そう》羯諦《ぎゃてい》
菩提《ぼじ》薩婆訶《そわか》
般若心経《はんにゃしんぎょう》

往こう、往こう
因われなき悟りの世界（彼岸）に往こう
因われなき悟りの世界（彼岸）へ一人残らず往きて
悟りよ、幸いあれ
ここに、智慧の完成に至る者の心のお経を終える

「寂滅」　坂村真民

「母の柩に　火をつける生き残るものの　このかなしみみ仏《ほとけ》のことば　知りつつも涙あふるる」

「風雨の中にも」　坂村真民

「これまでは　堪えられないほどの　風雨の中にも　母があった　柱となり　杖となる　母が
あった　でも　もう　その母がいない　ナム　アヴァローキテーシュヴァラ　ナム　アヴァロ
ーキテーシュヴァラ」

「エリ・エリ・レマ・サバクタニ」　坂村真民

「詩に生きよ　詩に生きよ　これよりほかに我れの生きゆく道なし　生きることや苦し　子を抱きて夕暮れの道を帰る　生きることや難し　釈尊《しゃくそん》ありて　わが生や明日あり　子と仰ぐ　四国に来て　わが縋るひと　釈尊のみ　死のうと思う日はないが　生きてゆく力がなくなることがある　そんな時　わたしはひとり　仏陀《ぶつだ》の前に坐ってくる　夕焼けの雲よ　涙ぐましきまでの愛惜《あいせき》よ　大乗寺《だいじょうじ》を訪ね　力わき明日を思う心が　出てくるまで　坐ってくる　エリ・エリ・レマ・サバクタニ　ああ　あなたの声が　今日もきこえる」

（横田南嶺選『坂村真民詩集百選』致知出版社　より）

「さくら」　茨木のり子

「ことしも生きて　さくらを見ています　ひとは生涯に　何回ぐらいさくらをみるのかしら　ものごころつくのが十歳ぐらいなら　どんなに多くても七十回ぐらい　三十回　四十回のひともざら　なんという少なさだろう　もっともっと多く見るような気がするのは　祖先の視覚もまぎれこみ重なりあい霞だつせいでしょう　あでやかとも妖しとも不気味とも　捉えかねる花のいろ　さくらふぶきの下を　ふららと歩けば　一瞬名僧　のごとくにわかるのです　死こそ

常態　生はいとしき蜃気楼と」

（谷川俊太郎選『茨木のり子詩集』岩波文庫 より）

頁	写真（画像）タイトル	撮影者（提供者）
165	対談風景（於 龍雲院）	永井浩
172	対談時の横田南嶺管長（於 龍雲院）	永井浩
179	対談時の執行草舟氏（於 龍雲院）	永井浩
184	山本玄峰 書「無」（執行草舟蔵）	執行草舟コレクション
187	覚王山日泰寺の仏塔	Webサイトより
188	アーノルド・トインビー『歴史の研究』（執行草舟蔵）	執行草舟コレクション
192	対談時の執行草舟氏（於 龍雲院）	永井浩
196	三浦義一（昭和34年11月 ラジオ大分にて）	三浦柳
200	三島由紀夫 書「夏日烈烈」（執行草舟蔵）	執行草舟コレクション
201	三島由紀夫 書「眞夏」（執行草舟蔵）	執行草舟コレクション
216	執行弘道のことを「私の守護天使」と述べた頁（“LOTOS-TIME IN JAPAN” ヘンリー・フィンク著より）（執行草舟蔵）	執行草舟コレクション
220	釈宗演 書「枯木裡龍吟」（執行草舟蔵）	執行草舟コレクション
225	美濃部正	Webサイトより
235	対談後の二人（於 龍雲院）	永井浩
239	円覚寺にて記念撮影	永井浩
240	靖國神社	靖國神社
242	会場の様子（於 靖國会館）	㈱日本生物科学

頁	写真（画像）タイトル	撮影者（提供者）
246	バートン・ホームズ撮影による日露戦争時の日本兵	『日露戦争―カラー・ドキュメント バートン・ホームズ写真集』（読売新聞社）1974年
259	『佛光録』巻四「怨親平等」	円覚寺
270	東京裁判で東条英機はA級戦犯となる	Webサイトより
274	靖國神社境内のパール判事顕彰碑	㈱日本生物科学
275	マッカーサー	Webサイトより
280	神風特攻隊	Webサイトより
295	会場風景（於 靖國会館）	㈱日本生物科学
301	トルコ軍艦エルトゥールル号遭難慰霊碑	編集部
310	南天棒 書「萬里一條鉄」（執行草舟蔵）	執行草舟コレクション
312	真珠湾攻撃	Webサイトより
321	靖國神社靖國会館内での対談後の二人	㈱日本生物科学

写真（画像）提供一覧

頁	写真（画像）タイトル	撮影者（提供者）
19	円覚寺にて記念撮影	永井浩
20	円覚寺の外観	円覚寺
23	ヘリゲルの弓矢（於 円覚寺内桂昌庵）	㈱日本生物科学
28	南天棒 画「行き帰り図」（執行草舟蔵）	執行草舟コレクション
29	横田南嶺 画「お地蔵様」	円覚寺
34	安田靫彦 画「相模太郎」（執行草舟蔵）	執行草舟コレクション
36	「臨剣の頌」の書の前で（於 円覚寺）	永井浩
44	対談時の執行草舟氏（於 円覚寺）	永井浩
48	安田靫彦 画「不動明王像」（執行草舟蔵）	執行草舟コレクション
55	白隠 書「定 在止至善 知止而後有定」（執行草舟蔵）	執行草舟コレクション
60	沼津市原の松蔭寺	Webサイトより
63	白隠 書「南無地獄大菩薩」（執行草舟蔵）	執行草舟コレクション
68	横田南嶺 画「観音様」	円覚寺
73	対談時の横田南嶺管長（於 円覚寺）	永井浩
84	対談時の執行草舟氏（於 円覚寺）	永井浩
90	朝比奈宗源 書「南無釋迦牟尼佛」（執行草舟蔵）	執行草舟コレクション
92	山岡鉄舟 書「鉄牛の機」（円覚寺蔵）	編集部
93	「鉄牛の機」の書を見る二人	㈱日本生物科学
95	製造機械（於 ㈱日本菌学研究所）	㈱日本菌学研究所
96	㈱日本菌学研究所の外観	㈱日本菌学研究所

頁	写真（画像）タイトル	撮影者（提供者）
97	㈱日本菌学研究所に掲げられたランボーの詩句	㈱日本菌学研究所
98	千代田区麹町にある㈱日本生物科学	㈱日本生物科学
105	「般若心経」	フォトライブラリー
106	対談時の横田南嶺管長（於 ㈱日本菌学研究所）	永井浩
108	『葉隠』	公益財団法人鍋島報效会所蔵／佐賀県立図書館寄託
114	対談時の執行草舟氏（於 ㈱日本菌学研究所）	永井浩
119	スペインの思想家・詩人ミゲール・デ・ウナムーノ	㈱日本生物科学
124	横田南嶺管長の袈裟はお母様の着物から作られた	円覚寺
132	対談会場にかかる安田靫彦 画「楠公」の前で	永井浩
139	趙州	書籍『禅の語録11 趙州録』（筑摩書房）2016年4月
140	㈱日本菌学研究所にて対談する二人	永井浩
148	はやぶさCG（宇宙）	JAXA
152	㈱日本菌学研究所内、製造機械の前で	永井浩
155	龍雲院の外観	龍雲院
156	龍雲院 山本玄峰(左)、南隠全愚(右)の写真	龍雲院
158	龍雲院内柱の前で	㈱日本生物科学

編集部お断り

各部の冒頭に付した対談場所に関する説明文は、以下の情報を参考に編集部が作成しています。

第一部：円覚寺　円覚寺ホームページ　http://www.engakuji.or.jp/

第二部：㈱日本菌学研究所　「創業を想う」平成二十九年十一月十日　「執行草舟　記」

第三部：龍雲院　白山道場ホームページ　http://philos.la.coocan.jp/zazen/

東京都寺社案内（龍雲院）　https://tesshow.jp/bunkyo/temple_hakusan_ryuun.html

第四部：靖國神社　靖國会館　靖國神社ホームページ　https://www.yasukuni.or.jp/

〈著者略歴〉
執行草舟（しぎょう・そうしゅう）
昭和25年東京都生まれ。立教大学法学部卒業。実業家、著述家、歌人。独自の生命論に基づく事業を展開。戸嶋靖昌記念館館長、執行草舟コレクション主宰を務める。蒐集する美術品には、安田靫彦、白隠、東郷平八郎、南天棒、山口長男、平野遼等がある。洋画家 戸嶋靖昌とは深い親交を結び、画伯亡き後、全作品を譲り受け、記念館を設立。その画業を保存、顕彰し、千代田区麹町の展示フロアで公開している。日本菌学会終身会員。
主な著書に『生くる』『友よ』『根源へ』（以上、講談社）、『孤高のリアリズム』『憂国の芸術』『生命の理念』（Ⅰ・Ⅱ）『夏日烈烈』（以上、講談社エディトリアル）、『「憧れ」の思想』『おゝ ポポイ！』（以上、ＰＨＰ研究所）等がある。

横田南嶺（よこた・なんれい）
昭和39年和歌山県新宮市生まれ。62年筑波大学卒業。在学中に出家得度し、卒業と同時に京都建仁寺僧堂で修行。平成３年円覚寺僧堂で修行。11年円覚寺僧堂師家。22年臨済宗円覚寺派管長に就任。29年花園大学総長に就任。
主な著書に、『禅の名僧に学ぶ生き方の知恵』『人生を照らす禅の言葉』『禅が教える人生の大道』、選書『坂村真民詩集百選』（以上、致知出版社）、『祈りの延命十句観音経』（春秋社）、『二度とない人生だから、今日一日は笑顔でいよう』、鍵山秀三郎氏との対談集『二度とない人生を生きるために』（以上、ＰＨＰ研究所）等がある。

対談　風の彼方へ

禅と武士道の生き方

2018年12月25日　第1版第1刷発行

著　者　執行草舟
横田南嶺
発行者　安藤卓
発行所　株式会社ＰＨＰ研究所
京都本部　〒601-8411　京都市南区西九条北ノ内町11
マネジメント出版部　☎075-681-4437（編集）
東京本部　〒135-8137　江東区豊洲5-6-52
普及部　☎03-3520-9630（販売）
PHP INTERFACE　https://www.php.co.jp/
制作協力
組　版　株式会社PHPエディターズ・グループ
印刷所
製本所　図書印刷株式会社

ISBN978-4-569-84036-9